LE COURRIER DE LYON

PAR

Pierre ZACCONE

LIBRAIRIE DU PETIT JOURNAL

LE

COURRIER DE LYON

Y 2

LE
COURRIER

DE LYON

PAR

Pierre ZACCONE

———✦———

PARIS

LIBRAIRIE DU PETIT JOURNAL

21, boulevard Montmartre, 21

——

1868

LE

COURRIER DE LYON

I

LE DRAME

Le 27 avril 1796 (8 floréal an IV), vers dix heures du matin, un homme se présentait à l'hôtel des Postes, rue Jean-Jacques-Rousseau, bureau des voyageurs, et demandait à retenir une place dans la malle qui devait partir, le soir même, de Paris pour Lyon.

Cet homme avait cinquante ans environ.

En réponse aux questions d'usage qui lui furent adressées à l'effet d'établir son identité, il déclara se nommer Laborde, et produisit un passe-port et une carte de sûreté en bonne forme.

On l'enregistra donc sur la feuille des voyageurs, et il paya le prix de sa place, — soit : deux mille sept cent trente-sept livres.

Hâtons-dous d'ajouter, pour édifier le lecteur, qu'un pareil chiffre pourrait effrayer, que ces 2,737 livres avaient été payées en assignats et non en numéraire.

Le prix de sa place acquitté, le sieur Laborde s'enquit du courrier avec lequel il devait voyager, et sur l'indication qui lui fut donnée, il s'empressa de se rendre auprès de lui.

Cette précaution n'avait rien alors que de très-naturel.

La route était longue, de Paris à Lyon. La voiture dans laquelle s'effectuait le trajet était une sorte de chaise ouverte comme un cabriolet où le voyageur se trouvait seul avec le courrier, et il était de la plus élémentaire prudence de s'assurer les bonnes grâces de ce dernier, qui pouvait, à son gré, rendre le voyage agréable ou insupportable à son compagnon.

Le courrier désigné pour accompagner ce jour-là les dépêches de la ligne de Lyon était le citoyen Excoffon.

Depuis quelque temps déjà, il avait vendu sa charge, mais son successeur n'étant pas prêt encore, il avait consenti à faire un dernier voyage en son lieu et place.

Excoffon reçut Laborde avec cette affabilité ronde et franche qui était un des traits distinctifs du courrier de la malle-poste.

Il lui demanda s'il avait beaucoup de bagages, et

Laborde montra en souriant un grand sabre qu'il portait enveloppé sous son bras.

— Mes bagages partiront plus tard, dit-il d'un ton naturel ; mais je n'ai pas voulu me séparer de ceci.

— Une relique de famille ? fit Excoffon.

— Précisément, voyez.

Laborde tira le sabre du fourreau, et en fit admirer la lame à son interlocuteur.

D'un côté, étaient gravés ces mots : *L'honneur me conduit !*

De l'autre : *Pour le salut de ma patrie !*

Excoffon ne fit pas d'autre objection.

Il vivait à Paris, et prenait ses repas chez une de ses parentes, la citoyenne Olgoff. Il offrit à son voyageur de partager avec lui le dîner qui allait lui être servi, et une heure après, ils étaient assis à la même table.

Laborde avait l'air fort gai. — Au besoin, il ne dédaignait pas de jeter quelques mots plaisants dans la conversation.

— Emportez-vous beaucoup de dépêches pour la route, demanda-t-il bientôt à Excoffon.

— Cent dix environ... répondit ce dernier.

— Et des dépêches importantes sans doute, et beaucoup de valeurs aussi.

— Aujourd'hui, l'envoi sera énorme.

— Vraiment !

— Il se compose de vingt mille francs en numéraire, et de huit millions en assignats.

Laborde fit un bond.

— Parbleu ! s'écria-t-il sur un ton singulier, vous auriez bien fait de ne point me parler de cela.

— Pourquoi donc?

— Est-ce que vous emportez toujours des sommes aussi considérables?

— Quelquefois.

— Et vous n'avez pas peur?

— De quoi?

— Des voleurs donc.

Excoffon haussa les épaules.

— Bah ! répliqua-t-il avec insouciance, est-ce qu'il faut penser à ces choses-là?.. Et puis si nous sommes attaqués, que pouvons-nous redouter; j'ai, moi, une bonne paire de pistolets , et vous, vous avez votre grand diable de sabre.

Laborde ne répondit pas.

Il était devenu pensif... une ombre avait passé sur son front, et le sourire s'était éteint sur ses lèvres.

Cependant le moment approchait.

On but le coup de l'étrier... et l'on songea au départ.

Laborde embrassa la citoyenne Olgoff, prit son sabre sous son bras, et accompagné d'Excoffon, il se rendit à l'hôtel des Postes, d'où partaient les malles...

A cinq heures et demie, ils quittaient Paris, emportés par le galop de leurs chevaux.

On connaît la route que suivait, à cette époque, la malle-poste de Lyon, à la sortie de Paris.

Elle se dirigeait d'abord sur Maisons-Alfort ; puis, de là, sur Villeneuve-Saint-Georges, Montgeron, Lieursaint, etc.

Il paraît que tout marcha bien jusqu'à ce dernier relai...

Les rapports qui s'étaient établis entre Excoffon et Laborde continuaient d'être excellents ; tout au plus, le courrier avait-il eu lieu de remarquer que son compagnon devenait moins communicatif à mesure qu'ils avançaient, et que, depuis Montgeron notamment, il paraissait étudier la route et les moindres accidents dé terrain avec une profonde et inquiète attention.

Une autre observation qui fut relevée plus tard tendrait même à établir qu'Excoffon avait conçu certains soupçons sur son voyageur. Plusieurs témoins ont, en effet, assuré que, aux différents relais où le courrier s'arrêta, ce dernier, pour une cause qui est restée ignorée, avait refusé de payer pour Laborde, et déclaré aux maîtres de poste qu'il ne répondrait pas de ce qu'il pourrait devoir.

Quoi qu'il en soit de ces observations, le postillon Etienne Audebert monta à cheval à Lieursaint, et la malle-poste partit pour Melun.

Comme il reprenait sa place dans le cabriolet, Excoffon remarqua avec surprise que Laborde avait tiré son sabre du fourreau, et qu'il l'avait placé debout et nu auprès de lui.

Mais il n'attacha pas grande importance à ce fait, et les craintes qu'avait manifestées son compagnon, au moment de se mettre en route, expliquaient d'ailleurs suffisamment l'étrange précaution qu'il croyait devoir prendre.

Il était alors huit heures et demie environ.

La nuit commençait à tomber ; quoi qu'en eût dit le courrier, les routes étaient fort peu sûres, et l'on pouvait s'attendre à tout de la part des bandits qui infestaient les grands chemins...

Quelques minutes après, la voiture disparaissait à l'horizon dans un tourbillon de poussière, et le bruit de ses roues s'éteignit bientôt dans le sinistre silence de la nuit.

Le lendemain, un spectacle horrible vint frapper de stupeur les habitants de Lieursaint et répandre la consternation dans les communes environnantes.

II

LE DOIGT DE DIEU.

Le matin, vers cinq heures, quelques paysans, passant au lieu dit le *Closeau*, dans la commune de

Vert, aperçurent une voiture abandonnée, auprès de laquelle gisait, étendu et sanglant, le cadavre d'un postillon, que l'on reconnut, malgré les nombreuses blessures qu'il portait, pour être celui d'Etienne Audebert, du relai de Lieursaint.

Alentour, il y avait de nombreux papiers couverts de sang, et un peu plus loin, près du pont de Pouilly, un second cadavre, qui n'était autre que celui du malheureux Excoffon.

. Mais des voyageurs de la malle-poste on ne trouva aucune trace.

Un des deux chevaux attelés à la malle avait été volé.

La malle avait donc été attaquée et pillée, et les misérables qui s'étaient rendus coupables de ce crime n'avaient reculé devant aucune des conséquences de leur abominable forfait.

La nouvelle de cet attentat se répandit rapidement dans le pays; la justice s'en émut; elle se rendit sur les lieux pour y faire sans tarder toutes les constatations légales, et, dès le jour même, les recherches les plus actives furent ordonnées dans le but de découvrir les assassins.

Un agent de police, habile entre tous, et qui avait déjà donné des preuves nombreuses de son savoirfaire, fut principalement chargé de l'affaire, et vingtquatre heures ne s'étaient pas écoulées, qu'un premier indice venait le mettre sur la trace de l'un des complices.

Cet agent avait surtout été frappé de la disparition de l'un des chevaux de la malle ; il s'était dit avec raison qu'un cheval ne disparaît pas comme une ombre, et qu'il ne devait pas être absolument impossible de le retrouver.

Il avait donc *filé* le cheval.

Seulement, au lieu d'un, il n'avait pas tardé à en trouver quatre, qu'un sieur Etienne avait, le 9 floréal au matin, conduits chez le citoyen Muiron, couverts de sueur, de poussière et d'écume.

Dès ce moment, il tenait une piste, et en matière de police, c'est le point important.

Peu après on découvrit, en effet, que le sieur Etienne s'appelait Courriol, qu'il demeurait rue du Petit-Reposoir, hôtel de Guillaume Tell, avec une fille du nom de Madeleine Bréban, et qu'il avait découché dans la nuit du 8 au 9 ; seulement on ne l'avait pas revu depuis !...

La piste menaçait d'être perdue.

Mais la police est entêtée, et elle a raison...

Tandis qu'elle avait un œil sur Courriol, dit Etienne, elle en ouvrait un autre sur un sieur Richard, homme plus que suspect, qui habitait une maison bourgeoise, rue de la Bûcherie, 27, dans laquelle on apprit bientôt que Madeleine Bréban avait logé avec son amant jusqu'au 17 floréal, époque à laquelle ils étaient partis pour Troyes.

Au lieu d'une piste, on en avait deux.

C'est plus qu'il n'en fallait.

L'affaire, si ténébreuse au début, commençait à s'éclairer ; bientôt les renseignements abondèrent.

Richard vivait avec une femme qui était marchande à la toilette ; on sut qu'ils avaient fait la conduite à Courriol jusqu'à Bondy, et que de là, au lieu de se diriger sur Troyes, et pour dérouter les investigations ultérieures, les deux fugitifs s'étaient rendus à Château-Thierry.

L'agent arriva presque en même temps qu'eux dans cette dernière localité, et au moment où l'arrestation de Courriol fut opérée, on le trouva nanti, tant en assignats, inscriptions, numéraire ou bijoux, d'une somme considérable, qui, calcul fait, représentait environ le cinquième du montant des valeurs soustraites.

Ce fut un trait de lumière pour l'esprit judicieux des magistrats.

Comme on ne doutait pas que Courriol ne fût l'un des assassins du courrier de Lyon, comme, en outre, la somme trouvée en sa possession ne représentait que le cinquième des objets volés, on en conclut que les assassins devaient être au nombre de cinq, et qu'il y en avait quatre autres à trouver.

Ce n'était pas facile... au milieu des troubles de cette époque, une pareille recherche eût été même impossible peut-être si Dieu ne s'en était mêlé.

Quoi qu'en disent les esprits forts, Dieu se mêle plus souvent qu'on ne le pense des affaires humaines.

1.

Le juge de paix de la section du Pont-Neuf, chargé de l'instruction, avait convoqué à Paris tous les gens de Montgeron et de Lieursaint qui pouvaient avoir quelques renseignements à fournir à la justice.

L'officier de police judiciaire, M. Daubanton, était un homme intègre, sévère, et d'une activité qui défiait toutes les fatigues!

Son cabinet ne désemplissait pas.

Un jour, il y avait une dizaine de témoins dans l'antichambre de l'officier judiciaire ; chacun attendait son tour et l'on causait naturellement de l'affaire qui servait, dans le moment, d'aliment à toutes les conversations.

Au nombre de ces témoins, se trouvaient deux femmes qui étaient servantes à Montgeron, dont l'une s'appelait la *Sauton,* dont l'autre répondait au nom de *Grosse-Tête.*

Ces deux femmes étaient des témoins importants.

Elles se rappelaient avoir vu, à Montgeron, avant le passage de la malle, c'est-à-dire le jour du crime, quatre cavaliers à mine suspecte, dont elles avaient donné le signalement, et qui, selon elles, avaient dû faire partie de la bande des assassins.

Elles causaient entre elles quand deux hommes entrèrent dans l'antichambre.

Ils étaient mis comme d'honnêtes et modestes citoyens ; leur physionomie n'avait rien qui fût de nature à attirer les regards ou à éveiller les soupçons, et, cependant, à peine furent-ils entrés, que la Sauton et la Grosse-Tête réprimèrent à grand'peine un mouvement de surprise, mêlée de terreur.

Aucun des deux hommes ne s'aperçut de cet incident, car, presque aussitôt, les deux femmes appelées par un officier de police quittèrent l'antichambre et pénétrèrent dans le cabinet du juge de paix.

Mais elles n'étaient pas encore bien remises de leur émotion et de leur frayeur, et M. Daubanton remarqua leur trouble, qu'elles ne cherchaient pas, du reste, à cacher.

— Qu'avez-vous, demanda le juge, et pourquoi cette pâleur sur vos visages?

— Ah! c'est un miracle! fit Grosse-Tête en frissonnant.

— Qu'y a-t-il?

— Là, tout à l'heure, dans l'antichambre, nous avons vu...

— Quoi?...

— Deux des assassins de Lieursaint...

— Quelle folie! fit M. Daubanton avec un sourire incrédule.

La Sauton remua la tête avec énergie.

— Oh! ce n'est pas une folie, citoyen juge, répondit-elle, et nous disons la pure vérité.

— Mais c'est impossible... Le moyen de croire que deux scélérats de 'cette sorte pousseraient l'audace, ou plutôt l'imprudence, jusqu'à venir braver la justice dans son sanctuaire.

— C'est pourtant bien eux, persista Grosse-Tête — surtout le grand blond...

M. Daubanton, frappé de cette insistance, fit un signe à son officier de paix, et quelques secondes plus tard, les deux hommes étaient introduits, pendant qu'un troisième personnage remettait au juge le signalement des individus désignés comme s'étant trouvés dans les environs de Lieursaint quelques heures avant le crime.

III

JOSEPH LESURQUES

Le juge jeta sur les signalements un rapide regard, qu'il reporta vivement sur les deux hommes, et s'adressant aux servantes de Mongeron :

— Voici les personnes dont vous m'avez parlé, dit-il, avec un pli soucieux sur le front. Persistez-vous toujours dans vos déclarations ?...

— Nous persistons ! répondirent les deux femmes.

— Réfléchissez encore...

— Oh ! c'est tout réfléchi.

— Vous soutiendrez devant la justice ce que vous venez d'avancer.

— Nous le soutiendrons devant le bon Dieu lui-même, et nous en levons la main.

— C'est bien ! vous pouvez vous retirer.

M. Daubanton se tourna alors vers les deux hommes qui paraissaient ne rien comprendre à cette scène.

— Citoyens, dit-il d'un ton net et ferme, vous avez entendu les femmes qui viennent de sortir ? — elles vous accusent de faire partie de la bande d'assassins qui ont tué le courrier de Lyon.

— Nous ! firent en même temps les deux hommes, mais c'est une horrible méprise...

— Méprise... peut-être... répliqua le juge, cependant je ne dois pas vous cacher que deux des signalements que j'ai là sous les yeux se rapportent d'une manière étrange à vous deux.

— Mais notre honorabilité ne saurait être suspectée ! nous sommes connus.

M. Daubanton approuva du geste.

— C'est là, en effet, une garantie, répondit-il. Veuillez donc, je vous prie, me dire vos noms et prénoms.

— Moi, je m'appelle Guesno, dit le premier, et je suis employé aux transports militaires.

— Et moi, répondit le second, je m'appelle Joseph Lesurques ; j'habite Paris depuis un an, et j'y vis de la fortune que j'ai honorablement gagnée...

M. Daubanton écrivit les noms et les renseignements qu'on lui donnait.

— Citoyens, dit-il quand il eut fini, la découverte de la vérité est le seul but que poursuive la justice, et je souhaite que vous sortiez à votre honneur de cette épreuve. — Toutefois mon devoir de magistrat est ici sérieusement engagé ; des présomptions graves s'élèvent contre vous, et je suis obligé de prendre toutes les précautions. — Citoyen Guesno, et vous, citoyen Lesurques, je vous arrête !

Joseph Lesurques avait trente-trois ans à peine. Il était né à Douai, le 1er avril 1763, de parents honnêtes et jouissant d'une modeste aisance. Après avoir fait d'assez bonnes études, il avait travaillé quelque temps chez un notaire de la localité, et s'était engagé dans le régiment d'Auvergne. où il avait atteint promptement le grade de sergent.

Vers 1790, Lesurques quitta le régiment pour entrer dans l'administration du district de Douai, sa ville natale, et grâce à son intelligence et à son zèle, il ne tarda pas à obtenir l'emploi de chef de bureau.

C'était une très-honorable position ; aussi n'eut-il pas de peine à trouver une jeune fille, Mademoiselle Campion, qui consentit à unir sa destinée à la sienne.

La pauvre enfant ne savait pas alors à quelles cruelles épreuves cet hymen allait la livrer.

Lesurques était bien de sa personne.

D'une taille au-dessus de la moyenne (cinq pieds trois pouces), il avait des cheveux blonds, des yeux bleus et doux, et le nez aquilin.

Seulement, au côté droit du front, il portait une

cicatrice, trace d'un accident d'enfance, et l'un des doigts de sa main droite était estropié.

Mais ces légers défauts physiques ne pouvait nuire à l'aspect d'ensemble de sa personne, et il est certain que sous l'influence du monde d'artiste vers lequel l'entraînaient ses goûts naturels, il avait acquis une sorte de distinction extérieure.

Il n'avait alors que des ressources assez bornées.

Soit qu'il voulût les augmenter, pour accroître le bien-être de son intérieur, ce qui était assurément très-légitime ; soit, ce qui l'était moins, qu'il cherchât à doubler ses revenus, pour se procurer plus facilement les plaisirs vers lesquels il se sentait attiré, à partir du jour où il fut marié, Lesurques s'occupa d'opérations financières, se mit à spéculer sur les biens d'émigrés, et réalisa, dit-on, des bénéfices assez considérables sur certaines ventes qu'il effectua *pour le compte des nobles.*

Vers 1795, c'est-à-dire en quatre ou cinq années au plus, il avait gagné une fortune importante, qui se composait de la ferme de Férin, de quelques terres et d'une maison sise à Douai, représentant ensemble un revenu de près de douze mille livres.

C'est alors qu'il conçut l'idée de quitter sa ville natale, et de venir à Paris, où l'appelaient la nature de ses goûts, son intelligence, son activité et son ambition.

A ce moment, il avait trois enfants.

Lesurques n'était pas un homme d'intérieur ; il

aimait le plaisir, recherchait la société des gens oisifs, et il ne tarda pas à nouer quelques relations qui durent forcément l'entraîner plus loin qu'il ne convenait peut-être à un père de famille.

Les témoignages sont formels à cet égard, et il paraît même que le train qu'il menait à Douai avait donné de son caractère une idée peu favorable. On le dépeignait bien comme probe et capable, mais on parlait sévèrement de ses liaisons avec des actrices, de ses parties de cheval, et d'une propension à la dépense *qui pourrait un jour le pousser à compromettre ce qu'il avait gagné.*

Dieu nous garde de parler légèrement d'un malheureux que la sympathie publique semble avoir absous du crime qui lui a été imputé, mais la vérité ne saurait jamais perdre ses droits, et il n'est pas permis de l'atténuer.

IV

LES DEUX ENQUÊTES.

Si Lesurques n'est pas coupable, et nous ne demandons qu'à le croire, il faut avouer qu'il a été victime d'une fatalité sans précédents, et qu'un concours inouï de circonstances a justifié hautement l'accusation qui a pesé sur lui.

Ainsi, dès le début de l'instruction, deux hommes
sont particulièrement désignés à la justice : Courriol
et Richard. Courriol a manifestement pris part à
l'assassinat; Richard a logé Courriol et l'a accompagné dans sa fuite, et Lesurques est obligé de reconnaître que, le 11 ou le 12, c'est-à-dire deux ou
trois jours après le crime, il a déjeuné avec eux.

Pour prouver son *alibi*, il prétend qu'il a passé la
matinée du 8 floréal chez le citoyen Legrand, bijoutier du Palais-Royal. Legrand semble un moment
confirmer son dire, et affirme, à son tour, qu'il
existe sur son livre un témoignage précis et authen-
tique de cette visite. — On a recours au livre, et
l'on découvre avec stupeur que la date du 8, invo-
quée comme preuve, a été falsifiée, et sous le 8 apparaît distinctement un 9, dont la queue dépasse le
chiffre auquel on a voulu le substituer.

Ce n'est pas tout :

Lesurques est interrogé ; on lui demande où il a
passé la nuit du 8 au 9 floréal, et bien qu'il déclare
l'avoir passée chez lui, il ne produit ni n'invoque à
l'appui de sa déclaration aucun témoignage catégorique.

Que de présomptions viennent, en outre, s'ajouter
à ces charges déjà si graves!...

Non seulement, cet homme qui habite Paris depuis
un an, et qui n'a aucune raison pour s'y cacher, ne
possède ni passeport ni carte de sûreté en son nom,
mais on trouve sur lui une carte de sûreté *en blanc*

revêtue des signatures du président et du secrétaire de sa section, et par conséquent, dans le cas d'être remplie à toute heure...

Et quand on songe que, confronté avec les gens de Lieursaint, il est reconnu positivement par eux ; que, sur dix témoins, sept affirment énergiquement l'avoir vu sur les lieux, peu de temps avant le crime, on se demande quel implacable démon a pu réunir tant de coïncidences contre un innocent.

D'ailleurs, une autre remarque nous a encore frappé !...

Nous reprendrons tout à l'heure notre récit un moment interrompu ; mais que le lecteur nous permette auparavant cette dernière observation.

Il nous semble — avons-nous tort ou raison ? — il nous semble que dans tout le cours de cette affaire, Lesurques n'a pas cet accent communicatif et sin-cère qui convient à la vérité.

Nous le voudrions souvent plus indigné, moins patient, plus affirmatif.

Il déclare bien qu'il est innocent, qu'il ne se trouvait pas sur le lieu du crime à l'heure où il a été commis.

Mais avec quelle mollesse il se défend !... de combien d'hésitations sont entourées ses déclarations ! Comment expliquer ce trouble dans ses souvenirs, quand les faits à l'aide desquels on l'accuse sont encore si récents ?

A peine même paraît-il comprendre la gravité de la suspicion dont il est l'objet.

Il écrit à un de ses amis la lettre étrange qui suit :

« Mon ami,

« Depuis que je suis à Paris, je n'ai éprouvé que des désagréments (*désagréments*) ; mais je ne m'attendais pas, je ne pouvais m'attendre au malheur qui m'accable aujourd'hui. Tu me connais et tu sais si je suis capable de me souiller d'un crime : eh bien ! le plus affreux m'est imputé. La seule pensée me fait frissonner. Je me trouve impliqué dans l'affaire du courrier de Lyon. Trois femmes et deux hommes que je ne connais pas, ni même le lieu de leur domicile (car tu sais que je ne suis pas sorti de Paris), ont eu l'impudence de déclarer qu'ils me reconnaissaient et que je m'étais présenté chez eux à cheval.

« Tu sais aussi que je n'y ai pas monté depuis que je suis à Paris.

« Tu comprends de quelle importance est une pareille déposition qui ne tend à rien moins qu'à me faire assassiner juridiquement. Oblige-moi de m'aider de ta mémoire et *tâche de te rappeler où j'étais*, et quelles sont les personnes que j'ai vues à Paris à l'époque où l'on me soutient impudemment m'avoir vu dehors Paris (*je crois que c'était le 7 ou le 8 du mois dernier*), afin que je puisse confondre ces infâmes calomniateurs, et leur faire subir les peines prescrites par les lois.

« LESURQUES. »

Ainsi voilà un homme accusé d'un crime capital, qui n'a pas même retenu la date à laquelle a été commis l'assassinat qui lui est imputé ! Il se défie de sa propre mémoire, et c'est à un ami qu'il demande de préciser ce qu'il a dû faire le 7 ou le 8 floréal....

La chose mérite qu'on la remarque.

Du reste, Lesurques pouvait espérer, au moment où il écrivait cette lettre, que l'accusation hésiterait devant ses protestations, et certaines obscurités que l'on n'avait pas éclaircies.

Le magistrat chargé de la première instruction lui portait évidemment un intérêt particulier, et il n'avait pas cherché même à dissimuler ses sympathies.

Malgré les charges accablantes qui pesaient sur Lesurques, et bien qu'il n'eût pu se dispenser de le faire arrêter, il ne crut pas devoir ordonner une descente judiciaire chez l'inculpé, négligea d'apposer les scellés à son domicile et ne consulta aucun de ses papiers de famille.

Tout cela était si grave, on remarqua, en outre, tant d'autres irrégularités dans l'instruction, que la procédure commencée par le juge Daubanton fut cassée, sous prétexte d'incompétence, et que le 3 prairial suivant (22 mai), l'affaire fut renvoyée devant le tribunal criminel de Melun.

Dès ce moment, la procédure ne tarda pas à prendre une tournure nette et régulière.

A cette époque de troubles de toutes sortes, les attaques à main armée sur les grands chemins n'étaient pas rares, et le gouvernement prenait même parfois la précaution de faire accompagner la malle-poste par deux gendarmes, quand elle transportait des valeurs considérables en numéraire.

La mesure était bonne, et il n'y a pas encore bien longtemps, sous le règne de Louis-Philippe, nous l'avons vu employer sur le parcours de certaines routes réputées dangereuses.

L'effet du crime de Lieursaint avait été profond ; certains esprits se persuadèrent facilement que la politique n'était pas étrangère à l'attentat ; le bruit se répandit que les assassins étaient des *blancs*, et le *Journal de Paris* alla jusqu'à imprimer que les misérables qui avaient massacré le courrier et le postillon de la malle-poste de Lyon étaient des *jeunes gens bien mis*.

Quoi qu'il en soit de ces assertions, elles attestent l'impression produite par le meurtre, et l'on comprendra sans peine que, sous la pression de l'opinion publique aussi manifestée, le tribunal criminel de Melun dut redoubler de zèle et d'activité dans l'instruction qui lui était déférée.

Nous ne nous refusons pas à admettre même qu'il n'y ait apporté une certaine passion qui a pu quelquefois l'égarer dans la recherche de la vérité.

Quarante jours environ s'étaient passés depuis le crime, lorsque l'instruction fut reprise, et à ce moment, bien des faits nouveaux étaient acquis à l'accusation.

L'agent qui avait fait preuve de tant d'habileté dans l'arrestation de Courriol ne s'était pas arrêté en chemin, et convaincu que les assassins étaient *au moins* au nombre de cinq, il avait continué ses re-ches avec une infatigable ardeur.

On avait mis la main sur Madeleine Bréban, la maîtresse de Courriol, et cette femme, adroitement interrogée, effrayée à l'idée qu'elle pouvait être considérée comme complice, avait fini par faire connaître ce qu'elle savait.

Le drame sanglant de Lieursaint avait eu son prologue mystérieux.

V

LES AVEUX DE MADELEINE BRÉBAN.

La scène s'était passée à Versailles.

Il y avait là, au bas de la rampe, deux auberges qui portaient pour enseigne, l'une, *Au Cheval blanc*, l'autre, *A la Renommée*.

Un soir, quatre hommes vinrent s'y installer, sous des noms d'emprunt, et ils y restèrent pendant huit jours à peu près, sans que l'on put dire ni quelle était leur profession, ni à quelles occupations ils employaient leur temps.

Deux de ces hommes logaient *Au Cheval blanc*, les deux autres, *A la Renommée*.

Vers cinq heures, ils se réunissaient pour dîner, et tous les soirs, au moment où ils prenaient le café, un courrier arrivait ventre à terre de Paris, et, après avoir pris un verre de vin, remontait à cheval et disparaissait avec la même rapidité.

Ces quatre hommes, on le sut plus tard, étaient les misérables qui devaient, à quelques mois de là, assassiner le courrier de Lyon.

Ils avaient eu d'abord l'intention d'attaquer la malle de Brest, la première fois qu'elle transporterait des valeurs ; ils s'étaient à cet effet ménagé des relations dans les bureaux de la poste, et un courrier, monté sur un cheval prêté par Bernard, venait chaque jour leur annoncer ce que la malle de Brest emportait en numéraire ou en assignats.

Au bout de huit jours, ils renoncèrent à l'entreprise et se tournèrent d'un autre côté.

Madeleine Bréban ignorait ce qui s'était passé à Versailles ; mais elle connaissait quelques particularités du crime de Lieursaint par une scène à laquelle elle avait assisté, le lendemain même de l'attaque.

On apprit ainsi que le 10 au matin, elle s'était rendue rue Croix-des-Petits-Champs, à l'hôtel de la Paix, pour y porter des vêtements à Courriol, et que là, dans le logement d'un nommé Dubosc, avait dû avoir lieu le partage de l'argent et des objets volés au malheureux Excoffon.

Elle indiqua, en outre, comme les amis de Courriol, le citoyen Richard, dont nous avons parlé, et chez lequel elle avait déjeuné avec Lesurques; puis un autre complice, du nom de Bruer, homme fort suspect, et qui ne paraissait avoir aucun moyen avouable d'existence.

C'était à peu près tous les assassins, auxquels il ne manquait pour le moment que ce mystérieux voyageur qu'Excoffon avait pris à Paris, que l'on avait vu à tous les relais jusqu'à Lieursaint, et qui, depuis l'assassinat, avait complétement disparu sans que l'on pût retrouver sa trace.

C'est sur ce dernier que se portèrent, dès ce moment, toutes les investigations de la police, et nous la laisserons poursuivre son œuvre, pour raconter les dramatiques péripéties des débats qui allaient s'ouvrir.

Laborde se retrouvera d'ailleurs à l'heure marquée pour son châtiment, et quant à Dubosc, le sosie de Lesurques, nous raconterons à la suite de quelles aventures, pour ainsi dire invraisemblables, il finit par tomber entre les mains de la justice.

L'histoire, l'histoire scrupuleusement exacte de cet homme, est comme un roman inventé à plaisir pour charmer les sinistres veillées des bagnes.

Nous avons dit qu'à la suite de la découverte de l'attentat, les recherches les plus actives avaient été ordonnées, les brigadiers Huguet et Paumard, des résidences de Melun et de Lieursaint, s'étaient mis en campagne, et avec une intelligence rare ils avaient, dès la première heure, fait la lumière dans cette entreprise de ténèbres et de sang.

Des renseignements fournis par Huguet et Paumard, il résultait que le 8 floréal, vers une heure de l'après-midi, Etienne Courriol était arrivé à Montgeron, et qu'il était descendu chez le citoyen Evrard, aubergiste, auquel il avait remis son cheval.

Quelque temps s'était alors écoulé, pendant lequel il s'était promené d'un air préoccupé; puis, rentrant précipitamment chez l'aubergiste, il avait commandé un dîner de quatre couverts. — Peu après trois autres cavaliers étaient venus le rejoindre et avaient dîné avec lui.

Après le dîner, ils étaient allés prendre le café chez la citoyenne Chatelain, limonadière à Montgeron, et vers quatre heures, ils étaient partis tout doucement dans la direction de Lieursaint.

Là, Courriol était descendu chez la veuve Feiller, tandis qu'un de ses compagnons, grand et blond, s'arrêtait chez le citoyen Champeau, aubergiste, pour y faire racommoder un de ses éperons d'argent qui s'était cassé dans leur trajet; mais leur séjour dans cette localité n'avait pas été de longue durée, et Courriol, le grand blond et les deux autres, étaient remontés à cheval, entre sept et huit heures.

A ces détails, qui résultent des premières dépositions, il faut ajouter cette particularité importante: c'est qu'après leur départ de Lieursaint, *deux autres personnes* également à cheval descen-

2

dirent chez Champeau, et lui demandèrent entre autres si la route était sûre, et où était l'auberge de la Galère ; la première idée de Champeau fut qu'ils étaient de la compagnie de ceux qui les avaient précédés. Ils répondirent que non, et demandèrent si l'on parlait sur la route de vols et d'assassinats. Champeau répondit qu'il en avait été récemment commis un, mais qu'heureusement, les assassins avaient été arrêtés. Sur quoi, ces deux particuliers, en se regardant, dirent par deux fois : « Voilà ce que c'est ! Voilà ce que c'est !... » Ils demandèrent ensuite à Champeau s'il reconnaîtrait bien, après quinze jours ou un mois, la physionomie de ceux qu'il venait de leur dire avoir passé à quatre heures chez lui. Après être resté tout au plus une demi-heure, ils continuèrent leur route du côté de Melun, en disant : « Eh bien, nous allons rejoindre les quatre citoyens dont vous parlez. »

Cependant la nuit était venue...

Les quatres premiers cavaliers avaient pris chacun son poste, à quelque distance du pont de Pouilly, dans un petit fourré aux arbres duquel ils avaient attaché leurs chevaux.

La route n'était qu'à quelques pas.

Le silence le plus profond — un silence lugubre — régnait alentour, et l'on n'entendait plus que ces frémissements confus qui précèdent la nuit, et qui sont comme les derniers soupirs de la nature qui s'endort...

En ce moment, les quatre assassins tressaillirent.

Au loin, vaguement encore, le bruit de la malle se faisait entendre.

— Attention ! dit l'un des misérables, et que chacun se rappelle le rôle qui lui est assigné.

Tous les quatre se glissèrent aussitôt jusqu'à la route, et s'y tinrent accroupis et anxieux.

Le bruit devenait plus distinct — la malle avançait, — quelques minutes après elle était à cent pas.

Tous se levèrent alors, armés et menaçants.

L'un sauta à la tête des chevaux, un autre fendit le crâne du postillon, un troisième lui coupa le poignet, et pendant que cette sanglante besogne s'effectuait, Laborde, le mystérieux voyageur, assassinait Excoffon.

Le plus fort était fait.

Les misérables se débarrassèrent des deux cadavres, détournèrent la malle vers le petit bois et commencèrent à fouiller les coffres, éventrer les dépêches, se livrant à la recherche de l'or.

Tout cela s'accomplissait un peu à tâtons, avec trouble, à la hâte. Leurs mains étaient pleines de sang et tachaient tout ce qu'elles touchaient.

Ce dut être une horrible scène !

Puis, la hideuse spoliation terminée, chacun remonta sur son cheval, et, le feu dans la tête, la fièvre dans les veines, ils retournèrent ventre à terre à Paris.

VI

LA FAMILLE LESURQUES.

C'est le 25 prairial (13 juin), qu'eut lieu devant le directeur du jury de Melun la première confrontation des accusés, avec les témoins à charge.

Nous avons déjà dit que les filles Sauton et Grosse-Tête toutes deux servantes à Montgeron, apportaient dans leurs affirmations la plus sérieuse énergie. A ce témoignage s'était joint celui des époux Champeaux, aubergistes à Lieursaint, qui tous deux reconnaissaient Courriol et Lesurques, puis enfin celui non moins affirmatif du citoyen La Folie, garçon d'écurie d'Evrard, aubergiste à Montgeron.

Les autres témoins, au nombre de neuf, furent moins précis dans leurs déclarations ; Guesno, Bruer, Bernard, Richard, ne furent que vaguement désignés, faiblement reconnus, mais trois témoignages accablants vinrent aggraver encore la situation tion déjà si compromise de Courriol et de Lesurques.

Un sieur Adrien Roger, charretier chez le sieur Delorme, de Lieursaint, reconnaît positivement le premier, qui l'avait frappé le 8 floréal par la grossièreté même de ses propos.

De la part d'un charretier, la remarque est bonne à noter.

Un cultivateur de la Fère champenoise, le citoyen Laurent Charbault, déclare avoir dîné à Montgeron,

Quant aux deux derniers, ils ne sont accusés que de complicité.

Et ici encore, du moins en ce qui concerne Bruer, des doutes sérieux s'affirment.

Bruer est un homme sans valeur, type effacé, d'ordre inférieur, à la dévotion absolue de Courriol qui le nourrit et pourvoit à son existence. Il a peut-être profité du vol; mais il n'a certainement pas pris part à l'assassinat.

De tous ces hommes, il n'y en a donc réellement que deux sur lesquels se concentre l'attention :

Courriol et Lesurques.

C'est sur eux que se portent tous les regards, c'est leur personne qui éveille au plus haut degré la curiosité qui s'attache à tout héros de cour d'assises.

Lesurques soutient avec calme et résignation l'attention dont il est l'objet.

Quant à Courriol, c'est autre chose.

Le péril où il se trouve ne peut le faire renoncer à ses habitudes de *muscadin*, comme on appelait les *Petits crevés* du directoire... Il est vif, alerte, impertinent, et n'a rien changé à sa mise ordinaire.

Il porte un pantalon de peau qui dessine les contours élégants de sa jambe, des bottes du meilleur faiseur, un gilet rouge brodé et un chapeau à trois cornes, sur le ton noir duquel se détache l'or d'une ganse fine et habilement tissée.

Il ne se fût pas mieux habillé pour se rendre à un petit souper...

Dès que les portes du tribunal s'ouvrirent, un cours nombreux de curieux se précipita dans la salle d'audience; le silence le plus profond s'établit de tous côtés quand la Cour prit place.

Après la lecture de l'acte d'accusation et les questions d'usage adressées aux prévenus, commença l'audition des témoins.

Il n'est pas besoin de rappeler les déclarations des témoins à charge, le lecteur connaît les dépositions qui ont servi à établir l'accusation, et tout l'intérêt des débats se porte maintenant sur les moyens que va employer la défense.

Quand on accuse un homme d'un crime monstrueux; qu'on lui dit avec précision : Vous vous trouviez tel jour, à telle heure, en tel endroit... vous y avez été vu... un grand nombre de témoins vous reconnaissent de la façon la plus catégorique... le malheureux, enfermé dans ces témoignages nets et fermes, qu'il soit innocent ou coupable n'a qu'un moyen de repousser l'accusation redoutable qui menace son honneur et sa vie, c'est d'établir à son tour ce qu'il a fait au jour et à l'heure du crime; en d'autres termes, il doit prouver son alibi.

C'est ce que tenta Lesurques.

Le premier témoin qu'il produisit était le plus important, celui sur lequel on comptait le plus.

Legrand était un ami de Lesurques; il exerçait l'industrie d'orfévre-bijoutier au Palais-Royal, et on le connaissait, sur la place de Paris, comme le plus probe et le plus honnête des négociants.

Un pareil témoignage portait en lui-même une grande autorité.

Quand Legrand parut à la barre, un mouvement d'attention se fit, et chacun attendit, avec un réel et sincère intérêt, la révélation qu'il devait apporter.

Sur la demande du président, Legrand déclara que, le 8 floréal, il avait reçu la visite de Lesurques, qui était resté dans son magasin une partie de la matinée ; il ajouta qu'il était d'autant plus sûr de ce qu'il avançait, que le même jour, à la même heure, le citoyen Aldenhoff lui avait acheté divers objets d'orfévrerie, et que cette vente figurait sur son livre à la date mentionnée.

— Témoin, fit observer le président Gohier, vous affirmez que le 8, l'accusé a passé une partie de la matinée avec vous.

— Oui, citoyen président.

— Et cette présence de Lesurques coïncide, dites-vous, avec l'inscription sur votre livre-journal d'une vente faite le même jour au citoyen Aldenhoff.

— C'est cela même.

— A-t-on vérifié votre livre ?

— Je ne pense pas.

— Eh bien ! qu'on le produise à l'instant. Il est important que le tribunal soit fixé sans retard. — L'audience va être suspendue jusqu'à l'arrivée de ce document.

VIII

LE JOURNAL DU BIJOUTIER

L'incident n'avait rien que de fort naturel ; on s'empressa d'obéir à l'injonction de la Cour, et quand l'huissier vint, une demi-heure après, déposer sur le bureau le journal en question, c'est avec une certaine curiosité impatiente que le président se mit à chercher la page indiquée par Legrand.

Mais à peine y a-t-il jeté un regard, qu'il fait un mouvement où éclatent la surprise et l'indignation, et se retournant courroucé vers les juges et les jurés :

— On veut tromper la justice ! s'écrie-t-il avec véhémence. Pour arracher un coupable au châtiment qu'il a encouru, on ne recule devant aucun moyen criminel... Mais la justice veille, et elle ne se laissera pas surprendre dans sa vigilance et sa fermeté !

— Qu'y a-t-il ? qu'avez-vous vu ? demande le défenseur de Lesurques interdit.

— Il y a, citoyen, réplique Gohier, il y a que le livre présente une surcharge grossière, et que, pour le besoin de la cause, du 9 qui existait on a tenté de faire un 8.

Le défenseur saisit le livre incriminé, l'examine et pâlit...

Ce que vient de dire le président est vrai!... La surcharge est évidente, et il n'y a pas à se dissimuler la gravité d'un fait aussi étrange...

Dans l'auditoire, l'impression est immédiate, profonde, terrible...

L'accusateur public s'est levé et, d'une voix éclatante, il requiert l'arrestation du témoin.

On s'empare de Legrand, il est placé entre deux gendarmes, et le président ordonne qu'il sera renvoyé devant le juge de paix de la section du Pont-Neuf, comme accusé de faux!...

Legrand balbutie, ne trouve aucune explication à fournir, et intimidé par le désordre qui se manifeste autour de lui, en proie à un trouble indicible, il fini par *rétracter ses premières dépositions*, en reconnaissant qu'il leur avait donné pour base une date évidemment fausse.

Quant à Lesurques, malgré le foudroyant effet produit par l'incident, il conserve son sangfroid.

— Legrand, dit-il, n'est pas la seule personne qui puisse attester ma présence à Paris le jour du crime, et je demande que l'on passe à l'audition des autres témoins...

Il avait raison, sans doute ; il n'était pas responsable, lui, de la falsification du livre du bijoutier, et le tribunal devait attendre, pour former sa conviction, d'avoir entendu les autres témoins.

Mais l'impression était produite, et elle devait lui être fatale.

A partir de ce moment, en effet, tous les efforts de la défense deviennent vains; les témoignages qui se produisent en sa faveur sont suspects d'avance; c'est à peine si on les écoute.

Et puis, quelques-uns de ces témoignages sont vraiment bien imprudents.

Pour sauver Lesurques, Clotilde-Eugénie d'Argence vient déclarer que, depuis plusieurs mois, elle a vu Lesurques tous les jours.

Et le tribunal ne relève cet aveu que pour en faire une accusation d'immoralité contre le prévenu.

On aurait dû le prévoir.

A mesure que la défense faiblit, l'accusation s'affirme et redouble de zèle.

C'est la marche naturelle des choses.

Or, dans cette lutte ardente et passionnée, quel espoir pouvait donc rester à Lesurques, s'il est vrai qu'il fût innocent.

Un seul!... et nous allons le faire connaître.

Nous avons dit qu'en présence de l'accusation qui le menace, après l'incident Legrand, en dépit de l'impression fâcheuse produite sur les jurés par les charges accablantes que n'avaient pu détruire quelques témoignages favorables d'amis, il restait à l'accusé un espoir...

Des deux armes qu'il avait pour se défendre, l'une venait de se briser entre ses mains et s'était même retournée contre lui.

L'alibi.

L'autre, celle qui devait lui être indiquée par la voix de sa conscience révoltée, c'était la supposition qu'il se trouvait parmi les assassins un homme qui lui ressemblait, un sosie qu'on avait vu sur le lieu du crime, et dont les traits rappelaient les siens jusqu'à l'invraisemblance.

C'était là son refuge suprême... son salut !

Que l'idée lui en vienne à l'esprit — et comment ne lui est-elle pas venue — il est sauvé.

C'était tout un système de défense, le seul même qui convînt à l'accusé innocent.

Et s'il s'y était engagé d'un pas seulement, à quelle découverte ne serait-il pas arrivé.

Au signalement de Dubosc !...

Quelle éclatante lumière cette découverte n'eût-elle pas jeté sur tous les points obscurs de ce procès.

Quoique ce soit peut-être anticiper sur les faits qui vont suivre, le lecteur nous saura gré de lui donner dès à présent le signalement de Dubosc, que nous mettrons en regard de celui de Lesurques.

SIGNALEMENTS :

DE DUBOSC.	DE LESURQUES.
Dans le jugement du 2 août 1797 du tribunal criminel de Versailles.	*Au moment de son arrestation, — le 11 mai 1796.*
—	—
Age, 33 ans environ.	Age, 32 ans.
Taille, 5 pieds, 4 pouces, 6 lignes.	Taille, 5 pieds, 3 pouces.
Cheveux, sourcils blonds.	Cheveux blonds.

Yeux gris.	Yeux bleus.
Nez aquilin.	Nez aquilin.
Bouche moyenne.	Bouche moyenne.
Menton fourchu.	Menton rond et double.

SIGNES PARTICULIERS :

Petite cicatrice au front, au-dessus de l'œil droit ; une coupure sur le gros pouce, en dehors de la main droite.	Une cicatrice au front, côté droit, le doigt de la main droite estropié.

Mystérieuse ressemblance, fatale rencontre !

C'est à peine si la supposition d'un sosie est indiquée au procès, et encore ne l'est-elle que sous la forme la plus hésitante et la plus timide.

Et, ce n'est que plus tard, après le jugement, qu'elle se produit avec autorité, et que l'importante personnalité de Dubosc apparaît tout à coup dans l'affaire.

Mais alors, il était trop tard...

IX

LE FILS DU COURRIER.

La conviction des jurés s'était formée d'après les débats qui avaient eu lieu, et dans lesquels étaient entrés bien des éléments d'une nature toute morale, dont l'appréciation est absolument impossible à une distance de plus de soixante-dix ans.

Il n'y a plus là l'intérêt palpitant du drame vivant,
les pièces de conviction tachées de sang ont disparu;
on ne peut plus surprendre la pâleur des accusés
effarés sur leur banc, et il ne reste que les parche-
mins du procès, qui sont, selon la parole de Balzac,
comme les cendres refroidies d'un incendie éteint.

Il ne faut pas croire, non plus, que les jurés se
soient prononcés légèrement, et qu'ils n'aient pas
apporté dans la grave mission dont ils étaient chargés toute l'attention et le soin que reclamait une pareille affaire.

Selon ce que nous écrit M. Ernest Hamel, l'éloquent
et savant auteur de l'*Histoire de Robespierre*, le tribunal criminel, fonctionnant avec l'assistance de
douze jurés, ayant pour président Treilhard, et pour
accusateur public Robespierre, avait été installé le
15 février 1792. C'était donc une institution récente
que l'on avait fortifiée de toutes les garanties qui
devait protéger l'accusé.

L'organisation du jury était notamment aussi sérieuse qu'on pouvait le désirer,

Il y avait d'abord un *jury d'accusation*, dont les
fonctions équivalaient à celles de notre chambre ac-
tuelles des mises en accusation : puis, une fois que
ce premier jury avait décidé qu'il y avait lieu de
poursuivre, l'accusé se présentait devant le *jury du
jugement*, composé de douze jurés tirés au sort sur
un nombre de deux cents citoyens.

Nous ferons remarquer, en outre, et ceci est important, qu'il fallait, pour obtenir une condamnation, que le jury se prononça dans ce sens: A la majorité de dix voix contre deux.

Dans l'affaire Lesurques, rien n'avait été négligé de ce qui pouvait donner une grande autorité au jugement qui allait être prononcé.

Trois jours et trois nuits furent consacrés aux débats, pendant lesquels on entendit quatre-vingts témoins à décharge en faveur de Lesurques, et ce n'est que vers la fin du quatrième jour, le 18 thermidor (5 août), que les débats furent clos, et que les jurés se retirèrent, vers deux heures de relevée, dans la salle de leurs délibérations.

Voici les questions qui leur avaient été posées :

1° Est-il constant qu'il a été commis un homicide sur la personne du sieur Excoffon, courrier de la malle de Lyon, dans la nuit du 8 au 9 floréal dernier, sur la route de Paris à Melun ?

Etienne Courriol, Joseph Lesurques, Charles Guesno, David Bernard sont-ils convaincus d'avoir participé à cette action, de l'avoir fait volontairement, de l'avoir fait sans indispensable nécessité d'une légitime défense, de soi-même ou d'autrui, de l'avoir fait sans provocation violente, de l'avoir fait avec préméditation ?

2° Est-il constant qu'il a été commis un homicide sur la personne du sieur Audebert, postillon, dans la nuit du 8 au 9 floréal dernier, sur la route de Paris à Lyon ?

3° Est-il constant qu'il a été pris de l'argent monnayé, des promesses de mandats, des assignats et autres effets dans la malle du courrier de Lyon.

Etienne Courriol, Joseph Lesurques, Charles Guesno, David Bernard sont-ils convaincus d'avoir participé à cette action, de l'avoir fait dans l'intention de voler, de l'avoir fait à force ouverte et avec violence, de l'avoir fait la nuit sur un grand chemin, et portant des armes meurtrières ?

4° Joseph-Thomas Richard, Antonio-Philibert Bruer sont-ils convaincus d'avoir reçu gratuitement partie des effets volés, de l'avoir fait sachant que lesdits effets provenaient d'un vol, de l'avoir fait dans l'intention d'un crime ?

La délibération dura six heures, et ce fut à huit heures du soir seulement que le jury rentra dans la salle des audiences.

Or, pendant que le sort des malheureux criminels se décidait, deux femmes attendaient le verdict avec une profonde et douloureuse anxiété, qui prenait sa source dans des sentiments bien différents.

Deux femmes...

L'une veuve, l'autre sur le point de le devenir...

Le courrier Excoffon, outre qu'il était courrier de la malle, excerçait l'industrie de joaillier, et avait établi son magasin sur la place Dauphine.

Il avait une femme et un fils.

La femme était âgée déjà... le fils venait d'entrer dans sa dix-neuvième année.

Dans cette pauvre petite boutique de la place Dauphine, il s'était passé une scène déchirante, au lendemain de l'assassinat du pont de Pouilly.

Les nouvelles sinistres se répandent vite, nul ne l'ignore.

Et puis il y a des pressentiments indéfinissables qui troublent plus particulièrement l'âme des mères et le cœur des épouses.

Le 9 floréal au matin, la citoyenne Excoffon avait dû éprouver un de ces pressentiments...

Nul ne nous l'a raconté... Mais soyez sûr... qu'elle avait mal dormi pendant cette nuit terrible où l'on assassinait son mari...

Bientôt, cependant la nouvelle fit irruption dans le petit magasin, et l'épouvantable réalité frappa la malheureuse comme d'un coup de foudre.

Elle en fut morte peut-être... si son fils ne se fut trouvé près d'elle ; — la mère sauva l'épouse...

Elle attira son enfant dans ses bras, confondit ses larmes avec les siennes, et, le forçant à s'agenouiller à ses côtés :

— Prions, mon enfant, dit-elle d'une voix brisée, prions pour celui qui vient de mourir...

L'enfant s'était agenouillé, mais les lèvres seules priaient...

Son cœur, sa pensée, tout son être était ailleurs.

Il voyait la route ensanglantée, la malle renversée, le pont de Pouilly, le bouquet d'arbres du *Closeau* — et non loin de là — le cadavre de son père...

Les impressions sont vives à cet âge, et l'enfant n'y put résister.

Il s'arracha des bras de sa mère tremblante, et l'âme pleine d'une résolution farouche, il partit, seul, à pied, sans guide, se dirigeant d'un pas rapide vers le théâtre du crime !

Quand il revint, il avait tout vu... et il rapportait de ce spectacle une implacable haine contre les assassins, et une soif légitime de vengeance !...

La vengeance, c'était le jury qui allait la lui donner ; et il l'attendait, rôdant, agité et sombre, autour des bâtiments de la chancellerie du Palais, où siégeait alors le tribunal criminel.

. . . . : . . . .

X

L'ARRÊT.

Dans un autre coin de Paris, à la même heure, il y avait également une malheureuse famille dont l'honneur, la fortune, la vie étaient suspendus à cet arrêt encore inconnu !

Depuis trois jours et trois nuits le plus poignant de tous les drames se jouait dans ce pavillon élégant, situé entre cour et jardin, où Lesurques avait réuni toutes les fantaisies du goût et de l'art...

Il y avait là une femme toute jeune encore, qu'une affreuse catastrophe venait d'arracher à la vie facile qu'elle menait, pour la livrer brusquement à tout le désordre du plus violent désespoir...

3.

C'est au milieu des larmes et des sanglots qu'elle se rappelait son passé heureux.

Quelques nuages avaient bien parfois jeté leur ombre sur ce passé. Mais, à ce moment, elle n'avait de mémoire que pour les heures enivrées d'un amour partagé.

Autour d'elle, ses enfants allaient et venaient, inquiets et troublés, parlant à voix basse, marchant sur la pointe des pieds, comme dans ces appartements silencieux où la mort a passé.

Il y avait surtout un détail qui navrait la pauvre femme.

Quelques mois auparavant, on avait placé sur la cheminée du salon un buste de Lesurques.

Ce jour-là avait été une fête de famille.

Des amis étaient venus, on avait dîné, ri et chanté.

On était loin de soupçonner alors l'épouvantable catastrophe qui se préparait.

Qui eût pu la prévoir?...

Puis, tout à coup, — dans cette existence si limpide en apparence, un événement inouï était tombé, et en avait troublé inopinément les profondeurs transparentes et calmes.

Le deuil s'était répandu dans la maison, — toute joie avait disparu, — un sombre voile la couvrait à jamais.

Seul, le buste était toujours là, conservant sa sérénité et son même regard bienveillant et doux.

Sur sa lèvre aimable, errait encore le sourire des jours de bonheur.

Quel spectacle pour l'épouse, dont toute la vie désormais était faite de terreurs.

Au moindre bruit venant du dehors, elle frissonnait.

Depuis trois jours, elle n'avait pas dormi.

Elle était pâle, énervée, les yeux brûlés par les larmes, le corps brisé par d'horribles émotions.

Ah !... elle ne doutait pas, elle...

Le père de ses trois enfants ne pouvait être un criminel.

Elle l'eût attesté de son sang, s'il l'eût fallu.

Malheureusement, cette attestation de la femme en faveur du mari ne pouvait être admise, et c'était aux jurés à prononcer !

Quand ils rentrèrent en séance, on avait fait retirer les accusés.

Et c'est au milieu d'un solennel silence que le tribunal rendit son arrêt.

Charles Guesno, et Philibert Bruer étaient acquittés ; Pierre-Thomas Richard, condamné à la peine de vingt-quatre années de fers et six heures d'exposition.

Etienne Courriol, Joseph Lesurques, et David Bernard *à la peine de mort !*

Tout était fini !...

On pouvait le croire, du moins.

Il n'en était rien...

Au moment, en effet, où le président prononçait le fatal arrêt, un incident des plus inattendus vint tout à coup jeter le trouble dans les consciences et ébranler les convictions les plus sincères!...

Pendant le délibéré des jurés, une femme déclarant se nommer Madeleine Bréban, avait demandé à parler au président Gohier.

C'était la maîtresse de Courriol; elle annonçait qu'elle avait de graves révélations à faire, et qu'à ces révélations était suspendue la vie de cinq accusés.

Le président la reçut dans son cabinet.

La malheureuse fille fit connaître alors que Courriol seul était coupable, que ni Bernard, ni Richard, ni Lesurques, ni Bruer, ni Guesno n'avaient pris part à l'assassinat du courrier, et elle supplia celui qui l'écoutait de ne pas permettre que la justice frappât des innocents!

Cette intervention était au moins étrange, et le président ne voulut pas croire à sa sincérité.

Il pensa sans doute que cette femme n'agissait pas sous l'influence de sa seule volonté. Il soupçonna une pieuse fraude inventée par une épouse désolée, qui n'avait pas craint de se commettre avec une courtisane pour sauver les jours de son mari, et sous l'empire de cette prévention, il refusa de l'entendre davantage.

— Il est trop tard !.. répondit-il.

Une heure après, l'arrêt était rendu.

Cependant Lesurques avait espéré jusqu'au bout.

Quand il s'entendit condamner, quand il comprit bien que tout espoir était perdu, une pâleur mortelle se répandit sur ses traits, un frisson courut sur ses membres, et il leva les mains au ciel, comme pour prendre Dieu à témoin de ses paroles.

— Citoyens, dit-il, d'une voix que l'émotion étranglait... Le crime dont on m'accuse est horrible et mérite la mort... Mais, s'il est affreux d'assassiner sur une grande route, il ne l'est pas moins d'abuser de la loi pour frapper un innocent. Un moment viendra où mon innocence sera reconnue, et c'est alors que mon sang rejaillira sur la tête des jurés, qui m'ont trop légèrement condamné, et du juge qui les a influencés.

Ces paroles, si émouvantes qu'elles fussent, ne pouvaient plus changer la conviction du tribunal, et le malheureux fut ramené dans sa prison, où son défenseur M° Guinier ne tarda pas à le rejoindre.

Il trouva Lesurques atterré, abattu, brisé.

Il songeait à sa femme qui allait être veuve; à ses enfants, qui allaient être orphelins.

Il courut se jeter éploré dans les bras de son défenseur.

— Mes enfants! ma pauvre femme! balbutia-il en sanglotant; honte — misère — désespoir... Voilà le douloureux héritage que je leur laisse... Tout est perdu, n'est-ce pas...

— Pas encore.

— Qu'espérez-vous ?

— Il faut vous pourvoir en cassation !

— Mais ils repousseront mon pourvoi.

— Eh bien ! il vous restera alors une dernière ressource.

— Laquelle ?

— Une requête au Directoire.

— Pour demander ma grâce ?

— Pour demander justice !

— Croyez-vous que l'on m'écoute ?

— N'en doutez pas. D'ailleurs, Courriol paraît disposé à faire des aveux, et demain, il sera appelé devant les magistrats du bureau central qui consentent à l'entendre.

Lesurques ne répondit pas.

Le pourvoi en cassation fut rédigé à l'instant même, et il le signa.

XI

SUPRÊMES EFFORTS.

Le lendemain, Courriol, amené devant le bureau central, y faisait la déclaration suivante :

« Lesurques et Bernard sont innocents du crime pour lequel ils ont été condamnés à la peine de mort, ainsi que le nommé Richard, condamné aux fers.

Les véritables coupables sont Dubosc et Vidal. Madeleine Bréban peut donner des renseignements sur Dubosc et Vidal. »

A quelques jours de là, il était encore plus explicite.

Il ajoutait :

« Les véritables coupables de ·l'assassinat du courrier de Lyon sont les nommés Dubosc, Vidal, Durochat et Roussy. — Durochat, sous le nom de Laborde, a pris une place dans la malle de Lyon, à côté du courrier ; les autres sont partis, le 8 floréal dernier, de Paris, montés sur des chevaux à lui, Courriol. Il les a rejoints, une heure après leur départ, à la barrière de Charenton. Ils ont dîné et pris le café à Montgeron. Le lendemain, ils sont rentrés tous les cinq à Paris, à cinq heures du matin. Lui, Courriol, a mené les chevaux, avec Vidal, chez Audry, rue des Fossés-Saint-Germain ; les trois autres, savoir : Durochat, Roussy et Dubosq, ont été chez ce dernier, rue Croix-des-Petits-Champs, où lui, Courriol et Vidal, les ayant rejoints, les partages se sont effectués. Roussy et Durochat ont été les chefs de l'entreprise. Le sabre et l'éperon appartiennent à Dubosc, qui est retourné chercher le sabre à Lieursaint ; l'autre sabre, trouvé sur la route, appartient à Roussy. C'est Dubosc et Vidal qui se sont promenés dans Lieursaint à pied. »

Il n'était pas douteux que cette déclaration nette et concise ne fût très-grave.

Elle se fortifia bientôt d'autres déclarations non moins catégoriques, émanant de quatre individus qui, jusqu'alors n'avaient point paru au procès, et qui semblaient agir spontanément.

Le 17 vendémiaire, en effet, un sieur Jean-François Perrin, portier d'une maison sise rue des Fontaines, vint déposer devant le juge de paix qu'un nommé Vidal occupait dans sa maison un appartement au loyer de 400 francs, qu'il avait quitté au bout de quinze jours pour se rendre à Lyon, où l'appelait la mort de son père.

Le citoyen Cauchois, menuisier, et Goulon, cordonnier, déclarèrent qu'ils avaient ouï dire que des six accusés, un seul était coupable, et que les vrais assassins avaient pris la fuite, à l'aide de passeports préparés lors de l'assassinat.

Enfin, la fille Bréban vint renouveler ses dépositions précédentes, et affirma de nouveau que Lesurques avait été pris pour Dubosc, auquel il ressemblait.

Devant ce nouvel effort, tenté en faveur du condamné, les magistrats hésitèrent, et il leur parut qu'il convenait d'épuiser tous les moyens de le sauver, si, par impossible, on venait à prouver manifestement qu'il fût innocent.

L'affaire entrait donc dans une nouvelle phase, et semblait s'éclairer tout à coup de la lumière apportée par deux documents nouveaux.

L'opinion publique commençait à s'émouvoir,

et dans le public et dans les journaux, une sympathie très-vive se manifestait en faveur du condamné.

Dans le *Messager du soir*, qui parut le jour même où les débats finissaient, un journaliste s'exprimait ainsi :

« J'ai assisté aux débats, et j'assure que loin d'avoir été convaincu par l'assurance des témoins qui déclaraient reconnaître Lesurques pour être le même qu'ils avaient aperçu une seule fois il y avait trois mois, j'ai vu avec peine que le citoyen Gohier, qui se laisse entraîner quelquefois par la haine qu'il a si justement vouée aux vrais coupables, cherchait, par un plaidoyer contradictoire, à détruire l'effet qu'aurait pu produire sur les jurés la déclaration de quelques ouvriers qui affirmaient avoir vu, le jour même de l'assassinat, Lesurques chez lui. »

Il est vrai de dire qu'un autre journal contenait, à quelque temps de là, l'expression d'une opinion toute contraire.

Dans la *Gazette générale* du 6 brumaire, an v, on lisait :

« Lesurques n'a donc détruit aucune des preuves qui ont motivé sa condamnation, et cette affaire n'aurait jamais eu un si grand éclat, elle n'aurait jamais occupé le Corps législatif, si le *ministre de la justice (que l'on dit être un très-proche parent de Lesurques)* n'y avait pas pris une part extraordinairement active. Indépendamment des mouvements

qu'il s'est donnés pour obtenir des déclarations en
faveur de son parent, et pour mettre en campagne
les membres et les agents du bureau central afin de
recueillir les preuves de son innocence prétendue,
pour déterminer le Directoire exécutif à interposer
son autorité, à arrêter le cours des lois et à adresser
un message au conseil des Cinq-Cents, il a écrit jusqu'à cinq lettres à la Commission, dont trois en un
seul jour, pour l'engager à faire un rapport favorable. »

On ne peut s'empêcher d'être frappé du ton de ces
extraits ; ils attestent évidemment que le public prenait un profond intérêt à cette affaire criminelle,
et qu'il en suivait tous les détails avec une attention
soutenue.

Les uns croyaient à l'innocence de Lesurques, les
autres croyaient à sa culpabilité.

Mais où était la vérité ?

Le pourvoi en cassation venait d'être rejeté et il
semblait que Lesurques était désormais perdu.

Mais le malheureux avait des amis puissants, des
défenseurs courageux, et Mᵉ Guinier présenta requête au Directoire.

Le droit de commutation et de grâce, dit M. A.
Fouquier, le plus beau des droits de la royauté,
avait disparu avec la royauté elle-même. Le Directoire n'avait, en pareil cas, d'autre privilége que celui de faire surseoir, jusqu'à vérification, à l'exécution de l'arrêt.

On obtint le sursis.

On obtint plus, et grâce aux instances et aux prières, il y eut alors quelque chose qui ressembla beaucoup à une révision du procès qui venait d'être jugé.

Après cet examen approfondi des pièces, le Directoire crut devoir adresser au conseil des Cinq-Cents un message conçu en ces termes :

« Citoyens législateurs,

« Le nommé Lesurques, condamné à mort, avec un nommé Courriol, pour l'assassinat du courrier de Lyon, a été déclaré innocent par ce dernier, après le jugement rendu contre eux. Courriol a assuré que la ressemblance de Lesurques avec un des complices de l'assassinat, qu'il nomme et qui n'est pas pris, a pu tromper les témoins. Les déclarations de Courriol sont confirmées par celles de quelques autres personnes entendues après lesdites déclarations, postérieurement aussi, par conséquent, au jugement rendu.

« Lesurques, qui s'était pourvu en cassation, se réservait de faire valoir les moyens que ces déclarations lui présentaient, lorsqu'il aurait été renvoyé par devant le nouveau tribunal qu'il demandait ; mais le tribunal de cassation a trouvé que toutes les formes prescrites par la loi avaient été observées. Il n'a pu, conséquemment, casser la procédure.

« Quelle marche convient-il de suivre dans cette circonstance ? Lesurques, s'il est innocent, doit-il périr sur l'échafaud, parce qu'il ressemble à un coupable? Le Directoire appelle votre attention sur cet objet, citoyens représentants, et il vous fait observer qu'il n'y a pas un moment à perdre, puisque demain matin le jugement doit être exécuté. »

Exécuté... demain matin !...

Cette chute ne devait pas manquer son effet, et un frisson dut passer sur tout le Conseil, quand retentirent les derniers mots du message.

On commença donc par accorder un sursis au condamné — ce qui était urgent ; — puis, séance tenante, une commission composée de trois membres, les citoyens Treillard, Crassous et Siméon, fut chargée de préparer un rapport sur cette affaire.

XII

LE DERNIER ESPOIR.

L'un des commissaires, Jérôme Siméon, était un jurisconsulte des plus éminents connu par la modération de ses idées, et ce fut justement celui-là qui fut désigné comme rapporteur.

Le message du Directoire, le sursis accordé, la nomination de cette commission et le choix même du rapporteur, tout cela communiqua un sérieux espoir aux amis de Lesurques...

En tout état, c'était un répit...

On était au 27 vendémiaire (10 octobre 1796). Le rapport ne pouvait pas être présenté avant le 26. C'était donc huit jours accordés au condamné.

Huit jours, à la veille d'une exécution !

Et que de choses pouvaient se passer dans cet intervalle.

On respirait...

Après tant de témoignages de bienveillance, il ne semblait pas possible qu'on n'ordonnât pas le renvoi du condamné devant un nouveau tribunal.

C'est dans ces conditions que se produisirent quelques incidents que nous ne devons pas passer sous silence.

On se rappelle que le bijoutier Legrand, arrêté comme faux témoin, avait été renvoyé devant le juge de paix de la section du Pont-Neuf.

L'incident était grave au premier chef, et sa solution intéressait le condamné à divers titres.

Rien, du reste, de ce qui se rattachait à ce procès criminel ne trouvait le public indifférent, et les faits secondaires de la cause même avaient le privilége de passionner l'opinion.

Comme le dit un journal du temps (*les Annales universelles*) : « Heureux le peuple chez lequel la mort d'un innocent est une calamité publique ! heureux surtout le peuple pour qui cette mort est une leçon ! »

C'est notre avis.

Et nos lecteurs nous rendront cette justice de reconnaître avec quel soin scrupuleux nous sommes descendus dans les petits détails de cette affaire.

Nous avons notre opinion faite sur l'incident Legrand, et nous n'y attachons pas plus d'importance qu'il n'en mérite. Mais nous avons tenu à l'éclaircir, autant que possible, et nous ne croyons pouvoir mieux faire que de donner le compte rendu officiel du jugement qui intervint.

Voici les termes dans lesquels s'exprime le procès-verbal dressé, lors de l'instruction de l'affaire, par l'*écrivain expert*, attaché à la Justice de paix de la section du Pont-Neuf.

Ce procès-verbal établit :

Que le chiffre 8 avait été substitué au chiffre 9, et tracé avec une autre plume et une autre encre, ce qui prouve que cette transformation était postérieure de plusieurs jours à la rédaction de l'article du registre.

Legrand interrogé a dit :

« J'ai déposé d'après la date qui était sur mon registre ; je n'ai pas commis de faux. »

Dans une autre réponse, il dit :

« J'ai reconnu que je m'étais trompé : je n'ai pas eu l'intention de faire un faux ; je croyais la date certaine, *ce n'est qu'après avoir bien examiné mon livre que j'ai reconnu mon erreur.* »

A lui demandé, si sa déposition en faveur de Lesurques avait été sollicitée, il répond :

« Non. *J'ai vu, avant l'assignation,* le défenseur de Lesurques, qui, *ayant vu mon livre,* m'a dit que je pouvais déposer, d'après le renseignement du 8, que j'avais vu Lesurques ce jour-là. »

Interrogé s'il n'y a pas des témoins qui, sur la foi de son livre, aient déposé pour Lesurques, il répond :

« Je sais qu'Aldenhof et Hilaire ont fait la même déposition que moi pour Lesurques, et *d'après mon livre ;* mais je ne puis l'affirmer. »

Aldenhof, mandé devant le juge de paix, a dit :

« Avant que j'aie reçu l'assignation pour Lesurques, j'ai été chez Legrand. Celui-ci me demanda si je me souvenais du jour que j'avais vu Lesurques chez lui ; je lui dis que c'était le jour qu'il m'avait donné la cuiller. Il me dit que c'était le 8 floréal d'après son livre. *Je n'ai déposé aujourd'hui, pour Lesurques, que* D'APRÈS CE LIVRE. — *Je ne puis dire si c'est le 8 floréal, que* D'APRÈS LE LIVRE DE LEGRAND. »

Le juge de paix a prononcé ainsi :

« Attendu qu'il n'est pas prouvé que c'est Legrand qui a fait la surcharge qui existe sur son livre ; que, d'ailleurs, *il a rétracté sa déposition,* qui ne paraît être que le *fruit de l'erreur résultant de la fausse date,* disons que ledit Legrand demeurera en liberté. »

Le résultat de cette instruction était entièrement favorable à Legrand, mais il perdait Lesurques.

La rétractation du bijoutier, impliquant logique-
ment celles d'Aldenhof et de Hilaire, jetait une
défaveur sur la plupart des autres dépositions à décharge.

L'effet en fut déplorable... et dut influer sur la
décision du tribunal de cassation.

Cependant, le jugement du tribunal criminel,
acquittant Bruer et Guesno, c'est-à-dire en ne frap-
pant que Courriol, Lesurques, Bernard et Richard,
après avoir établi que la bande des assassins se composait d'au moins cinq affidés, ce jugement, disons-
nous, reconnaissait implicitement que tous les coupables n'étaient pas dans la main de la justice et
semblait admettre la nécessité d'une nouvelle instruction.

C'était rationnel.

Courriol ne cessait de répéter depuis : que Lesurques et Bernard étaient innocents ; que Bernard
n'avait fait que prêter les chevaux, que Lesurques
n'avait pris aucune part au crime.

Et Courriol n'était pas seul à rendre de pareils témoignages.

Au moment où Lesurques était à la Conciergerie,
un certain M. Le Roy, ancien capitaine d'infanterie,
s'y trouvait détenu *comme partisan actif des Bourbons.*

L'ex-capitaine s'était pris de pitié pour le malheureux condamné.

« A la sortie du Tribunal, dit M. Le Roy, les condamnés furent amenés au greffe de la prison, où je

me transportai, e t j'entendis les coupables, qui alors avouaient leur crime, *assurer que le sieur Lesurques ne l'était pas, et qu'il avait été pris pour un autre.* (Evidemment l'ex-capitaine se trompe, puisqu'il n'existe dans les dossiers judiciaires aucune déclaration autre que celle émanant du *seul* Courriol.)

« Ce malheureux, poursuit M. Le Roy, ne sortira jamais de ma mémoire, et je ne puis y songer sans frémir. *Cette triste scène se passa en présence du fils du concierge,* et de plusieurs guichetiers dont je ne me rappelle pas les noms, *sinon de Richard, concierge, et de son fils, greffier.* »

De plus, le bruit commençait à se répandre qu'il y avait entre Lesurques et Dubosc une telle ressemblance, que lorsque, après sa condamnation, Lesurques avait été conduit à Bicêtre, il avait été pris pour Dubosc par les gens de cette maison.

Malheureusement, vérification fut faite sur les lieux ; et le greffier, les gardiens, le concierge, les porte-clefs du sinistre établissement déclarèrent unanimement que la méprise dont on parlait était une pure invention, et qu'elle n'avait pas eu lieu. (Rapport de M. Zangiaconi.)

Mais là n'était plus désormais le point important.

Un grand acte allait s'accomplir. Ce que l'on n'avait fait jusqu'alors pour aucun criminel, le conseil des Cinq-Cents avait consenti à le faire pour Lesurques, et il allait être appelé à se prononcer solennellement sur la question.

4

On était au 5 brumaire an V.

Cette fois, c'était bien la dernière ressource et le suprême espoir.

Aussi, quel monde de sensations dut emplir l'esprit du condamné, à la veille de ce jour fatal !

A cette heure, sa tête, déjà vouée à l'échafaud, et que le bourreau avait failli toucher une fois, était tout entière dans la main de M. Siméon !...

XIII

LE RAPPORT AUX CINQ-CENTS.

Le 5 brumaire an v (26 octobre 1796) eut lieu la mémorable séance, dans laquelle Mᵉ Siméon présenta à ses collègues du conseil des Cinq-Cents son rapport sur l'affaire Lesurques.

Un grand concours de curieux avait envahi de bonne heure les tribunes publiques, et autour des Tuileries rôdaient des gens avides de connaître la solution de ce grave procès.

Il ne s'agissait de rien moins que de la tête d'un homme, et nous avons dit le bruit qui s'était fait déjà en faveur du malheureux que des amis puissants voulaient sauver.

Une sorte de frisson parcourut l'assemblée quand

le rapporteur se leva ; puis un silence profond s'établit, et M. Siméon commença.

Après un exorde un peu emphatique, ce qui était le ton de l'époque, le rapporteur félicitait le conseil de la détermination qu'il avait prise de faire surseoir à l'exécution du jugement qui condamnait Lesurques, et il ajoutait :

« Il est possible qu'une combinaison adroite, qu'une *collusion officieuse* entre un coupable et ses complices aient tendu un piége à votre sensibilité. N'importe ! il vaut mieux se convaincre qu'on a été trompé, que de refuser, de peur de l'être, de s'éclairer et que de s'exposer à des regrets. Nous compterons le 27 vendémiaire au nombre de nos jours heureux, si nous avons pu, ce jour là, sauver un innocent. »

Après ce début, qui ne se prononçait ni dans un sens, ni dans un autre, le rapporteur entrait profondément dans l'examen des faits.

« La Commission nommée pour l'examen du message du Directoire exécutif, relatif à Lesurques, frappée comme le Conseil de l'importance du sujet, a dévoré, avec autant d'attention que d'avidité, les pièces qui lui étaient présentées.

« Deux grandes pensées l'occupaient.

« Apercevoir clairement l'innocence du condamné ; trouver des moyens légaux de pourvoir à son salut et de garantir en même temps celui des infortunés qui pourraient tomber dans un semblable malheur.

« Avec quelle douleur, au lieu de l'évidence qu'elle espérait rencontrer, elle n'a vu que la déclaration du condamné nommé Courriol, en date du 19 thermidor dernier, lendemain de son jugement? Elle porte que *Lesurques* et *Bernard*, condamnés avec lui à la peine de mort, comme convaincus de vol et de l'assassinat du courrier de Lyon et du postillon conduisant la *brouette* (on appelait ainsi la malle à cette époque) commis le 8 floréal, vers huit heures du soir, ne sont pas coupables ; que Richard, condamné aux fers pour recèlement, ne l'est pas non plus; elle désigne, à la place de Lesurques et de Bernard, deux autres individus, Dubosc et Jean-Baptiste, dit Laborde, auxquels se sont joints Rossi, Italien, et Lafleur.

» A l'appui de ces déclarations, quatre individus ont été, le 17 vendémiaire, chez un juge de paix faire d'office et pour rendre, *disent-ils*, hommage à la vérité, les déclarations suivantes. »

Ici, le rapporteur fait intervenir les déclarations de Perrin, Cauchois, Goulon, et de la fille Bréban, dont nous avons parlé.

Puis il poursuit :

« Votre commission s'est demandé quelle peut être la force des déclarations plus ou moins répétées d'un condamné en faveur de ses co-condamnés ; quelle valeur peuvent avoir des déclarations extra-judiciaires de témoins qui se présentent d'eux-mêmes après un jugement !

« La réponse n'était pas difficile.

« Quel est le condamné qui, pour une somme d'argent qui serait assurée à sa famille, ou même par une générosité qui ne lui coûterait rien, ne se prêterait pas à décharger un complice dont la mort ne saurait lui être utile, et empêcher la sienne. »

Cet argument laissait, évidemment, à désirer. Mais ceux qui suivent sont plus sérieux, et ont dû produire une profonde impression sur l'assemblée.

« Nous voyons, continue le rapporteur, l'officieux Courriol absoudre par sa déclaration et le recéleur, Richard, et les complices du vol et de l'assassinat, Bernard et Lesurques, sans que ni Richard ni Bernard songent à réclamer; c'est Lesurques qui fait, seul, une tentative qui serait si profitable à tous. Bernard et Richard dédaigneraient-ils donc les bienfaits de Courriol! ou ne les y a-t-on mis que parce que, pour sauver Lesurques, il fallait substituer à tous les acteurs en vue une troupe entièrement nouvelle ?

« Nous concevions comment l'atroce Courriol, indifférent à la vie ou à la mort de ses co-accusés, avait pu consentir à les égorger par son silence pendant tout le cours de la procédure, et qu'enfin, à la veille de passer dans une autre vie, saisi de remords, il avait pu se déterminer à déclarer une vérité qu'il avait trop longtemps étouffée, mais nous nous demandions comment un citoyen riche, dit-on, et surtout innocent, n'avait pu, avec ce ton tout-puissant et sublime de la vérité, interpellé Courriol; comment il ne lui

4.

avait pas arraché, en présence des jurés et du tribunal, cette déclaration obscure et tardive ; comment,
avec cet accent si persuasif de l'innocence calomniée,
il n'avait pas rendu compte à ses juges de toutes ses
actions, de tous ses mouvements, à l'époque du
8 floréal.

« Pour ne rien omettre, pour veiller à sa défense
autant qu'il nous paraissait l'avoir négligée, nous
avons voulu savoir ce qui s'était passé au tribunal
de cassation, et dans les débats au tribunal criminel. »

XIV

CONCLUSIONS DU RAPPORT.

Le rapport de M. Siméon continuait :

« Au tribunal de cassation, on a plaidé son innocence, fondée sur les déclarations extra-judiciaires
et quasi-posthumes de Courriol et des quatre témoins, dont j'ai rendu compte. On a allégué des
nullités chimériques. Le tribunal de cassation, qui
n'est pas destiné à connaître du fond, ne les ayant
pas trouvées réelles, a débouté Lesurques. Mais,
nous pensons que *si une innocence évidente eût frappé
le tribunal*, alors, empruntant de la force des faits
quelque couleur pour les moyens de cassation, il

aurait équitablement vu, dans les griefs les plus légers, une ressource précieuse et décisive.

« Le tribunal de cassation n'avait donc pas eu cette lumière, que nous cherchions et dont nous étions avides.

« Lesurques a été reconnu par sept témoins qui l'ont vu, tant à Montgeron qu'à Lieursaint.

« L'aubergiste de Lieursaint et sa femme l'ont *spécialement* désigné pour celui à qui appartenait un éperon argenté trouvé auprès des cadavres.

« Lesurques a déjeuné le 12 floréal avec Courriol et Guesno, co-accusés, chez Richard, autre accusé. Il n'avait pas de carte de sûreté ; il n'avait qu'un passe-port suranné... »

Passant à l'incident Legrand, le rapporteur en fait ressortir toute la gravité, et il établit qu'elle doit infirmer bon nombre d'autres dépositions à décharge.

Il poursuit :

« Mais à défaut de ce premier alibi, un autre a été proposé. Il aurait passé la journée du 8 floréal chez une fille nommée Dargence.

« On a voulu savoir si cette date du 8 était une leçon répétée machinalement par cette jeune fille, ou si c'était l'expression d'un fait vrai. On lui a demandé si elle connaissait le nouveau calendrier, quel mois précède, quel mois suit celui de floréal, combien il y a de jours ; — *elle l'a ignorée.* — Cette fille Dargence *est une inconnue que l'on ne trouve pas au domicile qu'elle s'est donné.*

« Bernard, autre condamné, que Courriol justifie aussi après coup, avait voulu également prouver son alibi par des témoignages qui se sont trouvés faux et contradictoires. »

On ne peut nier que tout ceci fût bien accablant pour Lesurques.

« Et c'est après ces honteux essais, disait M. Siméon, après que trois jours et trois nuits ont été épuisés en débats, après que les jurés ont prononcé que les accusés étaient convaincus, qu'on essaie de *substituer à d'inutiles et pauvres défenses* produites légalement des *déclarations illégales*, et ce qui est pire, *insignifiantes*.

« Où s'arrêtera-t-on si les jugements ne peuvent être définitifs ? Si, lorsque TROIS jurés sur DOUZE *peuvent absoudre*, l'accusé, qui n'a pu obtenir son absolution, vient, sous prétexte de nouveaux témoignages en sa faveur, réclamer un nouveau jugement. »

Pendant tout le temps que la commission avait siégé, elle n'avait cessé de recevoir messages sur messages, déclarations sur déclarations.

Il est évident qu'une puissante intervention s'intéressait à Lesurques, et qu'on cherchait par tous les moyens à peser sur le rapporteur.

Une nouvelle déclaration de Courriol avait été remise à la commission, la veille même du 5 brumaire :

« Cette déclaration, annonçait le rapporteur, est

accompagnée d'une adresse de Lesurques, qui peut, dit-il, sous peu de jours, donner les preuves les plus complètes de son innocence.

« Faire des preuves après un jugement, et quand il faudrait, au moins, les présenter toutes faites et brillantes de cette lumière qui dissipe tous les nuages et forme le jour de l'évidence; des preuves encore à faire, lorsqu'on a produit dans les débats quatre-vingts témoins à décharge ; lorsque de l'accusation aux débats, il s'est passé près de trois mois ; lorsque du jugement à la réclamation au Conseil, il y a eu encore deux mois et neuf jours ! *Depuis plus de cinq mois, Lesurques est en péril de la vie, et ses preuves ne sont pas faites !*

« Ce matin, des observations nous ont été distribuées pour Lesurques. Sans doute, les membres du conseil se seront empressés de les lire : on n'attend point de moi que je les combatte. *C'est bien assez d'avoir eu à soutenir les larmes et le désespoir d'une femme et de trois jeunes enfants.* Je ne suis ni l'adversaire, ni le juge de leur mari et de leur père. — Tant mieux s'il peut obtenir des membres du conseil des moyens que la commission *n'aperçoit pas.*

« Votre commission persiste à vous proposer l'ordre du jour, et un message pour en instruire le Directoire. »

Ce rapport avait été écouté par le conseil des Cinq-Cents avec la plus profonde attention.

Dans les tribunes, on faisait silence également.

Chacun comprenait qu'il s'agissait de la mort d'un homme.

Et quand la dernière phrase tomba des lèvres de M. Siméon, tous les fronts se courbèrent instinctivement, et un frémissement courut parmi tous les auditeurs.

L'effet n'eût pas été plus profond, si l'on avait, en ce moment, entendu tomber le couteau de la guillotine.

Les deux propositions présentées par la commission furent immédiatement votées et *adoptées à l'unamité*...

Cette fois, la condamnation à mort était irrévocable !

Quand Lesurques apprit l'accueil fait au rapport de la commission, il comprit que tout espoir était perdu, et qu'il ne lui restait plus qu'à se préparer à la mort.

La lutte était finie !...

Les condamnés à mort furent dès ce jour gardés à vue et entourés de toutes les précautions d'usage.

Et l'on prépara l'échafaud...

Lesurques n'avait pas quitté sa cellule. Il était seul, et quand son défenseur vint lui annoncer la fatale nouvelle, il rédigeait une dernière pétition au Conseil des Cinq-Cents.

La pétition fut envoyée, elle fut lue le lendemain, mais les membres du conseil s'étaient déjà trop occupés de cette affaire, et comme la veille, ils passèrent encore à l'ordre du jour.

Dans l'après-midi, il entendit autour de sa cellule un bruit inaccoutumé, — un va et vient de porte-clefs, — un murmure de voix sourdes et basses; puis, peu à près, un silence sinistre, qui ne fut plus troublé que par le pas monotone et lent d'une sentinelle qui veillait à sa porte !...

Il eut un sanglot.

Il avait senti son épaule frissonner comme à l'attouchement du bourreau.

Il prit sa tête dans ses mains, et fondit en larmes.

XV

LA CELLULE DU CONDAMNÉ.

Lesurques était sur le bord de cet abîme sans fond que l'on appelle l'éternité...

Et c'est la première fois qu'il y plongeait le regard.

Le vertige le saisit.

Quels rêves horribles durent le visiter pendant cette nuit sans sommeil.

Que de remords déchirants, s'il était coupable ; que de révoltes pleines d'imprécations, s'il était innocent !

Quand l'aube parut, l'insomnie l'avait brisé ; assis, le front penché à terre, les bras pendant le long du corps, l'attitude accablée, il avait fini par s'endormir.

Les épouvantables visions de la mort avaient fui — il reposait plus calme — et de ses yeux fermés, sur ses joues fatiguées et livides, coulaient deux grosses larmes silencieuses.

Peut-être, à cette heure, revoyait-il les êtres chers qu'il allait quitter ; peut-être avait-il l'instinct d'une réhabilitation posthume courageusement, saintement poursuivie par la pauvre veuve qui l'avait tant aimé !

Il se réveilla en sursaut et presque effaré.

Une clef grinçait dans la serrure de la porte.

Etait-ce déjà la mort ?...

C'était sa femme et ses trois enfants, que lui amenait Hilaire Ledru, un de ses meilleurs amis.

Nous ne raconterons pas cette scène.

Hilaire Ledru, qui était un peintre distingué, en a retracé tous les détails douloureux.

Lesurques est assis dans son cachot, auprès d'une table grossière, entouré de ses trois enfants qui le dévorent de baisers et l'accablent de caresses.

Le malheureux père cherche, en pleurant, à se débarrasser de leurs étreintes, tandis que, à deux pas de lui, sa femme sanglote dans l'attitude du plus violent désespoir.

Enfin, au fond, un guichetier contemple, im

passible et les bras croisés, ce tableau saisissant.

Mais il fallait se séparer.

Il fallait s'arracher à ces embrassements suprêmes, et cette heure dut être la plus déchirante.

La pauvre femme ne pouvait se résoudre à partir. Vingt fois elle gagna la porte, et vingt fois elle revint se jeter dans les bras du condamné.

Les enfants pleuraient et criaient au milieu de leurs étreintes : on eût dit que le plus jeune lui-même avait conscience de la solennité de ces adieux.

Enfin, on s'empara de ces infortunés, on les porta hors de la cellule, et Lesurques se retrouva seul, livré à lui-même, en face de l'horrible réalité.

Il était anéanti.

La scène qui venait de se passer lui avait enlevé une partie de son énergie ; il allait et venait à travers la cellule, comme un homme ivre. A ce moment il appelait la mort, et c'est le bourreau qu'il eût voulu voir venir.

On était au vendredi 28 octobre 1796.

L'exécution était fixée au dimanche suivant, 30.

Lesurques n'avait plus qu'un jour à vivre !

Il l'ignorait, mais il en avait le pressentiment.

L'approche du terme fatal releva son courage ; il secoua toute faiblesse, et songea à laisser une trace de ses dernières volontés.

Et d'abord, il écrivit à sa femme : *la citoyenne* VEUVE *Lesurques* :

« Quand tu liras cette lettre, disait-il, je n'existe-
rai plus; un fer cruel aura tranché le fil de mes
jours que je t'avais consacrés avec tant de plaisir.
Mais telle est la destinée ; on ne peut la fuir en aucun cas. Je devais être assassiné juridiquement. Ah!
j'ai subi mon sort avec constance et un courage digne d'un homme tel que moi. Puis-je espérer que tu
suiveras mon exemple ? Ta vie n'est point à toi ; tu
la dois tout entière à tes enfants et à ton époux, s'il
te fut cher : c'est le seul vœu que je puisse former.

« On te remettra mes cheveux, que tu voudras bien
conserver, et, lorsque mes enfants seront grands, tu
les leur partageras ; c'est le seul héritage que je
leur laisse.

« Je te dis un éternel adieu. Mon dernier soupir
sera pour toi et mes malheureux enfants. »

Puis il mit ordre à ses affaires et fit le relevé de
ses dettes.

Au nombre de ces dernières on remarque :

« Dû : huit louis au citoyen Legrand, *qui n'a pas
peu contribué à me faire assassiner* ; mais je lui pardonne de bon cœur, ainsi qu'à tous mes bour-
reaux. »

Au moment de la fatale toilette, il désira, dit-on,
couper lui-même ses cheveux. — Ces cheveux blonds
qui lui avaient été si funestes. — Il en fit quatre
parts, et les adressa à sa femme et à ses enfants.

Enfin, il écrivit à son sosie, à ce Dubosc pour
lequel Courriol affirmait qu'on l'avait pris, et de-

manda que sa lettre fût insérée dans tous les journaux.

La lettre était ainsi conçue :

« Vous, au lieu duquel je vais mourir, contentez-vous du sacrifice de ma vie. Si jamais vous êtes traduit en justice, souvenez-vous de mes trois enfants couverts d'opprobre, de leur mère au désespoir, et ne prolongez pas tant d'infortunes causées par la plus funeste ressemblance. »

Nous verrons plus loin de quelle façon cette prière fut accueillie par ce Dubosc, qui est bien le criminel le plus audacieux, le plus redoutable dont il soit fait mention dans les annales judiciaires.

Or, pendant que Lesurques s'occupait de tous ces soins, la dernière journée s'était écoulée, et le bourreau la nuit venue avait commencé sa sinistre besogne.

L'échafaud se dressait dans l'ombre, à la lueur des torches qui traçaient dans la nuit de sanglantes lueurs, et tout autour les curieux se massaient impatients, avides, comme s'il se fût agi d'un spectacle ordinaire.

XVI

L'ÉCHAFAUD.

Trois têtes à voir couper en l'espace de quelques minutes !

Il y avait longtemps qu'on ne s'était trouvé à pareille fête.

Le matin venu, un mouvement se fit sentir, les vagues profondes de la foule tumultueuse se soulevèrent, et une rumeur sortit de toutes les poitrines.

On avait aperçu de loin l'escorte de la charrette.

Les condamnés avançaient lentement, et l'on distinguait déjà Courriol et Lesurques, debout près du brancard.

Courriol était vêtu avec recherche, et son regard ironique semblait défier la curiosité des spectateurs.

Lesurques portait des habits blancs, protestation suprême d'innocence, et paraissait ferme et digne.

Et, sur tout le parcours, Courriol ne cessait de répéter, en désignant son compagnon :

Moi, je suis coupable, — citoyens, — mais Lesurques est innocent — et on le tue pour un crime qu'il n'a pas commis !...

Quant à Bernard, couché sur la paille au fond de la charrette, abattu, terrifié, presque mort déjà, il semblait insensible à tout ce qui se passait à ses côtés, et pleurait en demandant grâce ou pitié.

Enfin on arriva au pied de l'échafaud.

Les condamnés furent liés l'un après l'autre, sur la planche fatale. Trois fois le triangle d'acier glissa entre les bras rouges de la guillotine, et quelques instants plus tard la justice des hommes était satisfaite !...

La tête de Lesurques était tombée, et elle avai heurté, dans le sanglant panier, celles de Courriol et de Bernard.

Le drame semblait donc fini, et cette triple exécution pouvait passer à bon droit pour un dénouement suffisant.

Il n'en était rien.

Malgré le châtiment, en dépit des charges évidentes, le doute persista dans les esprits, et plus d'un spectateur avait frissonné en songeant que Lesurques et Bernard pouvaient être innocents.

L'impression s'en répandit bientôt de tous côtés ; on s'en préoccupa comme d'un intérêt général, et quand, à quelque temps de là, on apprit tout à coup que Laborde, le mystérieux voyageur de la malle, venait d'être arrêté, la sympathie publique, qui n'avait fait que sommeiller, se réveilla inopinément, et dans cette seconde partie du drame, on ne tarda pas à entrevoir de nouvelles et non moins poignantes émotions.

Le public ne se trompait pas, et le spectacle de cette veuve désespérée, de cette mère courageuse poursuivant la réhabilitation de son époux, est peut-être d'un intérêt supérieur encore aux péripéties que nous venons de raconter.

XVII

LE VOYAGEUR MYSTÉRIEUX.

A quelque temps de là, un vol considérable fut commis à Paris, et la police, lancée sur les traces des coupables, mit la main sur un voleur, qui déclara se nommer *Durochat.*

Or, *Durochat,* c'était le nom que Courriol avait donné à Laborde, l'un des assassins du *Courrier de Lyon.*

Tous ceux qui s'intéressaient au sort de la famille Lesurques, tous ceux qui croyaient à l'innocence du supplicié, et voulaient aider à la réhabilitation de sa mémoire, virent dans l'arrestation de Durochat une chance d'arriver à la découverte de la vérité, et ils s'y employèrent avec un zèle digne des plus grands éloges.

Le lecteur se rappelle sans doute que M. Daubanton, le juge de paix de la section du Pont-Neuf, s'était constamment montré favorable à Lesurques, et qu'il n'avait jamais caché les sympathies qu'il lui inspirait.

Cet honorable magistrat continuait de voir la veuve, et il souffrait du spectacle navrant qu'il avait chaque jour sous les yeux.

L'intérieur de cette famille était des plus tristes, des plus douloureux.

La loi avait été impitoyable.

On avait saisi et vendu tous les meubles de ce charmant appartement de la rue Montmartre ; on avait confisqué tous les biens : la ferme de Ferin, la maison de Douai... etc., de sorte que cette famille, habituée à l'aisance, s'était tout d'un coup trouvée réduite à la plus affreuse misère.

La mère de Lesurques était devenue folle. — La veuve elle-même, fortement ébranlée par toutes ces secousses violentes, côtoyait la folie avec des intermittences de raison et d'insanité.

Le cœur de Daubanton se brisait. Et il cherchait par ses paroles, par son dévouement, par son amitié ingénieuse, à relever le courage de ces malheureux réprouvés...

Aussi, quand il apprit que Durochat ou Laborde venait d'être arrêté pour vol, et qu'il allait comparaître devant le tribunal criminel, l'espoir lui revint instantanément... L'occasion était trop belle pour la laisser échapper, et il ne négligea aucune des précautions que réclamait la circonstance.

Il y avait à la poste un inspecteur qui avait dû voir Laborde, au moment du départ de la malle pour Lyon, le 8 floréal au soir.

Daubanton s'enquit de cet inspecteur, et comme il était absent de Paris, on l'envoya chercher en poste, afin qu'il pût assister aux débats qui allaient s'ouvrir, et reconnaître, s'il y avait lieu, dans le voleur Durochat, le Laborde de la malle-poste.

Tout se passa comme Daubanton l'espérait, et quand Durochat parut, il fut reconnu de la façon la plus formelle par l'inspecteur, qui n'eut pas une minute d'hésitation.

Pendant que cette reconnaissance avait lieu, et que le juge de paix en enregistrait régulièrement la déclaration, Durochat était condamné à quatorze ans de fers pour le vol récent qu'il avait commis.

Mais ce n'était ici qu'un incident relativement insignifiant dans la vie de ce misérable, et il était loin de se douter à ce moment qu'une accusation capitale allait le frapper, comme complice de l'assassinat du courrier de Lyon.

Durochat, dit Laborde, dit Véron, et dont le véritable nom paraît être Jean-Baptiste Varoux, âgé de 32 ans, originaire de Lille, était chapelier rue du Temple.

Il avait été déjà arrêté à Marseille, peu de temps avant l'exécution d'un nommé Robert Pierre, un de ses compagnons de crime sans doute. Puis, il était venu à Paris où, pendant quelque temps, il n'avait eu d'autre refuge que les *tapis-francs*, d'autres moyens d'existence que de honteux trafics.

A peine eut-il été condamné que, sur la demande de Daubanton, autorisé par la déclaration de l'inspecteur des postes, le misérable, prévenu de complicité dans l'assassinat d'Excoffon et d'Audebert, fut dirigé sur Melun.

M. Daubanton a raconté lui-même les détails

curieux de cette translation, et je ne sais rien de plus saisissant et de plus dramatique que cette relation.

« Tout était préparé pour le transport de Durochat à Melun, dit l'honorable magistrat. Je l'y accompagnai avec M. Masson, huissier du tribunal criminel, nous y arrivâmes le même jour. Le lendemain de grand matin, Durochat fut interrogé ; il choisit pour être jugé, ainsi qu'il en avait le droit, le tribunal de Versailles.

« Aussitôt, nous repartîmes pour le conduire à Versailles.

« Il demanda à déjeuner dans un village, un peu au-dessus ou au-dessous de Grosbois.

« On arrêta à la première auberge.

« Durochat demanda à me parler seul. Les gendarmes crurent apercevoir quelque danger pour moi à lui accorder sa demande, et me firent signe qu'ils n'étaient pas de cet avis. Je leur donnai l'ordre de sortir, et je priai M. Masson de sortir aussi et de veiller à ma sûreté.

« Resté seul avec Durochat et près de lui, je pris un couteau qui se trouvait entre nous deux pour ouvrir un œuf.

« Durochat me dit aussitôt :

« — Vous avez peur, monsieur Daubanton ?

« — Et de qui ? lui dis-je.

« — De moi, me dit-il, vous prenez mon couteau !

« — Tenez, lui répondis-je, servez-vous en pour couper du pain.

5.

« A ce trait de tranquillité, Durochat ne put s'empêcher de me dire :

— *Vous êtes un brave ; c'est fait de moi, mais vous saurez tout.* »

M. Daubanton appelle cela un *trait de tranquillité.* C'est de l'héroïsme qu'il fallait dire. Il y a dans ce récit une simplicité qui pénètre, et qui charme surtout, quand on la compare au ton emphatique de l'époque. M. Daubanton était plus qu'un honnête esprit, c'était un grand caractère.

— Vous saurez tout, avait dit Durochat !..

« En effet, poursuit M. Daubanton, il me fit à l'égard de Courriol, de Vidal, de Roussy et de Dubosc, les déclarations les plus positives sur leur complicité dans l'assassinat du courrier de Lyon, et toutes absolument concordantes avec celles que Courriol avait déjà faites.

XVIII

LE DERNIER SURVIVANT.

Après ce préambule, le magistrat raconte l'arrivée de Durochat à Paris, le 29 ventôse (17 mars 1797), son dépôt provisoire dans une des salles du Tribunal criminel, et enfin l'aveu explicite qu'il lui fit du crime du pont de Pouilly.

« Dans l'affaire du courrier de Lyon, confessa Laborde, c'est le nommé Dubosc qui est venu nous trouver moi Durochat, et Vidal, dans la rue de Rohan, à Paris, où ce dernier demeurait. Il me proposa le vol de ce courrier. Ce fut Dubosc qui m'engagea à monter dans la voiture avec le courrier. J'y consentis, et Dubosc m'arrangea un passeport qu'il avait. Avec ce passeport, j'en obtins un autre pour Lyon. Je me présentai à la poste, j'arrêtai ma place et montai avec le courrier.

« Les seuls qui furent de ce complot avec moi sont Vidal, Roussy, Dubosc et Courriol. Bernard n'a fait que prêter les chevaux. A notre retour à Paris, nous nous rendîmes chez Dubosc, rue Croix-des-Petits-Champs, où le partage fut fait. Bernard s'y trouva.

« J'ai entendu dire, ajouta-t-il, qu'il y avait un particulier, nommé Lesurques, qui avait été condamné. Je dois à la vérité de dire que je n'ai jamais connu ce particulier. Je ne le connais pas, et je ne l'ai jamais vu. Les seuls qui aient concouru à ce crime sont : moi Durochat, Roussy, Dubosc, Courriol et Vidal, avec Bernard qui avait prêté les chevaux, mais qui n'était pas de l'assassinat. »

A ce récit, auquel il y a bien à répondre, puisqu'il innocente Bernard presque autant que Lesurques, et Richard plus encore que ce dernier, M. Daubanton ajoute :

« L'élan du sentiment, qui avait porté Durochat

à me faire des déclarations si précises; la satisfaction qu'il éprouva de me les avoir faites; celle surtout qui l'affecta sensiblement, lorsqu'il m'assura que Lesurques était innocent; la fermeté, la conformité de toutes celles qu'il a faites depuis, tout me convainquit DÈS LORS de l'innocence de Lesurques. »

Voilà un *dès lors* qui, de la part d'un ami du condamné, en dit plus long que tout ce que l'on a pu trouver de grave dans ce qui précède.

Jusque-là donc, ce magistrat intègre, ce juge éclairé, ce courageux citoyen, n'avait rien rencontré qui fût de nature à établir sa conviction. Et c'est sur la confession d'un misérable, tel que ce Durochat, qu'il commence à croire à l'innocence de Lesurques.

Mais il y avait à se demander d'abord si cet aveu de Durochat n'avait pas une cause secrète, un but habilement dissimulé.

Durochat ne pouvait ignorer l'intérêt que l'on portait à la famille Lesurques; il savait que l'opinion publique s'était prononcée pour lui, il avait dû suivre tous les débats de l'affaire, et pouvait croire qu'un aveu de sa part, qui viendrait en aide aux amis du condamné, serait favorablement accueilli, et lui vaudrait l'indulgence du tribunal.

D'ailleurs, il ne se borna pas à la simple déclaration que nous avons reproduite, et devant M. Barbier, l'un des juges du tribunal criminel de Versailles, il sut adroitement se donner un rôle qui eût pu le sauver.

Voici le système adopté par ce misérable :

« Il était environ neuf, heures, dit-il, quand la voiture se trouva au-dessus de Lieursaint ; là, elle fut attaquée par les quatre hommes que j'ai désignés. Ce fut Roussy qui porta le coup de sabre au courrier ; *je le parai* de toute ma force avec ma main, et je reçus à la paume de la main, au-dessus du pouce, une entaille qui me fit répandre beaucoup de sang et dont je porte encore la cicatrice. Alors, je m'élançai hors de la voiture, et je courus à vingt pas de là où je fus retenu par Courriol, *à qui je me plaignis qu'on ne me tenait pas parole, et qu'on assassinait au lieu de voler, ainsi que nous en étions convenus.* Je lui ajoutai que c'était nous exposer à la guillotine ; mais il me répondit : C'est Roussy ; tu sais comme il est *vif.* C'est une affaire faite, et ceux qui sont morts ne reviendront pas pour passer devant nous. »

Ce système, tout ingénieux qu'il fût, servit peu à Durochat ; ses juges ne crurent pas devoir ajouter foi à une pareille fable, et il fut condamné à la peine de mort, comme l'avaient été Courriol, Lesurques et Bernard.

Mais qu'importe Durochat — ou Vidal — que l'on venait d'arrêter — ou Roussy, qui était si *vif,* au dire de Courriol.

Celui que l'on désirait prendre, le bandit sur les

traces duquel on avait lancé les plus fins limiers de la police, c'était Dubosc ! — Celui-là avait un long compte à régler avec la justice, il y avait assez long-temps qu'on le recherchait, et l'on comprenait que sa capture seule pouvait faire la lumière dans ces ténèbres qu'on ne parvenait pas à éclaircir.

Dubosc, tout le monde le disait, c'était le sosie, l'homme à la perruque blonde, le cavalier à l'éperon d'argent...

Mais ce misérable avait au moins autant de ruses que ceux que la police envoyait à sa recherche. C'était un de ces héros légendaires du bagne ; sa réputation était considérable... et il est absolument indispensable que nous disions ici quelques mots de son histoire.

Son histoire, c'est tout un roman.

XIX

UN HÉROS DES GALÈRES DU ROI.

Vers l'année 1784, dix années avant le crime de Lieursaint, il y avait dans Besançon, *vieille ville espagnole*, mêlé à la domesticité du palais archiépiscopal, un jeune homme de vingt-deux ans, que l'on occupait aux cuisines, et dont l'intelligence, l'activité, l'audace même avaient frappé ses maîtres et ses chefs.

On l'appelait Dubosc (Jean-Guillaume) ; il était né à Bâle (Suisse), avait quelque temps exercé l'état de mécanicien, puis s'était finalement engagé au service de l'archevêque.

C'était déjà à cette époque une de ces natures exceptionnelles, caractère décidé, né pour l'aventure, et qui devait fatalement aboutir au crime...

Ces êtres-là semblent n'avoir pas de jeunesse...

Ils naissent tout faits, et la précocité de leur intelligence ne fait qu'aider au développement de leurs instincts pervers.

Dubosc était ainsi.

Pendant les premiers temps, on n'eut aucun reproche sérieux à lui adresser ; il obéissait à ses maîtres, se montrait actif et probe, et plus d'une fois même il avait reçu des éloges mérités pour sa conduite et son zèle.

Il attendait !

Le haut clergé était fort riche à cette époque ; l'archevêque de Besançon avait une table luxueuse, dont le service avait souvent fait l'admiration des artistes qu'il recevait.

Dubosc n'était pas artiste, mais il aimait l'argenterie...

Celle du prélat, surtout, lui donnait parfois d'étranges éblouissements.

Il n'en laissa rien paraître, cependant ; et tout

alla aussi bien que possible, durant quelques mois.

Mais un jour, tout d'un coup, on apprit avec étonnement que le jeune cuisinier avait disparu sans prévenir personne de son départ, et sans même avoir réclamé les gages qui lui étaient dûs.

C'était inexplicable.

On se perdit en conjectures, et on allait le plaindre peut-être, quand on s'aperçut qu'une brèche considérable avait été pratiquée dans l'argenterie de l'archevêque, et que les pièces manquantes représentaient une valeur d'au moins quatre-vingt mille livres !

La police, immédiatement prévenue, se mit à la recherche du futigif, et l'on ne tarda pas à l'arrêter.

Il se trouvait nanti, au moment de l'arrestation, d'une partie des objets volés ; son affaire était donc fort mauvaise.

Sa jeunesse n'intéressa que médiocrement ses juges, et on l'envoya à Toulon ramer à perpétuité sur les *galères du roi...*

Il n'avait pas vingt-trois ans !

Cela promettait.

A Toulon, Dubosc trouva des compagnons dignes de lui ; il avait encore bien des choses à apprendre et il les apprit.

S'il lui restait quelques bons sentiments, — ce qui est douteux, — il les perdit vite.

Au bout de quelques mois, il savait tout ce qu'un vrai bandit doit savoir.

Seulement, de tous les conseils qu'on lui donnait, il n'avait retenu qu'une chose, la seule qui l'intéressât.

C'était la manière de préparer une évasion.

Il était jeune, lui ! et il ne voulait pas pourrir sur la paille humide des cachots.

Une fois que la pensée d'évasion fut entrée dans son cerveau, il n'en voulut point avoir d'autres.

La nuit, accoudé sur son grabat, veillant pendant que ses compagnons dormaient, il aspirait avec avidité l'air libre qui pénétrait dans les grandes salles par les fenêtres ouvertes.

Et à travers ces immenses baies, il regardait le ciel étoilé.

Les fenêtres étaient bien défendues par de fortes grilles, mais elles étaient ouvertes...

Une sentinelle se promenait incessamment au pied du mur...

Mais toutes les sentinelles ne sont pas vigilantes au même degré, et l'on racontait que plus d'une faisait sa faction endormie dans sa guérite.

La fièvre s'empara de Dubosc.

Il lui sembla que l'espace l'appelait, et que es obstacles s'abaisseraient devant lui...

Il fut tenté.

Et avec la patience, l'adresse, l'audace, qui devaient plus tard le placer si haut dans l'estime de ses compagnons de chaîne, il se prépara à quitter les galères.

Comment s'y prit-il? — L'histoire ne le dit pas...

Ce qu'il y a de certain, c'est qu'une nuit, — nuit sombre et voilée de brouillard épais, — il descendit le long du mur de sa prison, passa auprès de la sentinelle sans être aperçu, et gagna le port où une barque l'attendait.

La barque le conduisit au large, puis de là sur la côte, en remontant vers Marseille.

Il s'était précautionné de tous les objets qui pouvaient lui être nécessaires, et quand il eut payé le marin qui l'avait accompagné, il prit son paquet de hardes sous son bras, et gagna une anfractuosité de roches où il put opérér sa transformation.

Le jour était venu depuis longtemps, et il ne fallait pas s'exposer à être surpris.

Maintenant qu'il avait goûté de la liberté, Dubosc ne voulait à aucun prix retourner aux galères.

Et il avait d'autant plus raison, selon le plan qu'il avait formé, qu'il lui restait encore, enfouies dans un lieu connu de lui seul, quelques épaves du vol commis chez Monseigneur de Besançon.

Il changea donc de vêtement, se livra à des ablutions réitérées, se coiffa d'une perruque blonde pour dérouter la maréchaussée, et rendu ainsi méconnaissable, il partit, peu après, à la recherche de nouvelles aventures.

Nous avons dit qu'il avait caché, dans un endroit connu de lui seul, une partie de l'argenterie volée chez l'archevêque.

C'est vers cet endroit qu'il se dirigea.

Il y arriva le troisième jour, à la tombée de la nuit.

C'était sur la lisière d'un bois, dans un lieu absolument isolé, derrière un fourré d'arbres communiquant à une clairière.

Dubosc reconnut bien vite l'endroit et se mit en devoir de déterrer son trésor.

Mais à peine avait-il commencé l'opération qu'il s'arrêta surpris.

Derrière lui, il venait d'entendre un éclat de rire strident et moqueur.

Il se retourna effaré.

Un homme était sorti du fourré et le regardait d'un air railleur.

Dubosc ne savait que penser de cette apparition.

L'inconnu était un grand diable de cinq pieds huit pouces, les cheveux noirs, les yeux vifs, et présentait dans toute sa physionomie, vigoureusement accusée, le type des Italiens des environs de Gênes.

— Ah ça, dit Dubosc d'un ton résolu et menaçant, que fais-tu là, toi, et que veux-tu ?

L'inconnu se prit à rire, et montra de belles dents blanches sous ses moustaches noires.

— Eh donc! répondit-il avec un accent étranger très-prononcé, ne le devines-tu pas suffisamment.... Je te connais, je t'ai suivi, et je viens assister à la recherche de ton trésor.

— Quel trésor?

— Celui que tu as caché après le vol de Besançon.

— Oh! oh! tu sais bien des choses, l'ami.

— C'est utile... quelquefois...

— Mais, dans quel but m'as-tu suivi?

— Ah! voilà... je suis sans argent... je veux me rendre à Paris, et j'ai pensé que tu ne refuserais pas de m'avancer la petite somme dont j'ai besoin. — Je m'empresse d'ajouter que si tu me refusais, je me verrais forcé d'user de mon crédit pour te renvoyer aux galères...

XX

UNE AVENTURE ROMANESQUE.

Dubosc fronça le sourcil, et sa physionomie prit une expression farouche.

Mais, tout jeune qu'il fût, c'était déjà un homme de résolution prompte, et il eut bien vite pris son parti.

— Comment t'appelles-tu? demanda-t-il vivement à l'inconnu.

— Roussy..., répondit ce dernier.

— Tu es étranger?

— Je suis Italien.

— Et pourquoi te trouves-tu en France, et non plus en Italie?

'Roussy haussa les épaules.

— J'ai commis, répondit-il, de l'autre côté des Alpes, quelques petits péchés, pour lesquels l'absolution ne s'achète pas ; de sorte que je suis obligé de m'expatrier.

— Alors, tu vas à Paris ?

— Dès que j'aurai les ressources nécessaires.

— Eh bien ! soit, fit Dubosc. Il y a là, comme tu l'as dit, enfouis sous la terre, quelques objets d'argenterie qui pourront payer nos frais de voyage. Puisque tu te présentes si bien, nous ferons route ensemble, et une fois à Paris, nous verrons ce qu'il y aura à faire.

— A la bonne heure. Mais sois tranquille, tu n'auras pas à te repentir de m'avoir associé à ta fortune.

La connaissance était faite ; les deux amis se serrèrent la main en signe d'alliance, et quinze jours après ils arrivaient dans la capitale.

Toutefois, Dubosc ne tarda pas à remarquer que son compagnon était un peu vif, et pourrait finir par l'entraîner dans quelque mauvaise entreprise...

Peu à peu, il se sépara de lui, et bientôt il cessa presque complétement de le voir.

Roussy alla de son côté, — Dubosc du sien.

Sans rancune cependant, et abandonnant chacun au hasard le soin de les rapprocher à un moment donné, s'il le jugeait convenable.

Dubosc vécut donc quelque temps ainsi, fréquentant les lieux publics, les promenades, les théâtres, et ne dédaignant pas de fouiller au besoin dans la poche des badauds qui passaient à portée de sa main subtile.

Dubosc affectionnait surtout *Nicolet*.

Ce n'était pas faire montre de goûts bien relevés peut-être ; mais chacun prend son plaisir où il le trouve, et le sien était là.

Nicolet !...

Dans une ordonnance royale qui date de quelques années avant la Révolution, on s'était occupé du célèbre directeur !

« L'intention du Roi, disait cette curieuse ordonnance, est que les priviléges des comédiens soient *éternels*, et si pour l'amusement de la *populace*, il a permis les *bouffonneries* et *parades*, c'est à condition que *Nicolet* et *Audinot*, se contentant de scènes détachées, n'auront jamais plus de 4 ou 6 violons dans leur orchestre, et plus de 8 ou 10 danseurs dans leurs ballets ; que le prix sera toujours de 24 sols aux premières loges, de 12 aux secondes, et de 6 aux dernières places ! »

Dubosc n'était pas difficile, et peu lui importait qu'il y eût quatre ou six violons, huit ou dix danseurs ; c'était pour lui une distraction agréable, et presque tous les soirs, moyennant ses vingt-quatre sols, il s'asseyait aux premières loges.

Vers cette époque, il lui arriva une aventure singulière, qui devait avoir sur sa vie une influence décisive.

Un soir, il revenait du théâtre et regagnait son domicile, qu'il avait provisoirement établi rue de l'Arbre-Sec.

Le temps était sombre... la bise sifflait aux angles des rues, et tout en marchant d'un pas rapide, il songeait avec appréhension à l'état de ses ressources qui, sous peu, allaient se trouver complétement épuisées...

Tout à coup, au détour d'une des rues étroites et tortueuses qui avoisinaient alors l'Hôtel-de-Ville, des cris se firent entendre à peu de distance, et le bruit d'une rixe acharnée arriva jusqu'à lui.

Dubosc n'aimait pas à se mêler des affaires des autres ; — mais je ne sais quel sentiment s'empara de lui, à ce moment ; une force plus puissante que sa volonté le poussa en avant, et en quelques secondes, il se trouvait sur le lieu du combat.

A la pâle et incertaine lueur des réverbères, il aperçut alors trois hommes qui en entouraient un quatrième, lequel, bien que moins robuste que ses agresseurs, se défendait avec une rare énergie.

Dubosc s'arma d'un couteau et fondit sur les misérables.

Dès lors la partie s'égalisait.

En moins de temps qu'il n'en faut pour l'écrire, il blessa un des assassins, renversa le second et mit le troisième en fuite.

Il ne restait plus que le jeune homme qu'il venait de sauver.

Un jeune homme, en effet, autant qu'il put distinguer ses traits, dans le premier moment; il avait vingt ans à peine; de longs cheveux châtains, une taille élevée et souple, et l'œil plein de vivacité.

Le jeune homme salua avec aisance et tendit à Dubosc une petite main que celui-ci prit et serra.

— Vous m'avez sauvé, dit-il en même temps d'une voix douce comme une voix d'enfant, et je vous en exprime toute ma reconnaissance.

— Bah! répartit Dubosc, ce que je fais aujourd'hui pour vous, vous le ferez demain pour moi.

— Sans vous, cependant, j'étais assassiné.

— Connaissez-vous les assassins.

— Nullement. Mais il est probable qn'ils me connaissent, eux.

— Qui vous le fait supposer.

— Leur tentative même.

— Je ne comprends pas.

— Vous allez comprendre, je vis seul, à Paris, j'habite depuis quelque temps un méchant hôtel garni, assez loin d'ici; et comme je n'ai qu'une confiance limitée en mon hôtelier, j'ai pris l'habitude de porter sur moi toute ma fortune.

— Elle est considérable ?

— Dix mille livres.

— Diable !

Il y eut un mouvement de silence.

Dubosc réfléchissait qu'une bonne action trouve toujours sa récompense, et il se demandait s'il était bien prudent à ce jeune homme de raconter ainsi ses affaires au premier venu.

— Enfin, reprit-il, vous croyez que vos agresseurs en voulaient à vos dix mille livres ?

— J'en suis sûr.

— Vous n'avez pas été blessé, au moins ?

— Oh ! presque rien.

— Que dites-vous !...

— Une simple égratignure à l'épaule.

— Est-ce possible ! Une blessure ! Et vous demeurez loin d'ici. Ah ! je ne souffrirai pas...

— Que voulez-vous donc ?

— Eh, pardieu ! une chose fort naturelle. Je demeure à quelques pas, rue de l'Arbre-Sec, vous allez m'accompagner... et là, du moins, je pourrai vous offrir les soins que votre état réclame... j'espère que vous ne me refuserez pas...

Le jeune homme se prit à sourire.

— Ma foi ! dit-il avec abandon, vous insistez avec tant de bonne grâce, que j'accepte.

— A la bonne heure ! donnez-moi votre bras, et partons.

Le jeune homme mit son bras sur celui de Dubosc, et ils se dirigèrent ainsi vers le logis de ce dernier.

XXJ

Le plan de Dubosc, nous n'avons pas besoin de le révéler au lecteur.

Il est simple et des moins compliqués.

Le jeune homme avait déclaré qu'il portait dix mille livres sur lui, et c'est ces dix mille livres que Dubosc désirait s'approprier.

Quant aux moyens, il y en avait mille.

Il n'avait pu qu'imparfaitement remarquer le malheureux qu'il voulait dépouiller, mais il savait déjà qu'il était jeune, et il ne doutait pas qu'il ne dût en avoir facilement raison.

Dubosc occupait, au premier étage d'une maison meublée de la rue de l'Arbre-Sec, une chambre et un cabinet donnant sur une cour étroite et sombre.

Une fois dans cette chambre, il fit asseoir son compagnon, et s'empressa d'allumer une chandelle pour l'examiner à son aise.

Chose singulière.

A peine la lumière eut-elle dispersé l'ombre de la chambre, que le même regard curieux et rapide brilla en même temps dans les yeux des deux amis.

Dubosc fit un mouvement, pendant que le visage de son compagnon revêtait une expression indéfinissable.

— Qu'avez-vous? fit le jeune homme avec intérêt, en remarquant le mouvement de Dubosc.

— Moi ! rien... répondit brusquement ce dernier.

— Est-ce que mon visage vous déplaît ?

— Au contraire.

— Tant mieux alors.

— Pourquoi donc ?

— Dame ! j'ai été, dans mon enfance, atteint par la petite vérole, et je vous sais gré de n'avoir pas éprouvé de répulsion à mon aspect.

Dubosc prit la main du jeune homme.

Explique qui le pourra ce qui se passait en ce moment en lui... Toujours est-il qu'en dépit de ses résolutions bien arrêtées, il se sentait pris d'une indicible sympathie pour cet enfant qu'il avait formé le projet de dépouiller...

Sa voix était pénétrante et douce, son œil profond et bleu, et ses cheveux châtains, qui tombaient en boucles sur son col, empruntaient des reflets d'une finesse extrême...

— Quel âge avez-vous? demanda-t-il comme pour donner le change à ses idées.

— Vingt ans, répondit le jeune homme.

— Vous n'êtes pas de Paris.

— Je suis né à Brest.

— Et comment vous appelez-vous?

— Barrière.

— Y a-t-il longtemps que vous êtes dans la capitale.

— Il y a quelques mois seulement, que je l'habite.

— Seul ?..

— Tout seul.

— Et qu'y faites-vous ?

Le jeune Barrière se mit à rire.

— Voilà, dit-il avec enjouement, un interrogatoire en règle, et il ne faudrait pas faire de grands efforts d'imagination, pour se croire traduit devant M. le lieutenant de police.

Dubosc partagea l'hilarité de son compagnon.

— Au fait, dit-il, vous avez raison. Ce que vous faites vous regarde, et je n'ai rien à y voir. D'ailleurs, je m'aperçois que j'oublie le véritable motif qui vous amène chez moi, et il est temps de songer à votre blessure.

En parlant ainsi, il ouvrit une armoire, y chercha du linge et revint vers le jeune Barrière qui s'était vivement débarrassé d'une des manches de son habit et lui présentait son épaule nue.

La blessure qu'il avait reçue était peu grave, mais le frottement l'avait enflammée, et il n'était pas inutile de la tremper d'eau fraîche.

Ce que fit Dubosc.

Mais il avait son idée.

Tout en lavant la plaie à l'aide de compresses, il paraissait en examiner l'état avec une attention toute particulière.

A un moment même, il en pressa les lèvres d'un

mouvement si brusque, que le blessé fit un soubre-saut et se prit à pâlir.

— Prenez garde ! dit-il vivement, vous me faites mal...

Dubosc ne parut pas avoir entendu l'observation; continuant son opération, il introduisit dans la blessure la pointe d'un canif qu'il dissimulait entre ses doigts.

Cette fois, le patient poussa un cri douloureux.

— Ah! que faites-vous donc? dit-il, en cherchant à se lever.

Mais la main robuste de Dubosc le retenait sur sa chaise, et il fut contraint de se rasseoir.

Il passa la main sur son front, où perlait une sueur froide, et tourna un regard étrange vers son bourreau.

On eût dit qu'il avait deviné l'intention de Dubosc, et son œil s'imprégnait d'amers regrets et de touchants reproches.

— Où suis-je? que se passe-t-il? qu'est-ce donc que j'éprouve? balbutia-t-il d'une voix mourante. Ah! c'est horrible, monsieur. J'étouffe, je meurs, je...

Il ne put en dire davantage. Une pâleur livide se répandit sur ses traits. Sa tête retomba languis-sante sur son épaule, et ses doigts crispés se prirent à déchirer la fine toile qui recouvrait sa poitrine, comme pour lui donner l'air qui lui manquait.

Dubosc suivait cette scène avec un poignant intérêt, prêt à s'élancer sur sa proie et à lui voler son trésor dès que le malheureux ne pourrait plus opposer aucune résistance.

Mais au moment où il allait mettre son projet à exécution, un incident inouï, inattendu, invraisemblable, vint tout à coup changer la nature de ses résolutions.

Le jeune Barrière avait fait un dernier effort, et cramponné à son bras, il venait de l'attirer impérieusement à lui.

— Monsieur! monsieur! supplia-t-il d'une voix à peine imperceptible, par pitié, par grâce, ne me trahissez pas; je suis une femme!

Et, fermant les yeux, elle se laissa glisser des bras de Dubosc, et roula inanimée sur le parquet.

C'est l'un des divins priviléges de l'amour, de relever et d'ennoblir, pour un moment du moins, les natures les plus perverses et les caractères les plus dégradés.

Dubosc était perdu, et depuis longtemps déjà il eût volontiers vendu son âme, s'il avait supposer qu'il en eût une. Il ignorait la langue des honnêtes gens, et les mots : probité, délicatesse, honneur, étaient absolument vides de sens pour lui.

C'était un vil coquin, dans la plus complète acception du terme.

Mais il était jeune...

Il avait un cœur, quoiqu'il ne s'en fût jamais douté.

Et ce cœur, ce cœur de vingt-deux ans, venait de tressaillir et de s'éveiller au contact d'un sentiment profond, nouveau, inconnu...

Il ne comprenait rien encore au trouble qu'il éprouvait, mais il le subissait sans révolte, avec soumission, et savourait le charme d'une émotion dont il ne savait pas démêler la cause.

La jeune femme avait une de ces beautés hybrides qui participent à la fois de la grâce de la femme et de la vigueur de l'homme, et devaient plaire, par cela même, à une nature comme celle de Dubosc.

Ce qui frappa ce dernier, ce fut sa chevelure puissante, ses lèvres sensuelles, ses dents éclatantes et saines ; ce fut, surtout, l'expression adoucie et presque charmante de tous les sentiments qu'il sentait sourdre et bouillonner en lui.

Quand la jeune femme revint à elle, au bout de quelques minutes, Dubosc était accroupi à ses côtés, lui prodiguant ses soins, comme eût pu le faire l'amoureux le plus chaste et le plus empressé.

XXII

LE PACTE.

Elle rouvrit les yeux, et il est vraisemblable que le sentiment de la réalité se fit jour instantanément à travers les derniers troubles de son évanouissement, car son premier mouvement fut de s'assurer qu'elle se trouvait encore en possession de son portefeuille.

Quand elle le sentit sous ses doigts, elle ne put dissimuler son étonnement, et tourna un regard curieux vers Dubosc.

— C'est singulier... balbutia-t-elle d'un ton vague et indécis.

— Quoi donc? demanda Dubosc.

— Faut-il être franche?...

— Sans doute.

— Eh bien!... tout à l'heure... au moment de m'évanouir, il m'a semblé surprendre dans votre regard une mauvaise pensée.

— Laquelle?

— Je vous avais dit que je portais sur moi une somme considérable.

— C'est vrai.

— J'ai cru que la somme vous avait tenté.

Dubosc garda un moment le silence.

Le ton dont la jeune femme lui parlait n'était ni irrité ni sévère, et semblait provoquer ses confidences.

Il se sentait sur la pente d'un sentiment qui l'avait surpris, et il n'eut pas la force de résister.

Il parla donc.

Il raconta sa vie, avec une entière franchise, un certain cynisme même. L'émotion le rendit éloquent, il eut des accents pénétrants, et l'audace de ses aveux eut pour effet d'éveiller chez celle qui l'écoutait une sympathie profonde qui prenait évidemment sa source dans une étroite communauté de but.

Claudine Barrière était digne de devenir la compagne d'un pareil scélérat... et quand il eut fini son étrange confession, elle lui tendit la main, par un geste plein d'abandon.

— Le hasard fait quelquefois bien les choses, dit-elle, d'une voix résolue, et avant peu, je m'acquitterai envers vous du service que vous m'avez rendu ce soir !

— Comment cela ? fit Dubosc.

— En vous mettant de moitié dans une entreprise que je prépare moi-même depuis quelques jours.

— Quelle affaire?

— Voulez-vous que je vous initie tout de suite ?

— Je ne demande que cela.

— Eh bien !... venez... sortons, et dans quelques minutes je vous aurai fait ma confession comme vous m'avez fait la vôtre.

Ils sortirent.

La blessure de Claudine était peu grave, et d'ailleurs, chez elle comme chez Dubosc, un sentiment inattendu s'était fait jour et lui communiquait une force nouvelle ; l'un et l'autre se laissaient entraîner par cette pente rapide qui devait les mener à un même amour, profond et inébranlable.

Ils marchèrent cinq minutes à peine, traversèrent le pont Neuf, et arrivèrent peu après au coin de la rue de la Barillerie et du pont Marie.

C'était à quelques pas de là que se tenait le Marché-Neuf qui a disparu depuis.

La rue qui descendait le long du quai était étroite à son début, mais elle s'élargissait tout à coup quand on approchait de l'un des bâtiments de l'Hôtel-Dieu.

A l'angle du renflement produit par la déviation, on apercevait une boutique d'orfévrerie dont la devanture était solidement bardée de fer.

Claudine la désigna à son compagnon.

— Diable! fit ce dernier. — Il paraît que le propriétaire a peur des voleurs.

— Et il n'a pas tort, — répondit la jeune femme.

— Il est donc riche?

— Presque autant que l'archevêque de Besançon.

— C'est invraisemblable.

— Veux-tu t'en assurer?

— Si c'est possible.

— Suis-moi.

Claudine tira une clef de sa poche, l'introduisit dans la serrure d'une petite porte située à gauche de la boutique, et pénétra dans une allée.

Au bout de l'allée, il y avait un escalier.

Au haut de l'escalier, une chambre.

Ils y entrèrent.

L'obscurité la plus complète y régnait; mais Claudine s'empara de la main de Dubosc, et le forçant à se courber vers le parquet, elle poussa doucement un vasistas.

— Regarde ! dit-elle alors à voix basse.

Dubosc regarda, et ce qu'il vit lui sembla tellement extraordinaire, qu'il se rejeta en arrière, et contint un cri de surprise.

— Eh bien..., fit Claudine, as-tu vu ?

— Mais c'est un conte de fées... répliqua Dubosc.

— Regarde encore...

Dubosc se pencha de nouveau, et appliqua son visage contre le vasistas.

Au-dessous de la chambre qu'ils occupaient, au rez-de-chaussée de la maison, et derrière la boutique, se trouvait une salle d'assez vastes dimensions, éclairée par une lampe suspendue au plafond, et dans laquelle étaient entassés pêle-mêle des trésors d'orfévrerie de tous les genres.

Il y avait là pour plus de cent mille francs d'argenterie...

— Que dis-tu de cela ? demanda Claudine, quand elle supposa que Dubosc avait suffisamment rassasié son regard de ce spectacle.

— Je dis, répondit le galérien, qu'il est injuste de laisser tant de richesses aux mains d'un seul homme.

— Tu voudrais en avoir ta part ?

— Parbleu !

— Eh bien, j'y ai songé, et si tu veux...

Dubosc avait refermé les vasistas, il se releva.

— Mais tu habites donc ici, dit-il avec intérêt.

— Depuis quinze jours.

— Et quel est ton projet ?

— Derrière cette salle qne tu as vue, il y a une cour dont le mur est mitoyen avec celui d'une maison qui donne sur la rue Saint-Guillaume.

— Il faudrait s'assurer des intelligences dans cette maison.

— C'est ce que j'ai fait.

— Le reste me semble facile.

— D'autant plus que le mur est peu élevé, et que tu pourras l'escalader sans effort.

— Ça me connaît.

— Alors, tu acceptes ?

— Nous commencerons quand tu voudras.

— Eh bien ! dès que ma blessure sera guérie.

XXIII

BERNARD LE GARDE-CHIOURME.

Quelques jours après, les deux étrangers mettaient leur projet à exécution.

Ils savaient que le bijoutier devait s'absenter, et ils s'étaient armés de tous les outils qui leur étaient nécessaires.

Dubosc avait établi domicile dans la maison de la rue Saint-Guillaume, et la nuit venue, pendant que

Claudine pénétrait dans l'arrière-boutique de l'orfévre, il escaladait le mur de la cour.

Le déménagement commença aussitôt.

Déjà les principales pièces d'argenterie avaient
pris le chemin de la maison voisine, et Dubosc revenait pour la dixième fois vers le magasin, quand, au
moment de tenter une dernière escalade, il entendit
un cri et crut reconnaître la voix de Claudine.

Il tressaillit.

Quelque chose d'extraordinaire venait de se passer
chez l'orfévre. Claudine avait été surprise peut-être,
et elle n'avait poussé ce cri que pour prévenir son
complice et lui donner le temps de fuir.

Il hésita.

Son intérêt lui disait de retourner sur ses pas et
de mettre le produit de son vol en lieu de sûreté.

Mais, pour cela, il fallait abandonner Claudine et
la laisser lâchement aux mains de ceux qui, sans
doute, venaient de la surprendre.

Les voleurs ont aussi leur délicatesse, à ce qu'il
paraît, et Dubosc ne put supporter l'idée d'une pareille lâcheté.

Il prit son élan, franchit le mur, traversa la cour
à pas rapides et arriva dans la salle.

Il espérait n'avoir affaire qu'à un seul homme, au
vieil orfévre ; mais quand il arriva dans la pièce
dévastée, il se trouva subitement entouré par trois
agents qui se précipitèrent sur lui et le garot-
tèrent.

7

Claudine, en l'apercevant, lui avait jeté un regard où la satisfaction se mêlait au regret.

Elle était heureuse de cette preuve éclatante d'amour dont elle était l'objet, mais son cœur se déchirait à la pensée que son amant allait être renvoyé aux galères !

C'est à peine si elle songeait au sort qui l'attendait elle-même.

Du reste, en ce qui concernait Dubosc, elle ne se trompait pas.

L'identité du misérable ne tarda pas à être établie de la manière la plus évidente, et un mois après, il retournait à Toulon, pour y reprendre sa place sur les galères du roi !

Quant à Claudine, elle était condamnée à cinq années de prison.

Leurs amours avaient duré deux ou trois jours à peine ; mais le souvenir des sinistres ivresses qu'elles leur avaient données ne devait jamais s'éteindre dans leur cœur.

Une année se passa sans nouvel incident dans la vie de Dubosc.

Il avait retrouvé au bagne une partie des compagnons auxquels il avait faussé compagnie, et il s'était remis à préparer, avec une patience de galérien, les nouveaux éléments d'une prochaine évasion.

Cette fois, l'opération n'était pas aussi facile qu'il l'avait espéré.

On se souvenait encore, à Toulon, de l'audace

avec laquelle il avait accompli sa première tentative, et on avait spécialement attaché à sa personne un garde-chiourme éprouvé et connu, et dont la surveillance ne paraissait pas facile à prendre en défaut.

Il s'appelait Bernard, était âgé de quarante-cinq ans, et n'avait jamais quitté les galères.

Certains forçats assuraient qu'il y était né...

Bernard était rogue, taciturne, impitoyable.

Il portait constamment à la main un bâton noueux, dont il faisait un usage terrible, quand on faisait mine de lui résister.

Dubosc avait cherché plusieurs fois à lier conversation avec lui.

Bernard s'était contenté de froncer les sourcils, de serrer son bâton dans ses mains énormes ; mais il n'avait pas répondu...

Une vraie porte de prison, — comme l'on dit.

Cependant, il devait y avoir un défaut à cette cuirasse d'acier peu poli.

Mais où était-il ?

Dubosc attendait.

Une année s'écoula, puis quelques mois encore, et aucune remarque favorable ne vint lui rendre l'espoir.

Il commençait à s'inquiéter... et s'ingéniait à trouver une issue à cette impasse dans laquelle il se voyait enfermé pour longtemps !...

Un matin, une chose singulière se passa.

C'était un dimanche.

On ne *ramait* pas ce jour-là.

Mais on allait à la chapelle.

Dubosc avait pris rang dans son escouade, et il arrivait le dernier à la porte de la chapelle, quand il sentit une main qui cherchait la sienne et y glissait un objet de forme singulière.

Il regarda vivement l'objet.

C'était une boulette faite de mie de pain !

Et quand il se retourna pour voir qui lui faisait cette libéralité, il n'aperçut derrière lui que la figure impassible et renfrognée de Bernard...

On comprend avec quelle impatience Dubosc attendit la fin de l'office pour avoir l'explication d'un incident aussi mystérieux.

Il avait caché avec soin la boulette sous sa casaque, mais cette boulette lui brûlait la poitrine.

Heureusement l'office dura peu, et toute la chiourme rentra bientôt dans les salles.

C'était l'heure du déjeuner. Dubosc alla dévorer le sien en cachette, et dès qu'il fut loin des regards de tous, il brisa la boule de mie de pain, et y trouva une petite scie de fin acier, enveloppée elle-même de papier.

Sur le papier, il n'y avait que ces mots :

« *Je suis près de toi, espère.* »

Cet envoi ne pouvait venir que de Claudine, il n'en douta pas un instant, mais depuis quand était-elle à Toulon ? Comment était-elle parvenue à apprivoiser le farouche cerbère que l'on appelait Ber-

nard? Enfin, que devait-il espérer de cette intervention inattendue ?..

Dubosc passa une nuit fort troublée.

Le lendemain, il chercha à surprendre dans les
yeux de Bernard quelque signe d'intelligence.

Mais le garde-chiourme n'était ni moins taciturne,
ni moins impénétrable que la veille.

Il fallait attendre.

Vers le milieu du troisième jour, comme l'embarcation sur laquelle il ramait rentrait dans le
port et allait aborder à la calle, elle croisa, presque
bord à bord, un canot, dans lequel était étendu un
jeune homme que promenaient quatre matelots.

— Prenez donc garde! cria le jeune homme, en
s'adressant à Dubosc, dont la rame avait failli le
toucher...

Dubosc frissonna dans tout son être.

Cette voix qui venait de parler, c'était celle de
Claudine.

Il se dressa sur son banc pour voir.

Mais déjà le canot s'éloignait avec rapidité.

Et c'est à peine s'il put échanger un regard avec
Claudine.

Si court cependant qu'eût été ce moment, si fugitif
qu'eût été ce regard, cela avait suffi, et la confiance
revint dans son esprit.

XXIV

L'ÉVASION.

Deux heures plus tard, Dubosc travaillait dans le port.

Bernard l'avait chargé de ranger des piles de boulets sur le quai, et il accomplissait sa besogne, seul, à quelques pas de ses compagnons.

Le garde-chiourme ne le quittait pas de l'œil, et paraissait même surveiller tout particulièrement la manière dont il effectuait son travail.

Tout à coup il fronce le sourcil, profère un juron énergique et se précipite, le bâton levé, sur Dubosc interdit.

— Prends donc garde, gibier de potence ! dit-il en même temps, fais attention à ce que tu laisses tomber derrière toi.

Dubosc se retourne, se penche à terre, et pendant que le bâton de Bernard tombe à coups redoublés sur ses épaules, il entend ces mots murmurés rapidement à son oreille :

— *Une heure... cette nuit... dans l'atelier... fenêtre à gauche... ta sœur t'attendra... porte de Paris...*

— Et maintenant ! ajouta le garde-chiourme d'une voix éclatante, que la leçon te serve... va rejoindre tes compagnons et ne recommence plus.

Dubosc obéit.

Il avait les épaules brisées, mais jamais il n'avait éprouvé une pareille joie.

Le jour baissait — la nuit allait venir. — C'est à peine s'il toucha à son souper.

Il avait simulé une sorte d'entorse, et s'était allongé sur son lit.

Et pendant que ses compagnons, groupés en un coin de la salle, devisaient des prouesses passées, il achevait de limer l'anneau qu'il portait au pied.

Puis la nuit vint.

Il entendit successivement tinter toutes les heures jusqu'à minuit, et à partir de ce moment, il se mit à compter les minutes.

Enfin, une heure sonna.

Un silence profond régnait de tous côtés ; il glissa furtivement de son lit, se débarrassa de sa *ferraille*, et à pas de loup, retenant son souffle, il gagna la porte.

Chose étrange... la porte était entr'ouverte !

Il sortit, descendit dans l'atelier et se dirigea vers la fenêtre gauche, où il trouva un costume complet d'ouvrier du port.

Le plus fort était fait.

Comme il connaissait les êtres de la maison, il s'orienta facilement à travers plusieurs cours désertes, franchit un ou deux murs, et il n'était pas deux heures qu'il arrivait au rendez-vous, à la porte de Paris.

Mais Claudine ne s'y trouvait pas encore.

Qui pouvait l'avoir retenue? C'est elle qui avait indiqué l'heure, sans doute... Par quel philtre avait-elle obtenu la complicité du garde-chiourme, pour une entreprise aussi dangereuse qu'une évasion.

Il s'était assis sur le revers de la route, et il regardait.

En ce moment, un point noir parut à l'horizon. Dubosc se leva.

C'était celle qu'il attendait. Il l'avait devinée, plus encore qu'il ne l'avait reconnue.

Claudine arrivait en courant.

— Guillaume!... dit-elle, du plus loin qu'elle l'aperçut elle-même.

— Claudine! répondit Dubosc.

Et presque aussitôt les deux amants étaient réunis.

Dubosc avait pris les mains de sa maîtresse dans les siennes, et à la lueur de la lune, il la contemplait avec ivresse.

— Toi! toi! dit-il, ah! je n'espérais plus te revoir.

— Tu vois qu'il ne faut jamais s'abandonner... Viens... Viens!

— Où allons-nous?

— Jusqu'au premier relai... Il y a là des chevaux préparés qui nous attendent. Partons.

Claudine cherchait à entraîner son amant; elle paraissait avoir hâte de s'éloigner.

A un moment, Dubosc fit un geste d'effroi.

— Qu'y a-t-il? demanda Claudine.

— Là ! là ! sur ton gilet ! des taches de sang...
Tu es blessée !

— Moi !

— Tu as soutenu une lutte, peut-être !... Que
s'est-il passé ?... Parle : je veux le savoir.

Claudine haussa les épaules.

— Ce n'est rien, répondit-elle, et ce sang que tu
vois, c'est celui du garde-chiourme.

— Bernard !

— Eh ! sans doute... l'imbécile ; pour me le rendre
favorable, j'avais été obligée de lui promettre plus
que je ne voulais tenir... et quand l'heure est venue... il a bien fallu s'en débarrasser...

— Tu l'as donc tué ?...

Claudine prit la main de Dubosc, et l'entraîna
avec autorité.

— Partons, dit-elle, et sois tranquille... Ce n'est
pas Bernard, du moins, qui pourra jamais nous
trahir !...

XXV

RETOUR A BESANÇON.

Cette fois, ce n'est pas à Paris que les deux
amants allèrent chercher fortune et continuer leur
existence d'aventures.

Ils ne firent que toucher barre dans la capitale, y

retinrent un appartement sous un nom d'emprunt, et dès le lendemain, ils gagnaient la Normandie.

Non cependant qu'ils craignissent d'être signalés, ni qu'ils eussent à redouter d'être devancés à Paris par quelque avis émanant de la police de Toulon...

Cette époque fut l'âge d'or des voleurs.

Le télégraphe électrique n'était pas encore inventé, les chemins de fer étaient dans les limbes, et quant au télégraphe aérien, c'est à peine si l'on commençait à s'en occuper.

Le bon temps que c'était... pour les malfaiteurs.

Et puis, la révolution allait éclater : il régnait un trouble profond dans toutes les classes, un désordre inouï dans tous les esprits.

La police s'attachait à protéger le roi de préférence à la société, et l'on commençait, dans certaines régions, à redouter bien plus les révolutionnaires que les vrais criminels.

C'est donc en Normandie que Dubosc et Claudine Barrière allèrent s'installer, et c'est Rouen qu'ils choisirent pour principal théâtre de leurs exploits.

Ils y restèrent plusieurs années, allant et venant à travers cette province plantureuse, et effectuant de temps à autre des apparitions plus ou moins longues à Paris dans l'appartement qui leur servait de pied à terre, et qui était situé rue Croix-des-Petits-Champs, hôtel de la Paix.

Mais il arriva une chose facile à prévoir.

C'est que le couple étrange finit par s'ennuyer de

cette existence qui tournait continuellement dans les mêmes horizons, et Claudine surtout fut prise du désir ardent de changer de province.

D'ailleurs, un plus long séjour en Normandie devenait dangereux. On commençait à les y connaître pour les avoir trop vus. A plusieurs reprises, ils avaient été arrêtés, jetés en prison, et bien qu'ils eussent chaque fois réussi à s'évader, la sinistre notoriété qui s'attachait à leur nom et à leurs personnes ne pouvait manquer de leur créer bientôt de nombreux et sérieux embarras.

Il était donc prudent de disparaître pendant quelque temps, et d'aller, sous d'autres latitudes, chercher un terrain moins exploré et des dupes moins prévenues.

Dubosc le comprit parfaitement, et d'accord avec Claudine, après une très-courte station à l'hôtel de la rue Croix-des-Petits-Champs, il partit seul, se dirigeant vers la Bourgogne et donnant à sa maîtresse rendez-vous dans le meilleur hôtel de Besançon.

Je ne sais quel secret aimant l'attirait invinciblement vers la ville de ses premiers exploits.

La vieille et sombre cité avait perdu son archevêque, emporté par la tourmente révolutionnaire. Mais Dubosc ne tenait pas précisément à retrouver le prélat, et c'était plutôt les lieux mêmes qu'il désirait revoir...

Pour ne pas être reconnu, bien que dix années

d'une vie agitée et violente l'eussent déjà bien suffisamment changé, il s'était coiffé d'une perruque
blonde, dont les cheveux de devant étaient lissés, et
qui, par derrière, avait une cadenette retroussée,
selon la mode du temps.

Il portait, en outre, une redingote et un gilet à
larges revers, une culotte de même drap que la redingote et des bottes à retroussis.

Il voyagea d'abord à petites journées, prenant son
temps, jouissant de sa liberté, et rêvant peut-être à
de nouvelles prouesses.

Ce n'est guère que huit jours après son départ,
qu'il arriva enfin à Besançon.

C'était le soir.

La nuit n'était pas encore tout à fait venue, mais
l'ombre déjà envahissait la rue.

Il ne songea donc pas à parcourir la ville, et re-
mettant sa visite au lendemain, il marcha droit à
l'hôtel où Claudine devait le rejoindre quelques
jours plus tard.

A peine eut-il décliné son nom, que l'aubergiste
releva vivement le front, et parut l'examiner avec
attention...

— Guillaume!... répéta-t-il... Vous avez bien dit
Guillaume, n'est-ce pas.

— Sans doute, répondit Dubosc étonné.

— Alors, c'est bien vous...

— Que voulez-vous dire?

— Je veux dire, citoyen, qu'il est arrivé ce matin, de Paris, un jeune homme qui m'a donné votre signalement en recommandant de l'aller prévenir dès que vous seriez arrivé.

— Et que me veut ce jeune homme?

— Je l'ignore.

— Enfin, comment s'appelle-t-il !

— Barrière !

Dubosc eut un mouvement de crainte.

Ce jeune homme qui l'attendait ne pouvait être que Claudine; mais d'où venait qu'elle avait devancé le jour de son arrivée ; quel événement avait pu changer ainsi ses dispositions ?

Il ne savait à quelle supposition s'arrêter.

— Voulez-vous me suivre, citoyen, dit alors l'aubergiste.

Dubosc prit son chapeau, et suivit son hôte.

C'était bien Claudine !

Comme Dubosc, elle avait endossé un nouveau costume.

Elle portait un gilet à manches, un pantalon rouge, un habit bleu, et cachait ses cheveux châtains sous une perruque blonde pareille à celle de Dubosc.

Pour que le lecteur ne nous accuse pas de mauvais goût, nous devons déclarer que nous n'inventons rien, et que le costume bizarre que nous venons de décrire a été relevé sur le registre d'écrou de la maison de justice de Versailles.

Dès que Claudine eut aperçu Dubosc, elle alla à lui, et lui serra la main.

Puis, se tournant vers l'aubergiste :

— Maintenant, lui dit-elle d'une voix impérieuse et brève, veillez, je vous prie, à l'exécution des ordres que je vous ai donnés en arrivant.

— Quels ordres ? fit Dubosc.

— J'ai demandé deux chevaux de poste.

— Nous partons donc.

— Dans un quart d'heure.

— Et nous allons ?

— Je t'expliquerai cela. — Allez, citoyen, et venez nous prévenir dès que tout sera prêt. Vous avez ma réquisition, qui est en règle, et il ne reste plus qu'à en exécuter sans délai les prescriptions.

L'aubergiste avait disparu.

— Mais que se passe-t-il ? demanda Dubosc dès qu'il se trouva seul avec Claudine.

— Deux choses importantes, répondit la jeune emme.

— Lesquelles ?

— Une première affaire de deux millions.

— Diable.

— Et une seconde qui peut en rapporter dix fois plus.

Dubosc passa en souriant la main sur ses yeux.

— Voyons ! voyons ? dit-il, procédons par ordre... car il y a là de quoi être ébloui... les deux millions d'abord...

— Ils sont à Lyon... à l'hôtel du-Parc... et il faut nous hâter, si nous ne voulons pas les laisser échapper.

— Mais en quelles mains sont-ils ?

— Un vieillard qui me veut du bien, — comme le garde-chiourme, — ce sera facile, et cette fois, on n'en viendra pas aux extrémités fâcheuses.

— Tant mieux. Et la seconde affaire ?

— Celle-là, c'est mieux ; mais nous ne serons pas seuls.

— Comment ?

— Après ton départ, j'ai fait la connaissance d'une femme... elle s'appelle Madeleine Bréban... elle vit avec un nommé Courriol... un muscadin. Il m'a parlé de bien des choses... pour l'accomplissement desquelles il faudra causer.

— Eh bien, nous causerons... Mais, pour le moment...

— Pour le moment, compléta Claudine, il faut partir sans délai pour Lyon, et nous sommes servis à souhait, car j'entends que l'on vient nous annoncer l'arrivée des deux chevaux de poste.

Comme elle achevait ces mots, la porte s'ouvrit, et l'aubergiste les prévint, en effet, que tout était prêt pour leur départ.

Presque aussitôt, ils quittèrent Besançon, au galop de leurs montures.

XXVI

M. JARRY, LE JUGE DE PAIX.

On était au commencement de l'année 1795.

Il y avait alors, à Besançon, un brave et honnête homme du nom de Jarry, qui exerçait les fonctions importantes de juge de paix.

Il avait quarante-cinq ans environ.., il était actif, énergique, d'une vigilance qui défiait toutes les surprises, et dans sa longue carrière de magistrat, il avait recueilli l'estime et la considération de tous ses concitoyens.

Un jour, l'honorable juge sortait de son cabinet, et il allait rentrer chez lui, quand un de ses officiers de police vint le prévenir qu'une personne étrangère à la localité demandait à lui parler pour une affaire urgente.

— Faites entrer, dit M. Jarry.

Et quelques secondes après, il voyait pénétrer chez lui un vieillard pâle, la physionomie bouleversée et tout couvert de la poussière d'une longue route.

— Je vous prie de m'excuser, citoyen juge, dit le vieillard, si je me présente ainsi devant vous, c'est que l'affaire qui m'amène est de la plus haute gravité, et je n'ai pas voulu prendre même le temps de changer de costume.

— De quoi s'agit-il donc ? demanda M. Jarry.

— D'un vol citoyen, d'un vol considérable dont j'ai été victime.

— Quand cela ?

— Il y a deux jours.

— A Besançon ?

— Non, à Lyon, hôtel du Parc, où j'étais descendu.

M. Jarry regarda son interlocuteur avec étonnement.

— Mais vous me paraissez faire erreur en vous adressant à moi, répondit-il ; il n'appartient pas aux magistrats de Besançon de connaître d'un crime commis à Lyon.

— Je ne l'ignore pas, citoyen, mais si j'ai entrepris ce voyage, c'est que j'ai la certitude que la femme qui m'a volé est venue se réfugier dans cette localité.

— En êtes-vous sûr ?...

— Autant qu'on peut l'être.

— Au moins, avez-vous quelque indice, un signalement de la femme.

— Oh ! la femme est facile à reconnaître. Elle porte habituellement des vêtements d'homme ; elle est gravée de petite vérole, et pour le surplus le juge de paix de Lyon a bien voulu me confier les documents que je vais vous remettre.

En parlant ainsi, le vieillard tira de sa poche un procès-verbal en règle, et le déposa entre les mains du magistrat qui l'écoutait.

Ce procès-verbal contenait, outre le signalement de Claudine Barrière, celui de Dubosc.

C'était donc un document précieux, et M. Jarry, armé de cette pièce, ordonna immédiatement les recherches les plus actives.

La ville de Besançon n'est pas bien étendue, et les auberges y sont connues.

En un instant, tous les commissaires de police furent sur pied, et leurs agents, lancés sur la piste indiquée, ne tardèrent pas à s'emparer de celle que l'on cherchait.

Claudine fut donc écrouée à la maison d'arrêt, et M. Jarry, heureux de cette première capture, porta dès lors ses investigations sur le voleur, dont la trace n'avait pas encore été trouvée.

Aucune valeur n'avait été saisie sur Claudine, et il eût été difficile de lui faire son procès.

Mais l'homme, c'était bien différent ; car, d'après les déclarations de la victime, il devait se trouver porteur d'une somme, dont le chiffre s'élevait à plus de deux millions.

Dix ou douze jours s'écoulèrent sans amener aucun nouvel incident, et M. Jarry commençait à désespérer du succès, quand un soir, on frappa tout à coup à la porte de sa demeure.

Il alla ouvrir ; un homme entra.

C'était le maître de l'un des hôtels de Besançon.

Une lueur d'espoir pénétra à cette vue dans l'esprit de M. Jarry.

— Qu'y a-t-il, citoyen, demanda-t-il vivement, et qui vous amène chez moi à cette heure...

— Ce qui m'amène..., répondit l'aubergiste, c'est une découverte importante que je viens de faire.

— Quelle découverte ?

— Ne cherchez-vous pas un homme qui est accusé de s'être rendu coupable d'un vol considérable ?

— En effet.

— Eh bien ! je crois que cet homme est en ce moment chez moi ?

— Chez vous ? Et depuis quand ?

— Depuis deux heures.

— Et que fait-il ?

— Il soupe...

— Enfin, qui vous fait supposer...

— Bien des indices, citoyen juge ; mais surtout le signalement que vous m'avez fait remettre et qui se rapporte parfaitement à mon voyageur.

— Bien ! bien ! fit M. Jarry en se levant ; allez prévenir les commissaires de police. Priez-les de venir me rejoindre avec quelques agents à votre hôtel ; et pendant ce temps j'irai reconnaître moi-même notre homme.

— Tout seul ?... fit l'hôtelier. Ah ! prenez garde, monsieur Jarry : l'homme dont il est question n'est pas un bandit ordinaire, et il n'est peut-être pas prudent de vous exposer...

Pour toute réponse, le magistrat montra deux

pistolets qu'il cachait dans la poche de sa redingote.

— Avec cela, répondit-il, on n'a peur de rien...
Faites donc ce que je vous dis, et hâtez-vous de venir me rejoindre.

Or, pendant que l'on s'occupait de lui avec tant de
sollicitude, Dubosc prenait tranquillement le repas
qui lui avait été servi, sans se préoccuper des dangers qui pouvaient le menacer.

Il avait commandé un souper exquis, et l'arrosait,
en véritable connaisseur, d'une fine bouteille de
Clos-Vougeot.

Il en était à ce point où l'estomac satisfait se repose, et où l'esprit un peu surexcité est bien près de
s'abandonner aux fantaisies d'un commencement
d'ivresse.

En ce moment, le domestique qui le servait entra
dans le salon et vint lui annoncer que le citoyen
Jarry, juge de paix de Besançon, demandait à l'entretenir.

— M. Jarry!... fit Dubosc... en quittant la table...
Mais comment donc!.. Je suis très-honoré de sa visite... Fais entrer et envoie-moi une seconde bouteille de clos-vougeot... J'espère que cet excellent
magistrat ne me refusera pas d'en prendre un verre
avec moi...

XXVII

LA SECONDE ÉDITION.

M. Jarry entra, et Dubosc le salua comme eût pu le faire un homme du meilleur monde.

Puis, il lui offrit un siége, que le juge refusa.

— A quel heureux hasard, demanda Dubosc, dois-je l'honneur de vous recevoir ?

— Est- ce que vous ne vous en doutez pas ? répliq ua M. Jarry, un peu étonné de cet accueil.

— Nullement...

— Cependant, je ne crois pas me tromper... mes renseignements sont précis, et vous devez être le citoyen Dubosc...

Dubosc s'inclina.

— En effet, dit-il, mais que puis-je pour vous être agréable ?

— Vous pouvez répondre aux questions que j'ai à vous adresser.

— Je suis prêt.

— Donc, vous vous appelez Dubosc.

— Parfaitement, Jean-Guillaume Dubosc, dit André.

— Vous arrivez de Lyon, m'a-t-on dit.

— Il y a quelques heures.

— Et vous y avez commis un vol considérable.

— Un vol qui-m'a rapporté plus de deux millions.

— Vous l'avouez ?

— Pourquoi le cacherais-je ?

— C'est me rendre facile la mission dont je suis chargé.

— Quelle mission ?

— Eh pardieu ! celle de vous arrêter... et de vous conduire à la maison d'arrêt.

Dubosc ébaucha un fin sourire.

— Allons donc ! dit-il sans laisser paraître la moindre émotion ; est-ce que l'on arrête un homme comme moi !

— Qu'est-ce à dire ? fit le juge.

— C'est-à-dire, citoyen, que pour un magistrat aussi sensé et aussi intelligent que vous l'êtes, il y a beaucoup mieux à faire.

— Quoi donc ?

— Je vais vous le dire.

Dubosc alla à la table, se versa un verre de vin qu'il but, et revint auprès de M. Jarry, dont l'étonnement allait croissant.

— Cher monsieur et citoyen, reprit-il du même ton enjoué et facile, vous pensez bien que dans la vie aventureuse que je mène, il a dû m'arriver assez souvent de me trouver dans la position où me voici...

— Eh bien...

— Eh bien ! je m'en suis toujours tiré à mon avantage...

— C'est que les magistrats auxquels vous aviez

affaire étaient des hommes qui manquaient d'énergie ou d'adresse.

— Détrompez-vous, monsieur Jarry... Seulement, avant d'en venir à une extrémité toujours regrettable, ils réfléchissaient, comme je vous prie de le faire, et il était rare qu'au bout d'un quart d'heure, je ne les amenasse pas à changer d'opinion.

— Vous plaisantez !

— Je n'ai jamais été plus sérieux. Et tenez, puisque nous sommes seuls, permettez-moi de vous raconter en quelques mots ce qui m'est arrivé récemment en Normandie, une province que j'ai honorée de ma présence pendant quelques années.

— De quelle aventure voulez-vous parler ?

— Elle est originale, vous allez voir : C'était dans une petite localité, à quelque distance de Rouen, où comme un novice, je m'étais laissé naïvement prendre. J'avais quelque réputation déjà, et ma capture valait la peine qu'on s'en occupât. J'étais donc gardé à vue dans un hôtel à peu près pareil à celui-ci, lorsque vers la fin de mon souper, le juge de paix de l'endroit vint tout à coup demander à me voir.

— Comme moi...

— Précisément. C'était un homme actif, intelligent, et je n'eus besoin que d'un coup d'œil pour le juger.

— Vous êtes physionomiste.

— Dans notre métier, c'est une qualité essentielle.

— Le juge de paix venait pour vous arrêter.

— C'est cela.

— Et il vous arrêta ?...

— Pas le moins du monde.

— Que se passa-t-il donc ?...

Dubosc se prit à sourire.

— Mon Dieu, une chose bien naturelle, répondit-il ; j'avais eu la chance de rencontrer un homme charmant, de la meilleure compagnie, et qui, tout d'abord, voulut me faire arrêter. Mais on n'arrête pas un homme sans lui parler, et on ne lui parle pas sans lui laisser le temps de répondre — c'est élémentaire — de sorte qu'au bout de dix minutes de conversation j'avais réussi à persuader à l'honorable magistrat qu'il était de son intérêt de me donner la clef des champs.

— Que lui aviez-vous dit ?

— Rien que je ne puisse vous répéter.

— Ah ! je serais curieux...

— Je racontai au citoyen juge ma dernière escapade ; je lui fis connaître comment j'avais accompli un vol heureux, qui m'avait valu une aubaine de près d'un million ; je ne lui cachai pas qu'il me restait de ce vol une somme considérable, et j'insinuai que je serais disposé à remettre entre ses mains une forte partie de cette somme, s'il consentait à me faciliter les moyens de m'échapper.

— Quelle impudence ! Il vous repoussa, j'espère...

— Avec empressement.

— J'en étais sûr.

— Seulement, je doublai l'offre.

— Soin inutile...

— Je la triplai même, si bien que l'énormité de
la somme finit par éblouir mon interlocuteur, e
qu'au bout de quelques instants nous nous enten-
dions à merveille.

— C'est impossible...

— Il a gagné à cela un million et demi, tant en
or qu'en assignats, et aujourd'hui il n'est plus
obligé de faire le métier dangereux et pénible de
juge de paix.

M. Jarry fit un geste plein de noblesse et de
fierté.

— Si ce que vous venez d'avancer est vrai, dit-il,
et j'en doute, l'homme auquel vous avez eu affaire
était indigne d'appartenir à la magistrature.

— Bah ! fit Dubosc, quand il s'agit d'un million !...

— Fi donc...

— C'est ce qu'il a dit d'abord... Fi donc ! — Mais
quand j'eus étalé sur la table deux beaux millions
qui ne devaient rien à personne, dont nul ne me
savait possesseur, qu'il pouvait s'approprier sans
éveiller aucun soupçon; ma foi, avouez, citoyen
Jarry, que la tentation était forte, et qu'il était permis d'y succomber.

M. Jarry ne répondit pas.

Depuis quelques secondes, une idée avait traversé
son cerveau, et le rendait pensif.

8

Il enveloppa le tentateur d'un regard étrange et
s'approcha de lui :

— Et il vous a laissé partir, dit-il en baissant la
voix.

— Parfaitement.

— Pour deux millions ?

— S'il avait insisté, j'en aurais donné trois... les
millions sont si faciles à remplacer dans notre état.

— Sans doute, sans doute, fit le juge de paix, et
vraiment vous êtes un coquin spirituel, mais on n'a
pas toujours de pareilles sommes sur soi, et en
admettant que vous trouviez ici un juge disposé à
agir comme le magistrat normand, vous seriez bien
embarrassé, je suppose, de lui faire la même offre.

— Pourquoi donc ?

— Dame !.. à moins que vous n'ayez encore...

— J'ai tout ce qu'il faut, acheva Dubosc ; vous
oubliez, citoyen, que j'arrive de Lyon, où j'ai eu la
main assez heureuse, et que je pourrais vous montrer des preuves palpables de mon savoir-faire. Re-
gardez !

En parlant ainsi, le bandit vida ses nombreuses
poches sur la table, et il en tomba des monceaux
d'or et d'assignats.

Les assignats ne valaient pas le diable, — mais
l'or avait un prix inestimable.

— Tout cela est à vous ! continua Dubosc en se
tournant vers son interlocuteur, et si vous le
voulez...

M. Jarry l'interrompit par un coup de sifflet aigu et vif.

— Que faites-vous, demanda l'ex-galérien, un moment interdit.

— Ai-je besoin de vous le dire ? fit le juge.

— Vous n'acceptez donc pas...

— Voyez !...

La porte de la salle s'était ouverte, et une dizaine d'agents vinrent précipitamment se placer autour du juge.

— Emparez-vous de cet homme ! dit ce dernier, en désignant Dubosc...

Et s'adressant plus particulièrement à l'un des commissaires :

— Quant à cet or et à ces assignats, ajouta-t-il, qu'ils soient ramassés avec soin, comme pièces de conviction, car c'est le fruit du dernier vol que ce misérable a commis à Lyon.

Dubosc n'opposa aucune résistance.

Il se laissa garotter avec soumission et permit à deux agents de le prendre chacun par un bras.

En passant devant M. Jarry, il eut même un sourire bienveillant.

— Pas mal joué, pour un juge de province, dit-il avec ironie ; mais le temps des prisons éternelles est passé, et nous nous reverrons... Obligez-moi de me dire où l'on me conduit ?

— A la prison de ville ! répondit M. Jarry.

— Bon ! c'est là qu'est enfermée Claudine, —

vous réunissez l'époux à l'épouse, — il n'y a pas de mal à cela. A bientôt, citoyen juge, et croyez que je ne vous garde pas rancune du procédé.

Et en raillant de la sorte, il fut conduit jusqu'à la maison d'arrêt, où, comme on l'avait dit, Claudine avait été enfermée quelques jours auparavant.

La procédure fut bien vite instruite, et dès le lendemain de leur arrestation, les deux amants furent dirigés sur Lyon, où ils devaient être jugés.

Nous avons sous les yeux, au moment où nous écrivons ces lignes, une lettre bien curieuse de l'honnête homme que nous avons mis en scène, M. Jarry.

Nous reviendrons sur cette lettre qui a son importance dans le procès, mais en ce moment nous nous contenterons, pour l'édification du lecteur, d'en citer le passage qui a trait à l'épisode que nous venons de relater.

« J'étais juge de paix à Besançon l'année antérieure à l'acceptation de la Constitution, dit M. Jarry. Un négociant de Lyon, qui était à la poursuite d'un homme qui lui avait volé deux millions, tant en assignats qu'en or et argent, dans l'auberge du Parc, vint me prier de faire arrêter la femme de son voleur, qui s'était refugiée à Besançon, et qu'il avait suivie à la piste depuis Lyon. Je l'arrêtai d'après les instructions que je puisai dans un procès-verbal dressé par un juge de paix de Lyon. Ce procès-verbal renfermait le signalement de l'homme accusé de vol. Sa femme mise en maison d'arrêt, je m'occupai de l'instruction du procès. Dix à douze jours se passent, et je suis informé que le mari de la détenue était dans la ville. Je le reconnais à son signalement, et je m'assure immédiatement de sa personne. Il avait encore sur lui dix-sept cent mille francs en assignats, et dans sa valise, plus de deux cents louis d'or.

« J'informe contre l'homme et la femme : je complète ma procédure et j'envoie les pièces et les prévenus à Lyon, pour leur procès être fait.

« L'homme a été condamné à quatorze ans de fers, et la femme à quatorze ans de prison, convaincus de vol avec effraction et dans une auberge où ils étaient reçus. »

Qu'importaient à Dubosc les quatorze années de fers qui venaient de l'atteindre, puisque le premier jugement qu'il avait subi, le condamnait à perpétuité !

Qui peut le plus peut le moins.

D'ailleurs, jusqu'alors, il avait surabondamment prouvé quel cas il faisait des verrous et des grilles, et en quelle médiocre estime il tenait les gardes-chiourmes et les agents de police.

Il en donna une preuve plus éclatante encore que es précédentes, lors de l'affaire du vol des deux millions.

Nous avons dit qu'il avait été transféré à Lyon ; Claudine fut déposée, en même temps que lui, à

8.

la maison de force, et en attendant qu'on les jugeât,
on les gardait étroitement à vue l'un et l'autre.

Mais, si Dubosc était contrarié de se sentir sous
les verrous, il l'était bien davantage encore de savoir
Claudine enfermée dans une cellule humide et
froide, sous la surveillance d'un guichetier souvent
grossier, et qui n'avait pas été élevé dans la connaissance des égards que l'on doit au beau sexe.

C'était un ménage modèle que ce couple étrange.
La nature semblait les avoir faits l'un pour l'autre...
ils n'eussent pas pu vivre séparés, et depuis leur
union, aucun nuage n'était encore venu voiler la
douce lune de miel des premiers jours !

La veille du jugement, Dubosc escalade donc les
murs de sa prison, va tirer Claudine de la sienne,
et tous deux, sous des déguisements préparés d'a-
vance, s'enfuient dans la direction du midi de la
France.

N'osant retourner à Paris, et considérant le séjour de la Normandie comme dangereux, ils se dé-
cidaient à gagner Marseille.

Marseille était, à la vérité, bien près de Toulon...
mais Dubosc n'était pas superstitueux.

Et puis, le climat de la Provence est sain entre
tous, et Claudine, dont la santé avait été un peu al-
térée, éprouvait le besoin de respirer l'air vivifiant
de cette contrée bénie par le soleil.

Ils louèrent, à quelque distance de Marseille, une
petite bastide, penchée coquettement sur le coteau,

et là, sous la galerie italienne qui régnait autour du rez-de-chaussée, ils passèrent de longues soirées assis l'un à côté de l'autre, la main dans la main, comme deux amoureux naïfs et purs...

Au loin, la mer immense et bleue... à leurs pieds, le mouvement pittoresque de la grande cité pho-céenne... autour d'eux, ce calme harmonieux et tendre qui se dégage d'une nature paresseuse qui n'a pas besoin de travailler pour vivre !...

Quel tableau !

Et quel contraste surtout, quand on songe que du fond de ces deux cœurs, qu'un même amour profond faisait battre à l'unisson et qui, maintenant, repo-saient transparents et limpides, les plus hideuses aspirations, les plus horribles pensées allaient s'éle-ver de nouveau pour en troubler à jamais la pureté fugitive.

Un mot peut-être eût suffi pour les sauver tous deux, à cette heure de recueillement et de paix ; mais laquelle de ces deux bouches eût osé le pro-noncer !

Plusieurs mois s'écoulèrent de la sorte, et l'on eût pu penser qu'ils avaient oublié le passé et qu'ils ne songeaient plus à l'avenir.

Ils étaient heureux.

Claudine revenait à la santé, et Dubosc atteignait le complet développement de sa force et de sa vi-gueur.

Un matin, de fort bonne heure, il venait de se

lever et faisait le tour de la bastide, quand, au détour de l'un des angles de la galerie, il aperçut, debout et immobile sur le seuil de la porte, un homme qui paraissait l'examiner avec attention.

Dubosc éprouva comme un frisson, et commença un mouvement instinctif de recul.

Mais il avait été vu, et il comprit que le mieux était encore de payer d'audace.

Il alla donc tout droit à l'inconnu.

Ce dernier se découvrit à son approche.

— Pardon, citoyen, lui dit-il, mais je désirerais savoir si vous êtes le propriétaire de cette bastide.

— Propriétaire? je voudrais l'être, répondit Dubosc ; malheureusement, je n'en suis que locataire, et c'est à ce titre que je l'habite depuis quelques mois.

— Seul?

— Avec ma femme.

L'inconnu s'inclina.

— Je suis vraiment confus, reprit-il peu après, d'être obligé de vous déranger... Mais l'intérêt général doit passer avant l'intérêt particulier ; et vous voudrez bien, je l'espère, me prêter votre concours dans la circonstance présente.

— De quoi s'agit-il? demanda Dubosc vivement intrigué.

— Je vais vous l'expliquer. Mais d'abord, dites-moi si vous n'avez pas, cette nuit, entendu du bruit dans la bastide.

— Cette nuit ? pas du tout.

— C'est étrange..,

— Pourquoi cela ?

— Figurez-vous qu'il y a quinze jours, un forçat, du nom de Vidal, s'est évadé du bagne de Toulon et s'est dirigé du côté de Marseille. Je l'ai suivi à la piste, et, hier soir, j'ai été assez heureux pour le voir entrer ici.

— Chez moi ?

— Chez vous.

— Vous plaisantez ?

— Nullement... et je l'eusse arrêté dès hier, si j'avais pensé pouvoir opérer seul son arrestation, mais j'ai craint de le laisser échapper, et je me suis empressé d'aller chercher main-forte à Marseille... A l'heure qu'il est, la bastide est cernée, et il sera bien habile s'il nous échappe.

Dubosc respirait...

Il avait tremblé un moment pour son propre compte... mais les dernières paroles de son interlocuteur venaient de le rassurer tout à fait.

— Alors, vous êtes agent de police, reprit-il presque aussitôt et avec une déférence marquée.

— Oui, citoyen.

— Et vous ne craignez pas de vous tromper...

— Pas le moins du monde... D'ailleurs, outre les agents qui m'accompagnent, j'amène avec moi un homme qui a été le surveillant de Vidal, à Toulon, et qui saura bien le reconnaître.

— Un garde-chiourme? fit Dubosc.

— Précisément... et celui-là est un malin.

— Vraiment !

— Il y a quarante ans qu'il habite le bagne.

— Tant que cela ?

— C'est un dur-à-cuire.., un type, quoi !

— Je serais curieux de le connaître.

— Je vais vous le présenter.

— Je le recevrai avec le plus vif plaisir. Comment l'appelez-vous ?

— Bernard !...

Dubosc avait affreusement pâli à ce nom qui lui rappelait un des plus sanglants épisodes de sa vie passée.

Heureusement, l'agent de police tournait déjà les talons, et ne put se douter de ce qui se passait en lui.

Du reste, l'imminence du danger avait instantanément rendu à Dubosc sa présence d'esprit et son énergie !

En deux bonds, il fut auprès de Claudine.

La jeune femme avait l'habitude de lire sur la physionomie de son amant tous les sentiments qui venaient s'y refléter.

Elle fut effrayée du bouleversement de ses traits.

— Qu'y a-t-il? que se passe-t-il? demanda-t-elle effarée.

— Tu n'as pas un moment à perdre, répondit Dubosc, pars... fuis... emporte tout ce qu'il y a de précieux ici...

— Mais toi ?

— Moi ?... je reste !

— Et quel est ce danger imprévu et si terrible qu'il faille nous séparer ?

Dubosc prit les mains de la jeune femme.

— Ah ? tu croyais bien ne le revoir jamais, répondit-il d'un ton violent.

— De qui parles-tu donc ?

— D'un revenant !

— Bernard, peut-être ?

— Lui-même !

— Vivant !

— Oui, vivant, et rôdant autour de cette demeure, où son flair de garde-chiourme lui a révélé la présence d'un être suspect !

Tout en parlant, Claudine se révêtait à la hâte de ses habits, et recueillait les objets précieux, or, argent, assignats, qu'elle trouvait sous sa main... En cinq minutes, elle fut prête à partir.

— Où te trouverai-je ? demanda-t-elle à Dubosc.

— A Toulon... répondit ce dernier.

— Tu ne veux pas fuir avec moi ?...

— C'est impossible.

— Soit! Mais la séparation ne sera pas longue ; je te le promets, et avant un mois tu auras de mes nouvelles.

— A bientôt donc! dit Dubosc. Prends le chemin souterrain que nous avons pratiqué pour le cas prévu d'une surprise, et tiens-toi cachée pendant quelques jours à Marseille !

Les adieux furent rapides, — la situation était critique, — on entendait déjà les voix des agents de police qui avaient fait irruption dans le jardin. Il fallait se quitter.

————

XXVIII

LES GALÈRES ET LE BAGNE.

Pendant que Claudine gagnait vivement le souterrain, Dubosc se précipita à la rencontre des nouveaux venus, et le premier qui vint à lui fut précisément le personnage dont la présence lui était si funeste.

La reconnaissance fut touchante.

Bernard s'arrêta court, cligna de l'œil, ouvrit la bouche et faillit laisser choir son bâton.

C'est à peine s'il croyait à la réalité de ce qu'il voyait.

— Dubosc! balbutia-t-il enfin, avec un reste de défiance; qu'est-ce que cela veut dire?

Dubosc s'inclina.

— Cela veut dire, cher citoyen, répondit-il, que je commençais à m'ennuyer, et je n'ai pas voulu passer si près de Toulon sans prendre de vos nouvelles.

— Arrêtez-moi cet homme! cria Bernard d'une

voix de stentor, en désignant son interlocuteur aux agents.

L'étonnement de ces derniers ne les priva d'aucun de leurs moyens, et sur l'ordre du garde-chiourme, Dubosc fut immédiatement garrotté.

Puis on se mit à battre la maison dans tous les sens...

Bernard avait pensé que l'homme étant là, la femme ne pouvait être bien loin, — et c'est à Claudine surtout qu'il en voulait.

Mais, malgré toutes les recherches effectuées avec un louable zèle, on ne parvint qu'à découvrir le forçat évadé, qui avait profité de la nuit pour se réfugier dans la cave.

Dubosc constata ce résultat négatif avec une véritable satisfaction, et il ne put s'empêcher de sourire en voyant la mine déconfite du garde-chiourme.

— L'oiseau est déniché, fit-il avec ironie, et s'il court toujours, il doit être loin, à cette heure.

Un coup de bâton fut la seule réponse de Bernard, et, presque aussitôt, on se mit en marche pour Marseille, où l'on arriva le soir même.

Dubosc avait pris résolûment son parti.

Pour les natures comme la sienne, le repos est fatal ; il leur faut l'action, la lutte, le danger...

Une fois que l'on a mis le pied sur cette pente sanglante, on ne peut plus s'arrêter !

Et ce n'est qu'à force de mouvement, d'agitation,

de bruit, que l'on parvient à couvrir cette voix implacable du remords qui, dans la solitude et le calme, parle si haut aux âmes criminelles.

Dubosc fut donc presque heureux de cet incident qui le rejetait tout à coup aux derniers degrés de l'infamie, et le frisson qui courut sur sa chair, quand il rentra dans cette horrible sentine du bagne, fut, si l'on peut parler ainsi, un frisson de plaisir.

L'heure du remords n'avait pas encore sonné.

Au surplus, depuis son départ de Toulon, bien des changements s'y étaient effectués, et il allait se trouver contraint de se livrer à des études approfondies, pour se familiariser avec le système nouveau que l'on avait inauguré après les premières années de la Révolution.

Aux galères du roi avait succédé le bagne, et peut-être le lecteur nous saura-t-il gré de lui rappeler succinctement ici et ce qu'avaient été les galères, et en quoi consistait la transformation récente.

Le récit que nous avons entrepris nous ramènera forcément vers ces sinistres établissements, et puisque nous serons obligé de parler encore de ses redoutables habitants, il n'est pas hors de propos de faire connaître l'immeuble.

Les vieilles législations, dit M. Maurice Alhoy, avaient placé les intérêts sociaux sous la protection d'une pénalité sanglante. Le luxe des supplices était, pendant plusieurs siècles en France, la lugubre mise en scène de fantaisie : les arts, la science étaient venus en aide à la loi, la mécanique inventa des instruments ingénieux, et l'on vit fonctionner le bûcher, l'estrapade, la roue, la grande et la petite torture, etc., etc.

Ce n'est qu'au quinzième siècle que la réaction se manifesta, et que l'on songea à traiter les malfaiteurs avec une certaine humanité relative.

On inventa les galères.

C'était sous Charles VII...

On raconte qu'à cette époque, Jacques Cœur, l'argentier du roi de France, entretenait quatre galères gracieuses, aux rames dorées, sur les bancs desquelles se courbaient de nombreux *forsaires*, comme on disait alors.

Ce ne fut que plus tard que l'institution se réglementa, et que les galères devinrent des lieux de travaux forcés, c'est-à-dire, de *travaux où la force* était nécessaire (1).

Une ordonnance du temps porte :

« Les forçats seront entretenus, vêtus et nourris ainsi qu'il suit, savoir : chacun de deux paires de chausses de toile appelées bragues, une camisole de drap, un caban à manches de drap, long et ample, surpassant la plante du pied pour se couvrir, et un bonnet de marine, comme ils ont accoutumés à estre vêtus. »

Jusqu'au règne de Louis XV, les galères restèrent instituées à Marseille, et nous n'apprendrons rien à nos lecteurs en leur disant que saint Vincent-

(1) *Les Bagnes*, par Maurice Alhoy.

de-Paul en eut un moment la charge d'aumônier
général.

C'est vers le milieu du dix-huitième siècle seulement qu'elles furent transférées à Toulon, et que les
galériens furent spécialement employés aux travaux
du port.

Un fait intéressant entre tous, se passa vers 1793,
au moment où l'institution des bagnes attira l'attention des législateurs républicains.

Il s'agit de la grave question de la coiffure des
forçats.

La Révolution, qui avait profondément transformé
les institutions politiques et sociales, venait d'adopter
et d'imposer presque la coiffure phrygienne, ou,
pour mieux dire, le bonnet de laine en usage depuis
un temps immémorial parmi les pêcheurs grecs.

Le bonnet rouge était devenu en quelque sorte
l'emblème républicain par excellence.

Mais, par une coïncidence à laquelle on ne prit
pas garde dans le principe, il advint que l'emblème
républicain était précisément la coiffure ordinaire
des forçats.

De là, grand émoi et une susceptibilité légitime.

« Un membre de la Convention nationale se
préoccupe de l'incident. Il monte à la tribune et demande que le bonnet rouge disparaisse de la tête
des condamnés.

« La motion est adoptée.

« Une commission, chargée de l'exécution du

décret, se présente à Toulon et fait enlever tous les bonnets. La Convention n'ayant pas pensé à régler le mode de coiffure que l'hôte des bagnes devait substituer à celle dont on le privait non-seulement à cause de sa couleur, mais encore à cause de sa forme, il fut décidé que le forçat resterait nu-tête provisoirement.

« Le provisoire ne dura pas longtemps.

« La nation ne persévéra pas dans son goût pour le bonnet phrygien ; peu à peu, elle reprit le feutre héréditaire, et l'on rendit aux forçats leur coiffure distinctive. »

Dubosc arrivait donc à Toulon, peu de temps après que tous ces changements s'étaient accomplis, et, comme nous le disions, il y avait pour lui toute une étude nouvelle à faire.

Mais cette étude ne lui demanda pas beaucoup de temps.

Au bout d'un mois, il avait repris ses habitudes, et son esprit, constamment éveillé, préparait déjà ses moyens d'évasion.

XXIX

UNE NUIT AU BAGNE.

Toutefois, deux choses préoccupaient encore Dubosc.

Il y avait Bernard d'abord, qui ne le quittait pas, qui passait obstinément les jours et les nuits à le surveiller, et dont il paraissait difficile de se débarrasser.

Et puis, c'était Claudine qu'il n'avait pas revue, dont il ignorait le sort, et qui ne lui avait donné, depuis, aucun signe de vie.

Qu'était-elle devenue ? que devait-il en espérer ?

Il ne fut pas longtemps dans l'incertitude.

Dans la salle commune où on les enfermait chaque nuit, il occupait un lit qui se trouvait placé à l'angle opposé à la grille d'entrée, et en face d'une grande fenêtre donnant sur la cour de l'infirmerie.

Le lit voisin appartenait à Vidal, le forçat évadé avec lequel il avait été pris.

Vidal, après son retour, avait passé huit jours à l'infirmerie pour se guérir d'une blessure négligée ; mais depuis sa réintégration définitive au bagne, il s'était constamment tenu dans une réserve extrême ; il ne parlait à personne, obéissait avec soumission à tous les argousins, et ronflait, chaque nuit, avec la bruyante tranquillité d'une conscience satisfaite.

Tout cela parut fort louche à Dubosc qui se mit à l'observer.

Vidal avait à cette époque environ trente-deux ans.

D'après le signalement que nous avons sous les yeux et qui provient des archives départementales de Seine-et-Oise, il avait cinq pieds sept pouces six lignes, portait les cheveux châtains, le nez court et aquilin, le front découvert et sa figure, ovale et maigre, était marquée de petite vérole.

On l'appelait indifféremment Vidal, Dufour, Lafleur, ou encore le grand Lyonnais; il était né à Saint-Etienne, avait exercé à Lyon le métier de marchand de vins, et s'était vu condamner à Grenoble à vingt-quatre années de fer. Pour quel méfait, je n'en sais rien. Mais tenez pour certain qu'il ne s'était pas cru injustement frappé.

Il avait une mauvaise réputation au bagne.

On ne lui connaissait pas d'amis; il était taciturne et sombre, violent et concentré.

Il vivait à part, ne communiquait ses pensées à personne; il travaillait, mangeait ou dormait comme un véritable solitaire.

Pendant une semaine, Dubosc l'observa, pour ainsi dire, nuit et jour, sans remarquer rien d'extraordinaire dans sa conduite, et il commençait à se fatiguer de cette observation continue qui menaçait de rester infructueuse, quand le huitième jour, comme il rentrait avec son escouade, dans la grande salle commune, il se sentit heurté avec tant de force, qu'il fut obligé de se retenir à la muraille pour ne pas tomber.

Il se retourna vivement, et ne rencontra que le visage indifférent et placide de Vidal.

Toutefois, il se tint sur ses gardes.

La nuit venue, il s'accouda sur son *tollard*, et attendit.

En face de la grande baie ouverte au-dessus de sa tête, il y avait une des fenêtres de l'infirmerie.

Dubosc l'avait souvent remarquée, parce que presque toutes les nuits elle restait éclairée...

Il y avait là probablement un pauvre moribond, auprès duquel veillait quelque pieuse sœur de charité...

Dubosc s'y intéressait peu. Mais cette fenêtre et cette lumière attiraient invinciblement son regard et sa pensée.

Pourquoi? — Il n'eût pu le dire.

La salle entière était plongée dans le silence et l'obscurité — tout le monde dormait — il le croyait du moins!

Tout à coup il entendit un bruit à ses côtés, et tressaillit.

C'était Vidal qui quittait sa place et s'approchait de la sienne...

Que lui voulait cet homme qu'il ne connaissait pas; auquel il n'avait jamais adressé la parole.

Il se mit sur la défensive...

Vidal avançait toujours, lentement, avec précaution, et en se glissant le long de la muraille.

Quand il fut à portée de Dubosc, il s'arrêta:

— Dors-tu? demanda-t-il alors, d'une voix faible comme un souffle.

— Non! répondit Dubosc, vivement intrigué; mais que me veux-tu?

— Ecoute.

— Parle.

— Il y a trois semaines, une femme m'a parlé de toi.

— Claudine !...

— J'ignore son nom... mais elle te connaît et veut te sauver.

— Et où l'as-tu vue ? quand lui as-tu parlé ? que t'a-t-elle dit ?

— Trop de questions ! répondit Vidal. Bernard ne te veut pas de bien, et il doit être par là qui écoute. Hâtons-nous ! Tends la main, et prends ceci.

— Qu'est-ce donc ? fit Dubosc en avançant le bras dans l'ombre.

La main de Vidal déposa dans la sienne un petit flacon microscopique.

— Ce qu'il y a là dedans, ajouta-t-il, je n'en sais rien. Mais la femme qui me l'a remis te recommande de le boire immédiatement et de ne pas t'inquiéter du reste.

— Mais tu es sûr au moins ?...

— Je ne suis sûr de rien... La femme m'a demandé de lui rendre ce service, en échange d'un service bien plus grand qu'elle me rend à moi-même, et je tiens la promesse que je lui ai faite.

— Cependant... Tu pourrais me dire...

— Ah ! tu es trop bavard... adieu.

— Où vas-tu?

— Si on te le demande, tu diras que tu n'en sais rien.

Et continuant de glisser le long des *tollards* alignés, le sinistre interloculeur de Dubosc disparut dans l'ombre de l'immense salle.

XXX

L'INFIRMERIE DU BAGNE.

Dubosc demeura un moment indécis et troublé, ne sachant s'il devait croire ou se défier.

Mais quelle raison pouvait avoir cet homme de le tromper, quel intérêt l'eût excité à le perdre.

Evidemment, le flacon lui était envoyé par Claudine qui n'avait pas voulu l'approcher lui-même, de peur d'attirer l'attention de Bernard — il ne pouvait y avoir place au moindre doute — et saisissant la petite fiole d'une main résolue, il la porta à ses lèvres et en avala le contenu d'un trait.

Puis, plein de confiance dans le résultat, il s'étendit sur son *tollard*, ferma les yeux et appela le sommeil.

Mais à peine se fut-il couché, à peine sa tête eut-elle posé sur l'appui de bois qui lui servait d'oreiller, qu'il bondit comme galvanisé de sa place, sauta en bas du lit et courut à travers la salle avec des cris déchirants de douleur et d'épouvante.

— A moi !... j'étouffe !... je meurs !... à l'aide !... criait-il en se cramponnant à la pierre lisse de la muraille.

En un instant toute la chiourme fut sur pied, et on l'entoura avec intérêt. Mais il était incapable d'apprécier les soins dont il était l'objet. Ses yeux sortaient de leur orbite, ses membres étaient contractés, sa face prenait des teintes de lividité effrayante.

Enfin, il roula des bras qui le soutenaient, et tomba inanimé sur les dalles.

On se hâta de le transporter à l'infirmerie.

Le cas était imprévu, inexplicable, et pouvait fournir à la science un sujet curieux d'études.

Pendant une heure, on l'entoura, lui prodiguant des soins de toute nature, mais sans qu'il reprît ses sens.

Peu à peu, les médecins se retirèrent.

Vers les premières lueurs de l'aube, les crises s'étaient calmées. Dubosc paraissait brisé de fatigue. Sa tête pâle reposait sur son oreiller, ses bras pendaient inertes le long du lit.

Il ne se plaignait plus... mais sous ses traits altérés on devinait encore les souffrances intérieures qui devaient lui déchirer la poitrine.

En apparence, il était insensible; et, rien pourtant ne lui échappait, de ce qui se passait autour de lui.

A un moment même, une larme, échappée à une source inconnue, glissa à travers ses paupières closes et vint s'arrêter sur ses joues...

Il y avait en ce réprouvé un sentiment qui survivait à toutes les dégradations...

Son amour pour Claudine !

Et, chose inouïe...

A travers le demi-sommeil qui l'accablait à cette heure, il sentit comme un souffle léger passer sur son front, et deux lèvres de femme boire avidement cette larme mystérieuse !...

Vaguement, il rouvrit les yeux.

A ses côtés, penchée sur lui, se tenait une sœur de charité...

Et sous sa coiffe blanche et vénérée... il reconnut les traits de Claudine !...

Ses lèvres remuèrent comme pour proférer un cri ; mais la sœur mit doucement un doigt sur sa bouche, et une voix de femme murmura à son oreille :

— C'est moi !... Tais-toi !...

Dubosc se tut.

La vue de Claudine avait, comme par enchantement, calmé les horribles souffrances auxquelles il était en proie, et il retomba sur son oreiller accablé, brisé de fatigue, mais heureux et presque souriant.

La jeune femme jeta alors un regard soupçonneux autour d'elle, et quand elle se fut assurée qu'on ne pouvait la voir, elle prit une potion qu'elle avait préparée, approcha la fiole des lèvres de son amant, et lui versa quelques gouttes de son contenu.

L'effet fut presque instantané.

Dubosc eut une sorte de trépidation nerveuse ; les paupières battirent avec force ; il poussa un profond gémissement, et peu après un sommeil de plomb ferma ses yeux.

Claudine resta quelques secondes à l'observer. Puis, satisfaite sans doute des résultats de son examen, elle quitta le lit du forçat et sortit de la salle à pas lents, et non sans se retourner plusieurs fois, pour emporter l'assurance que celui qu'elle quittait ne courait plus aucun danger.

La jeune femme pouvait être tranquille, car il y avait à l'infirmerie quelqu'un qui, en son absence, devait veiller sur Dubosc avec une sollicitude toute particulière.

A peine, en effet, la sœur de charité se fut éloignée, qu'un garde-chiourme qui était de service dans la salle, et en occupait le premier lit, quitta sa place et vint s'asseoir au chevet du malade.

Ce garde-chiourme était Bernard.

Il n'avait pas vu la sœur, il ne savait point qui elle était ; mais un vague soupçon l'avait envahi, et il voulait voir.

Bernard ne soupçonnait pas la sœur de charité, mais il se défiait de Dubosc.

Ce n'était pas la première fois qu'un forçat avait simulé une maladie pour rendre son évasion plus facile.

Et Bernard ne voulait pas que Dubosc s'évadât.

Il s'assit donc auprès du lit de ce dernier, et y passa toute la nuit.

Seulement, quand le lendemain matin, les chirurgiens de service constatèrent que le malheureux avait été victime d'une tentative d'empoisonnement, Bernard sentit ses soupçons s'apaiser, et il se relâcha un peu de sa surveillance, sans toutefois l'abandonner tout à fait.

Avec un homme de la trempe de Dubosc, il fallait se tenir toujours sur ses gardes.

Plusieurs jours se passèrent.

Claudine n'avait plus reparu.

Mais Dubosc se rétablissait à vue d'œil.

Les chirurgiens trouvaient cela tout naturel...

Bernard seul s'étonnait d'une si rapide guérison...

Et il redevint attentif.

Une nuit, il s'était étendu sur son lit, et il allait céder au sommeil qui le sollicitait depuis quelques heures, quand il entendit le frôlement d'une robe passer à ses côtés.

Il ne bougea pas, mais il ouvrit les yeux.

C'était la sœur de charité qui venait d'entrer dans la salle, et se dirigeait furtivement vers Dubosc.

Bernard tressaillit.

Et doucement, sans faire de bruit, il se dressa sur son séant.

XXXI

SOEUR CLAUDINE ET SOEUR CLÉMENCE.

La sœur était arrivée auprès du lit de Dubosc ; elle s'était penchée sur lui et avait murmuré quelques mots à son oreille.

Puis elle glissa sous les draps du malade quelques objets d'une forme particulière, et, après avoir échangé deux ou trois paroles encore, elle quitta le forçat et se disposa à sortir de la salle.

A peine eut-elle passé la grille, que Bernard, qui n'avait cessé de l'observer, sauta à bas de son lit, se vêtit à la hâte et se mit à suivre à travers les couloirs la sœur qui regagnait sa cellule.

Instinctivement, il l'avait reconnue, mais il voulait avoir la confirmation de ses soupçons.

Il se coucha donc en travers de la porte et attendit.

Cependant, Dubosc n'était pas resté inactif.

Les premières lueurs de l'aube blanchissaient déjà l'horizon. Un certain mouvement commençait à animer les cours du bagne, il restait une demi-heure à peine avant que le service de l'infirmerie ne reprît comme la veille.

Dubosc écouta autour de lui.

Tout était silencieux.

Malades et surveillants dormaient encore.

Il souleva sa couverture, déplia le paquet apporté par Claudine, et s'affubla à la hâte des vêtements qui lui étaient destinés.

Le vêtement était peu compliqué.

Un pantalon de toile, un grand tablier de pharmacien et une casquette d'infirmier.

En cinq minutes la transformation s'opéra.

Sa chaîne avait été coupée dans le courant de la nuit ; il passe le tablier à son cou, enfonce la casquette sur ses yeux, et, saisissant sur les tables voisines une collection variée de fioles à potion, il traverse avec son fardeau la double rangée de lits, passe effrontément devant les gardes-chiourmes de garde, fend un groupe de sous-officiers qui encombrent les abords de la grille et atteint le jardin situé derrière l'hôpital.

Une fois là, il n'y avait plus qu'un mur à franchir et à escalader.

Puis il court à une auberge mal famée, où il sait que des vêtements nouveaux l'attendent, et deux heures après il est sur la route de Paris.

Claudine lui a donné rendez-vous dans la capitale, il ne doute pas un seul instant qu'elle ne soit déjà loin, et il lui importe de ne pas s'attarder en route.

Malheureusement pour Claudine, elle n'avait pas été aussi heureuse que Dubosc.

En quittant la salle pour regagner sa cellule, elle avait bien entendu un bruit qui lui avait donné l'éveil; mais elle ne voulut rien laisser paraître, et continua son chemin sans regarder derrière elle.

Quelqu'un la suivait dans l'ombre, et elle n'eut pas besoin de le voir pour le reconnaître.

Elle comprit tout de suite que ce ne pouvait être que Bernard.

Elle réfléchit.

Pour elle-même elle ne redoutait pas grand'chose, mais pour Dubosc c'était bien différent.

Il fallait occuper le garde-chiourme, dont la surveillance était active, et l'empêcher à quelque prix que ce fût de retourner sur ses pas pour donner l'alarme.

Son plan fut vite arrêté.

A peine eut-elle franchi le seuil de sa cellule, qu'elle en referma la porte avec bruit, courut réveiller la sœur avec laquelle elle habitait.

— Qu'y a-t-il? fit celle-ci, en se levant à la hâte.

— Rien peut-être, sœur Clémence, répondit Claudine avec une frayeur parfaitement jouée. Mais après ce qui vient de m'arriver, je n'ai pu réprimer un premier mouvement d'épouvante.

— De quoi s'agit-il donc?

— Ah ! c'est que je ne vous ai pas dit que depuis quelques jours j'ai remarqué que l'un des gardiens de l'infirmerie m'obsédait de ses poursuites.

— Est-ce possible?

— J'ai voulu en douter... j'ai pensé que c'était une épreuve que Dieu m'envoyait, et j'ai repoussé cet homme avec horreur.

— Eh bien !

— Eh bien ! rien n'a fait... et tout à l'heure, comme je revenais de prier au chevet d'un malheureux qui se meurt, il m'a suivie jusqu'à la porte de notre cellule.

— En êtes-vous sûre ?

— Oh ! vous pouvez vérifier, sœur Clémence ; moi, je n'oserai plus mettre un pied dehors. Mais il est là encore, et vous pouvez entendre le bruit de ses pas dans le corridor.

Sœur Clémence était une véritable sainte ; elle était vénérée dans l'infirmerie, et les forçats eux-mêmes lui avaient voué une sorte de culte.

Elle fut profondément blessée de la conduite du gardien qu'on lui dénonçait, et elle résolut de le faire repentir de son audace.

Elle s'était levée et habillée à la hâte.

— Au moins avez-vous reconnu cet homme, demanda-t-elle encore.

— Non, ma sœur ; j'étais si troublée que je n'ai pas songé à le regarder.

— Je comprends cela, pauvre enfant... Vous êtes nouvelle ici, et vous n'avez pu vous familiariser encore avec les mœurs grossières des hommes au milieu desquels nous vivons. Mais ne vous effrayez pas davantage. Je vais parler à cet homme, et je puis vous assurer qu'une scène pareille ne se renouvellera plus.

Sur ces mots, sœur Clémence ouvrit la porte et sortit.

Mais à peine eut-elle fait quelques pas dans le couloir qu'une main de plomb s'appesantit, dans l'ombre, sur son épaule, et qu'un bras énergique la saisit par la taille.

Elle poussa un cri de terreur et un appel désespéré.

— Oh ! tu as beau crier, grommela Bernard, tu peux appeler à ton aide, je te tiens maintenant et tu ne m'échapperas plus.

— Mais, malheureux ! balbutia sœur Clémence, vous oubliez à qui vous parlez.

— Bon ! bon ! nous connaissons cela. Nous savons que vous êtes une habile coquine, et que vous n'avez pénétré ici, que pour favoriser l'évasion de votre amant.

— Quelle horreur !

— Mais on ne trompe pas deux fois le vieux Bernard, et mille millions de tonnerre... je n'ai pas oublié le coup de couteau que tu m'as donné !

Tout en parlant ainsi, — et le lecteur peut croire que nous adoucissons beaucoup les expressions dont il se servait, — le garde-chiourme entraînait la pauvre sœur Clémence, qui ne cessait de jeter les cris les plus lamentables, et cherchait à se dégager de cette horrible étreinte.

A la fin, le bruit de cette lutte parvint au poste voisin ; les soldats accoururent, l'officier en tête, et chacun fut frappé de surprise en voyant l'odieuse insulte dont Bernard se rendait coupable.

Nous avons dit que sœur Clémence était vénérée

à l'égal d'une sainte ; quand on la vit affreusement pâle, les traits défigurés, près de s'évanouir dans les bras même du misérable qui la brutalisait, ce ne fut qu'un sentiment unanime d'indignation, et dix mains vengeresses s'abattirent en même temps sur le garde-chiourme.

Ce dernier venait du reste de reconnaître sœur Clémence, et il était resté anéanti et comme frappé de stupeur.

— Allons ! dit le chef de poste, que l'on désarme cet homme, et qu'on le conduise immédiatement au cachot...

Bernard devint livide.

Depuis qu'il était au service, c'était la première punition qu'il encourait.

— Mais, lieutenant... balbutia-t-il, je vous jure...

— Pas d'observations.

— Il faut que je vous parle. Il se passe ici quelque chose d'extraordinaire : il y a une malheureuse qui se cache sous des habits de sœur.

— Te tairas-tu ?

— Ecoutez-moi.

— Assez, te dis-je ; et vous, ajouta l'officier en s'adressant à ses hommes, faites ce que j'ai dit, et qu'il soit immédiatement jeté au cachot.

Bernard baissa la tête et se tut.

Il avait la rage dans le cœur ; mais il parlait à des juges prévenus et toute insistance eût été vaine.

Il se laissa donc désarmer, et suivit, sans murmurer, les soldats qui le menaient en prison.

Comme il passait devant la grille par laquelle on sortait de l'infirmerie, il se croisa avec une sœur qui se rendait en ville.

Un regard lui suffit pour la reconnaître.

C'était sœur Claudine !

Elle lui fit de la tête un petit signe imperceptible et étouffa un rire ironique dans son mouchoir; puis, elle descendit les marches de la porte et sortit du bagne pour n'y plus rentrer !

Sœur Claudine se rendait à Paris où l'attendait Dubosc.

XXXII

L'HOTEL DE GUILLAUME TELL.

Ce que l'on appelle aujourd'hui la rue Pagevin se composait, il n'y a pas encore longtemps, de trois tronçons de rues, dont le premier aboutissait place des Victoires et s'appelait rue du *Petit Reposoir*, dont le second s'appelait rue *Pagevin*, et dont le troisième, qui débouchait rue Jean-Jacques Rousseau et formait un des côtés de l'hôtel des Postes, portait le nom de rue *Verdelet*.

Dans le recoin qui confinait à la place des Victoires, on remarquait, à l'époque où se passe notre récit, un hôtel des plus modestes, que recommandait aux regards des passants un tableau placé au-dessus de la porte d'entrée, et sur lequel un artiste en plein vent avait représenté l'épisode le plus touchant de la vie de Guillaume Tell.

Au second étage de cet hôtel, dans une chambre qui prenait jour sur une cour humide et sombre, vivait depuis quelque temps un ménage qui, dans son genre, valait le couple que nous venons de voir à l'œuvre.

Ce ménage était composé seulement de deux personnes.

L'homme s'appelait Courriol; la femme, Madeleine Bréban.

Courriol, nous avons dit ce qu'il était.

Il menait une vie dissipée ; faisait un commerce interlope de bijoux, bagues, montres, pierreries, et entretenait des relations avec un monde plus que suspect.

Il avait entre autres avec lui, logeant dans le même hôtel, un ami du nom de Bruer qu'il entretenait et nourrissait, sans qu'on pût deviner quel genre de service cet homme pouvait lui rendre.

Courriol était toujours mis avec beaucoup de recherche, et il réalisait, dans son extérieur, l'idéal du *muscadin* du temps.

Quant à la femme, c'était bien différent.

Née dans les bas-fonds sociaux, elle y était restée plongée jusqu'à l'âge de seize ans.

Elle avait grandi sans parents, sans amis, — et son cœur seul lui disait parfois qu'elle devait avoir une mère.

Car la Madeleine avait un cœur.

C'était la seule chose que n'eût pas souillée en elle la fange dans laquelle elle avait vécu.

Elle était grande, forte, bien prise dans sa taille, et à seize ans elle avait atteint le complet développement de sa beauté.

Madeleine, pourtant, n'était pas heureuse.

Au milieu de sa dégradation, elle avait des aspirations vers l'inconnu, et plus d'une fois elle dut frissonner jusqu'au plus profond de son être, en voyant passer près d'elle ces beaux jeunes gens à la mode, dont la désinvolture la faisait rêver des jours entiers.

Madeleine les confondait tous dans son admiration naïve...

Aussi, quand, un jour, sous les galeries du Palais-Égalité, dans les environs du 113, elle rencontra Courriol, qui sortait de la célèbre maison de jeu ; quand ce dernier, que le sort venait de favoriser au delà de ses espérances, l'aborda en souriant, et lui parla dans cette langue des incroyables de l'époque, Madeleine ne put cacher son trouble, ni sa confusion, et ce fut avec une joie manifeste qu'elle répondit aux déclarations du muscadin.

A partir de ce jour, toute sa vie changea.

Elle n'avait jamais rien vu au delà de cet hori-

zon, et elle ne chercha pas à donner un autre but à
sa vie.

Toute son âme, tout son cœur, son être entier
enfin, s'attacha à Courriol, et elle se mit à l'œuvre
avec un dévouement d'esclave.

Courriol était égoïste, impertinent, vaniteux et sot.

Mais Madeleine était aveugle.

Que lui importait à quelles ressources mysté-
rieuses il demandait la satisfaction de ses fantaisies
et de ses caprices.

Outre qu'elle n'était guère scrupuleuse sous ce
rapport, elle avait été élevée dans un monde où nul
professeur de morale n'eût fait ses frais...

Pour tout dire même, pour que le lecteur con-
naisse bien la femme que nous lui présentons, nous
ajouterons que le jour où Madeleine comprit le
genre d'opérations dangereuses auquel se livrait son
amant, elle en éprouva une ivresse profonde et
sincère.

De ce moment, en effet, Courriol lui appartenait
à jamais...

Et, dans ce monde, c'était le seul bonheur qu'elle
désirât...

C'était l'été.

Madeleine revenait du Palais-Égalité, et allait rentrer à l'hôtel de Guillaume-Tell, quand au moment
de pénétrer dans le sombre couloir qui conduisait à
l'escalier, elle rencontra un homme qui paraissait
hésiter à y entrer.

A peine l'eut-elle aperçu, qu'elle fit un mouvement de surprise.

— Monsieur Lesurques... dit-elle sur un ton incertain et vague.

L'homme se retourna étonné, et regarda la Bréban avec attention.

— Lesurques ! répéta-t-il, pourquoi m'appelez-vous de ce nom ?

— N'est-ce donc pas le vôtre ?

— En aucune façon.

Madeleine enveloppa l'inconnu d'un regard plus profond.

— C'est étrange, dit-elle aussitôt. Maintenant, je vois bien en effet que je me suis trompée, mais au premier abord la ressemblance est inouïe et j'avais cru...

L'homme ne prit pas autrement garde à l'incident, et il allait passer outre quand il remarqua que Madeleine allait entrer comme lui dans l'hôtel.

— Demeurez-vous donc ici ? demanda-t-il avec intérêt.

— Sans doute, répondit la jeune femme.

— Et vous connaissez peut-être les locataires de l'hôtel ?

— A peu près. Quel est celui auquel vous avez affaire ?

— On ne m'a dit que son nom.

— Comment s'appelle-t-il ?

— Etienne Courriol.

Un soupçon vint troubler l'esprit de Madeleine.

Quel était cet homme qu'elle n'avait jamais vu? Que voulait-il à Courriol? Pourquoi cette allure mystérieuse et ces précautions qui sentaient la police?

XXXIII

LA CHASSE A L'HOMME

Madeleine eut peur, et elle ne sut pas assez bien dissimuler ce qu'elle éprouvait pour que Dubosc ne s'en aperçût pas.

Il comprit tout et se mit à sourire.

— Allons... allons, dit-il avec bonhomie, rassure-toi, mon enfant, les loups ne se mangent pas entre eux, et si je demande Courriol, ce n'est pas pour te faire de la peine... Je gage que tu es Madeleine Bréban.

— C'est vrai, dit Madeleine interdite.

— Eh bien! conduis-moi près de lui, et bien qu'il ne m'ait jamais vu, tu lui diras mon nom, et cela suffira pour qu'il me reconnaisse.

— Quel est donc votre nom?

— Dubosc.

C'était Dubosc, en effet.

Il était à Paris depuis la veille: le matin même Claudine l'avait rejoint, et il allait faire quelques visites pour mettre à exécution une ingénieuse idée qui était venue à la jeune femme pendant le voyage qu'elle venait d'effectuer.

En quittant Toulon, Claudine s'était dirigée sur Lyon et là, elle avait pris la malle pour se rendre à Paris sans perdre de temps.

Selon son habitude, elle portait des vêtements d'homme. Dès le premier relai, elle lia connaissance avec le courrier, et tout en causant avec ce dernier elle avait fait de curieuses observations.

Ainsi qu'on l'a vu au commencement de ce récit, les malles-postes transportaient à cette époque des valeurs considérables, tant en or qu'en assignats; et Claudine remarqua quelles facilités les hasards du voyage pouvaient offrir à des hommes résolus qui tenteraient d'arrêter le courrier pour le dépouiller des valeurs qui lui étaient confiées.

Ce n'étaient ni l'audace ni la résolution qui lui manquait, et quand elle mit le pied dans Paris, son plan était arrêté.

L'idée dont Dubosc allait entretenir Courriol, c'était l'attaque de la malle de Brest.

Il avait autrefois noué des relations étroites avec un courrier de la poste, et ce dernier s'était engagé à le prévenir du jour où la malle partirait chargée de valeurs importantes.

Nous ne reviendrons pas sur des faits que nous avons surabondamment racontés. Le lecteur sait, à cette heure, comment les choses se sont passées, et quel rôle chaque acteur a joué dans ce drame ténébreux.

Mais pour l'intelligence de ce qui va suivre, il

importe de rappeler en quelques lignes quelle était la situation de l'affaire au lendemain de la condamnation à mort de Durochat ou Laborde.

L'homme dont on se préoccupait, ce n'était ni Laborde, ni Vidal, c'était Dubosc.

Ce Dubosc dont on avait tant parlé, ce sosie si souvent évoqué pour troubler les consciences des juges de Lesurques, ce mystérieux bandit à la perruque blonde et à l'éperon d'argent, qui semblait depuis l'assassinat du malheureux Excoffon, être devenu le bouc émissaire de ce sanglant procès.

A tout prix il fallait s'en emparer, puisque toutes les voix se réunissaient pour l'accuser et que sa seule présence devait, disait-on, apporter la lumière dans ces ténèbres, faire rayonner jusqu'à l'évidence l'innocence du supplicié, et rendre l'honneur et la fortune à sa veuve et à ses orphelins spoliés par une loi cruelle.

Au nombre des hommes sincères qui s'étaient voués à la réhabilitation de Lesurques, au premier rang de ceux qui recherchaient sans trêve les preuves de son innocence, il faut placer le citoyen Eymery, ingénieur, que des liens étroits d'amitié liaient à la famille du condamné.

Appelé comme témoin, lors du procès criminel, et invité par le président à déposer sans haine, il avait osé répondre:

— Oui, citoyen président, je parlerai sans haine

et surtout sans crainte, malgré ce que l'on fait ici pour l'inspirer aux témoins.

Après l'exécution de Lesurques, son courage, un moment ébranlé, s'était relevé, et comme Daubanton, comme Hilaire, le peintre, et les autres amis de la famille, il attendait tout de l'arrestation de Dubosc. C'est à cette tâche qu'il s'était voué.

Il avait pris à ses frais un agent courageux qu'il avait lancé sur les traces du bandit.

L'agent était constamment par voies et par chemins, sillonnant la France de Marseille à Lille, de Strasbourg à Brest, attentif, ardent, toujours en éveil, flairant à la piste le couple étrange qu'on lui avait signalé...

Vingt fois il avait été sur le point d'atteindre l'homme, vingt fois celui-ci lui avait échappé.

Rien ne le décourageait.

Malheureusement il ne connaissait pas Dubosc.

Tout au plus avait-il son signalement fort vague.

Dans ces conditions la recherche était difficile. Dubosc se savait l'objet d'une surveillance incessante, et il s'observait; chaque fois qu'il apercevait un visage suspect, il s'empressait de déménager.

Depuis quelques mois il avait changé complétement ses allures.

Il habitait le Havre. — La perruque blonde était devenue une perruque brune. — Il portait une espèce de carmagnole rouge, un bonnet de laine et des anneaux d'or aux oreilles.

10.

Un vrai matelot. --- Il était méconnaissable.

Claudine de son côté, avait fait aux nécessités de la situation le sacrifice de son opulente chevelure.

Elle portait les cheveux ras, un bourgeron qui enveloppait amplement ses hanches, un pantalon de drap qui cachait ses jambes.

Bernard eût passé près d'elle sans s'arrêter.

Ainsi transformés, ils défiaient l'œil le plus exercé.

Ils s'étaient logés à quelques pas du port, en cet endroit où, depuis, on a élevé l'hôtel Frascati.

La mer venait déferler jusqu'aux pieds de leur cottage, et un bateau amarré à leur porte leur permettait, quand le temps était beau, d'aller faire quelques promenades en mer.

XXXIV

LA PLANCHE DE SALUT.

En un mois à peine, Claudine était devenue un mousse des plus habiles ; souvent il leur arrivait de quitter la grève, le matin, pour n'y revenir que le soir.

Ils n'allaient pas bien loin... mais ils se laissaient doucement bercer par la lame, et au milieu de cette immensité sans bornes, il leur semblait parfois que le passé s'était englouti dans ces vagues tumultueuses qui leur cachaient la terre, et qu'ils n'avaient plus rien à redouter de la justice humaine.

Les malheureux n'avaient jamais pensé à la justice de Dieu !

Un soir, après une journée entière passée au large, ils ralliaient le Havre, portés par la marée montante.

Claudine avait hissé sa petite voile grise, et l'embarcation soulevée par la lame, berçait la fatigue des deux amants, qui recevaient en riant la poussière d'écume que le vent leur envoyait dans les yeux...

La nuit était presque venue, quand ils abordèrent...

Claudine sauta à terre, retint le bateau par son amarre, pendant que Dubosc enlevait le mât et les avirons sur ses robustes épaules... et tous deux gagnèrent vivement le cottage...

Comme ils approchaient, un même sentiment les fit s'arrêter en même temps.

Sur le seuil un homme les attendait...

Quel était cet homme, et que faisait-il là ?

La nuit était déjà trop avancée pour permettre de distinguer ses traits...

Claudine avait serré la main de Dubosc en silence, comme pour lui dire de se défier... et celui-ci s'était mis sur ses gardes.

Cependant l'inconnu venait de faire quelques pas à leur rencontre, et s'adressant à Dubosc :

— C'est vous, lui dit-il à voix basse, que l'on appelle Guillaume?

— En effet, répondit Dubosc, mais vous-même?

— Moi! je m'appelle Pinçard.

— Et qui êtes-vous?

— Un ami.

— Qui me le prouve?

— La démarche que je fais en ce moment.

— Dans quel but?

— Il s'agit de votre liberté, et peut-être de votre vie.

— Que signifie?

Pinçard se rapprocha encore, et baissa davantage la voix.

— J'arrive de Rouen, continua-t-il; en route, j'ai rencontré plusieurs hommes qui m'ont paru suspects, et à quelques mots de leur conversation, il m'a été facile de comprendre qu'ils venaient pour vous arrêter.

— Moi!

— Vous vous appelez Guillaume, mais vous êtes Dubosc?

— Qui vous l'a dit?

— Ils en sont convaincus.

Dubosc échangea un regard significatif avec Claudine.

— Enfin! dit-il à l'inconnu, que venez-vous me proposer?

— Une fuite prompte et sûre.

— Mais quel est votre intérêt dans tout ceci?

— Vous ne devinez pas?

— Je cherche.

— Ecoutez donc, mais hâtons-nous, car le temps presse... vous n'êtes pas le seul des assassins du courrier de Lyon dont on veuille s'assurer, et Vidal et Roussy ont le même intérêt que vous à se sous-traire à la justice.

— Après...

— Vidal et Roussy sont au Havre depuis hier soir; ils ont frété un bateau à leurs frais, et cette nuit même ils doivent gagner le large.

— Eh bien !

— Eh bien ! ils vous offrent de partager leur sort parce qu'ils connaissent votre intelligence, votre audace, et qu'en outre, ils préfèrent vous avoir avec eux, que de vous laisser derrière.

— Et vous m'assurez que les agents de police sont au Havre?

— Depuis ce matin. Votre demeure leur est connue. Ils n'attendaient que votre retour pour venir ici s'emparer de votre personne.

Tout cela était vraisemblable; il fallait prendre un parti; Dubosc n'hésita pas.

Il suivit donc l'inconnu, laissant à Claudine le soin du cottage, vers lequel il ne désespérait pas de revenir bientôt.

Le trajet fut court.

Ils suivirent pendant un quart d'heure environ le

long de la côte en remontant vers le nord, et au bout de ce temps, ils se trouvèrent dans une petite crique au fond de laquelle s'abritait une pauvre cabane de pêcheur...

Dubosc n'avait aucune appréhension ; il approcha sans défiance.

— Est-ce vous ? demanda une voix qui sortit d'une anfractuosité de rocher.

— C'est nous, répondit Pinçard.

— Et peut-on approcher ?

— Tout est prêt.

A cette réponse, dix hommes armés firent irruption de tous côtés et se précipitèrent sur Dubosc, le couteau ou le bâton levé.

La résistance était inutile. Le bandit ne l'essaya même pas.

Il se laissa garotter avec soumission ; il rentra dans le Havre, où il fut écroué à la prison de ville et gardé à vue avec les plus minutieuses précautions.

Cette fois, on ne voulait plus le laisser échapper.

Pinçard ne se possédait pas de joie ; il avait réussi au delà de toutes ses espérances, et dès cette nuit même il prit toutes les mesures d'urgence pour que Dubosc fût transporté sans retard à Paris.

L'effet de cette capture fut immense ; tous les journaux du temps la racontèrent avec les plus grandes louanges pour l'agent qui l'avait opérée, et quelques-uns même, sollicités sans doute par la famille, n'hésitèrent pas à escompter au profit de Lesurques le bénéfice de cette arrestation.

Nous lisons en effet dans les *Annales universelles* du 30 mai 1797 :

« On vient d'arrêter le véritable assassin du courrier, *celui pour lequel Lesurques a été* condamné. *Lesurques était donc innocent*... il a *donné des preuves d'alibi*, et sur le dire de quelques témoins qui ont *cru le reconnaître*, sur le résumé partial de Gohier, les jurés l'ont livré aux mains du bourreau. »

Cette note était maladroite... les amis de la veuve Lesurques servaient bien mal ses intérêts, en attaquant le jury à l'aide d'assertions mensongères.

Du reste, cet acharnement qui se manifestait contre Dubosc allait faire naître en cet homme un sentiment nouveau, dont les effets pouvaient être des plus dangereux pour la veuve même de Lesurques.

XXXV.

QUEL EST LE COUPABLE ?

Quand il se vit encore une fois rejeté en prison, le célèbre bandit, dont l'audace était loin d'être abattue, se prit à réfléchir profondément sur sa position, et passa en revue les chances d'évasion qui pouvaient s'offrir à lui.

Claudine s'était hâtée de quitter le Havre, et elle venait d'arriver à Melun.

Elle savait que Dubosc était là, et obéissant à son aveugle dévouement, cette malheureuse, que l'on serait tenté d'admirer, si elle n'était si méprisable, se mit, dès la nuit de son arrivée, à rôder autour du sombre monument.

Avec l'aide de deux femmes, qui avaient accès dans la prison, la veuve Franck et la fille Levasseur, elle réussit même à faire passer à Dubosc des limes, une corde, un couteau.

Ces objets, pour le moment du moins, lui étaient inutiles.

On l'avait mis au secret. On le surveillait étroitement... il fallait attendre une occasion...

C'est ce qu'il fit.

Mais ce fut pour lui une situation nouvelle.

Jamais encore il n'avait rencontré tant d'obstacles à ses projets d'évasion.

Il en conçut une vive irritation, et tout son ressentiment, toute sa haine se dirigèrent contre la cause réelle de ces difficultés.

Cette cause, il l'avait compris tout de suite, c'était la famille Lesurques.

La veuve surtout.

Cette veuve, à qui tout le monde s'intéressait, qui était réellement malheureuse, que chacun plaignait, et dont on désirait faciliter la réhabilitation.

Or, pour atteindre ce but ardemment poursuivi

par les amis de la veuve, il n'y avait pas d'autre moyen que d'obtenir la condamnation de Dubosc.

Il fallait prouver que les témoins s'étaient trompés, que l'homme à la perruque blonde, à l'éperon d'argent, c'était Dubosc et non Lesurques.

Dubosc ne se dissimula aucun des dangers de sa position.

Il avait contre lui, non-seulement l'opinion publique, mais encore les autorités les plus considérables de la magistrature.

Le ministre de la justice n'avait pas hésité à s'adresser au directeur du jury d'accusation pour lui *recommander* particulièrement l'affaire.

« Vous êtes sans doute convaincu, disait-il, de la nécessité de faire les plus grands efforts pour découvrir *entre Lesurques et Dubosc quel est le vrai coupable.* Je n'insisterai point à cet égard auprès de vous ; mais je remarquerai qu'il *faut tâcher* de rendre constant, entre ces deux individus, *si la culpabilité de l'un entraîne nécessairement l'innocence de l'autre,* ou si tous les deux peuvent être convaincus du même crime, ou de quelqu'une de ses circonstances. »

C'était clair et facile à comprendre...

Jamais, à aucune époque, un criminel ne vit s'élever contre lui tant de préventions redoutables, et Dubosc ne pouvait se faire longtemps illusion sur le sort dont il était menacé.

Alors tout son être se révolta, un cri de haine sauvage jaillit de sa poitrine, et sous l'influence des longues nuits sans sommeil, exalté par la fièvre endémique des prisons, il prit une résolution infernale, et prépara tout pour la mettre à exécution.

Déjà le jury d'accusation fonctionnait.

On avait sursis à l'exécution de Durochat pour se réserver la possibilité d'une confrontation.

La confrontation eut lieu, et Durochat ou Laborde reconnut Dubosc pour un de ses complices du crime du pont de Pouilly.

Tout cela n'avait qu'une importance relative ; la plus intéressante confrontation était évidemment celle qui allait avoir lieu avec les témoins de Lieursaint, sur l'affirmation desquels Lesurques avait été condamné.

Si ces témoins reconnaissaient Dubosc et rétractaient leurs premières déclarations, la cause de Lesurques était gagnée, et il fallait réhabiliter sa mémoire ; mais si, au contraire, ils persistaient dans leurs dires, s'ils se refusaient à reconnaître qu'ils s'étaient trompés lors du premier procès, il fallait admettre que la cause avait été bien jugée, et qu'il n'y avait aucune raison sérieuse de revenir sur le jugement.

C'est ce que faisait ressortir l'acte d'accusation.

« A l'égard de Courriol et de Laborde, dit cet acte, la justice a acquis la certitude de n'avoir puni en eux que des coupables, mais à l'égard de Lesurques, la contradiction qui se trouve entre les témoins, qui l'ont affirmativement reconnu, et les coupables qui, jusqu'à la fin, ont persisté à le méconnaître et à le soutenir innocent (ceci est faux : ni Richard, *l'ami de Lesurques*, ni Bernard, n'ont protesté en sa faveur), laisse encore aujourd'hui à douter si Lesurques a été puni justement, ou s'il n'a été qu'une malheureuse victime du concours de plusieurs circonstances funestes, propres à le rendre suspect, et surtout d'une fatale ressemblance avec Dubosc, capable d'avoir induit dans une erreur excusable la plupart des témoins entendus contre lui. »

La ressemblance est manifeste, sans doute; elle est même presque invraisemblable si l'on s'en rapporte au signalement, et cependant voyez ce qui se passe aux confrontations :

Presque tous les témoins reconnaissent en effet qu'il y a dans les masses et les aspects des deux individus Lesurques et Dubosc quelques rapports généraux, mais que, dans les détails et dans les traits de leurs figures, ils ne trouvent *aucune ressemblance qui puisse les induire à penser qu'ils ont commis une erreur*. (Rapport de M. Zangiacomi.)

Seule, la femme Alfroy trouve que Dubosc ressemble à Lesurques, avec les sourcils et les cheveux plus bruns, l'œil moins bleu, et les cheveux moins fournis.

Elle ajoute que, pour éclairer ses doutes, elle dé-

sirerait que Dubosc lui fût présenté avec une perruque blonde.

Ce vœu, exprimé également par Champeaux et sa
femme, fut pris en considération, et l'on décida que
Dubosc paraîtrait aux débats avec la perruque
blonde réclamée.

On était au 26 floréal.

L'acte d'accusation comprenait, avec Vidal et
Dubosc, Claudine Barrière, dont la complicité avait
paru manifeste à tous les jurés, et qu'elle-même
n'eût pas niée, d'ailleurs, si elle avait pu être interrogée à cet effet.

Mais depuis quelque temps, Claudine avait disparu, et toutes les recherches tentées pour la retrouver étaient restées infructueuses.

Un fait curieux s'était passé peu de jours après
l'arrestation de Dubosc, et pour ne rien oublier de
ce qui peut mettre en lumière le caractère de cette
femme étrange, nous devons le raconter.

XXXVI

LA JAMBE CASSÉE.

Nous avons dit qu'à peine arrivée du Havre à
Paris, son premier soin avait été de rôder autour
de la prison de Melun, et de faire parvenir à son

amant tous les objets qui pouvaient faciliter son évasion.

Malheureusement, la police avait l'éveil ; elle épiait tous ses mouvements, et une nuit, Claudine est subitement appréhendée, jetée en prison à son tour et traduite finalement devant le jury de Versailles sous la prévention d'avoir voulu favoriser l'évasion d'un criminel.

La jeune femme est introduite devant les jurés ; elle se présente sans forfanterie cômme sans faiblesse, puisant dans la profondeur de son amour et de son dévouement le calme et la présence d'esprit que l'appareil de la justice est impuissant à lui enlever.

Le président l'interroge.

— Vous êtes accusée, lui dit-il, d'avoir fait introduire dans la prison de Melun des outils qui devaient aider Dubosc à se soustraire à la justice.

— Je le sais, citoyen président, répond Claudine.

— Reconnaissez-vous que vous vous êtes rendue coupable de ce fait ?

— Je le reconnais.

— Mais c'est de l'impudence !...

— Non, citoyen président, c'est de l'amour...

— Etrange et coupable amour, en ce cas.

Claudine releva le front, et une splendeur sereine sembla l'éclairer tout entière...

— Depuis le jour où j'ai rencontré Dubosc, répondit-elle avec fermeté, nos deux existences n'en ont plus fait qu'une ; plaisirs ou chagrins, joies ou douleurs, tout a été commun entre nous : séparés ou réunis, nos cœurs n'ont pas cessé un moment de battre à l'unisson, et je n'aurais rien à redouter de la vie, si j'étais assurée de mourir du même coup qui le frappera. Etrange ou coupable, citoyen président, cet amour est ma vie, et nulle catastrophe ne pourra jamais l'ébranler.

— Mais ce que vous avez fait est contraire aux lois.

— Je ne connais pas les lois.

— Enfin vous êtes en guerre avec la société.

— Je ne connais qu'une société, c'est Dubosc. Je n'ai appris qu'une loi, c'est notre amour. Mettez-moi en prison, enfermez-moi, punissez-moi, vous n'obtiendrez pas d'autre réponse ni d'autre satisfaction.

C'était la première fois qu'un pareil langage était tenu devant un jury. Il impressionna profondément les auditeurs.

Et alors il se passa une chose inouïe.

Cette femme, qui avouait sa complicité, dont la naïveté devenait de l'audace, qui se parait de sa honte comme une autre se fût parée de sa vertu, cette femme réussit à étonner ses juges et à se les rendre sympathiques.

Au contraire de la Phryné antique, elle n'avait eu qu'à dévoiler son âme sincère, pour émouvoir le sévère aéropage qui l'écoutait.

Elle fut acquittée...

C'est depuis ce moment qu'elle avait disparu...

Instruite par l'expérience, craignait-elle de retomber une seconde fois entre les mains de la police ?

Devait-elle écouter désormais la voix de la prudence ? — on le supposa. — Il n'en était rien !

La veille du jour où les débats allaient s'ouvrir, une femme se présenta à la geôle de Versailles et demanda à être écrouée...

C'était Claudine.

Elle avait appris qu'elle était comprise dans l'accusation et elle venait se constituer prisonnière.

Cet acte ne surprit que ceux qui ne la connaissaient pas.

Ceux qui la connaissaient ne se trompèrent pas sur les motifs qui lui avaient dicté cette résolution.

On n'attendait plus que l'arrivée de Richard, qui subissait sa peine à Rochefort, et dont la comparution aux débats avait paru importante à l'accusation.

Des ordres avaient été donnés à cet effet, et il devait être amené le lendemain même.

Or, le lendemain, quand on se présenta à la cellule de Dubosc, on s'aperçut avec une profonde stupéfaction qu'elle était vide.

Dubosc, c'est le héros de l'évasion.

Et pendant que l'on activait tous les préparatifs du procès criminel, il s'était concerté avec Vidal, enfermé sous le même toit, et les deux forçats avaient audacieusement tenté l'escalade des murs de leur prison.

Il faut croire qu'à cette époque les prisons n'étaient pas aussi bien gardées qu'elles le sont aujourd'hui.

Cette fois seulement, Dubosc ne fut pas aussi heureux que les précédentes !

En escaladant le dernier mur, le pied porta à faux, le corps fit un mouvement maladroit, et il s'affaissa lourdement sur lui-même.

Quand il voulut se relever, il s'aperçut qu'il avait la jambe cassée.

Les hommes que l'on avait envoyés à sa recherche le trouvèrent dans un fossé, et n'eurent aucune peine à le prendre.

Vidal, lui, avait réussi à s'évader.

Quelques heures après, Dubosc était donc réintégré à l'infirmerie où le citoyen Duclos, le médecin de la prison, s'empressait de lui prodiguer ses soins.

Trop d'intérêts étaient attachés à la vie du célèbre criminel, pour que l'on ne poussât pas, par tous les moyens possibles, à sa prompte guérison.

Dubosc, sous ce rapport, était sans aucune appréhension.

Il se laissait soigner avec une docilité exemplaire, suivait rigoureusement les prescriptions de la Faculté, et manifestait en toute circonstance la plus vive impatience de voir arriver l'heure de son rétablissement.

A plusieurs reprises même, il avait témoigné au médecin le désir de sauter à bas de son lit, et d'essayer les effets du traitement qu'on lui faisait suivre.

Le médecin le gourmandait à ce sujet.

— Du calme ! mon ami, lui disait-il ; chaque chose vient en son temps, et Paris ne s'est pas fait en un jour ; si vous cédiez aujourd'hui à la fantaisie de faire un pas, ce pas retarderait peut-être d'un grand mois votre guérison. De la patience donc... et fiez-vous à la Faculté, qui en sait plus long que vous.

Le citoyen Duclos était un excellent homme, mais c'était un médiocre médecin.

Et pendant qu'il parlait de la sorte, la lèvre de Dubosc se plissait d'un fin et ironique sourire.

XXXVIII

PROJET INFERNAL.

Pour ne rien céler au lecteur, nous devons lui confier que depuis plusieurs jours déjà Dubosc avait essayé cette jambe qu'on lui conseillait de tenir en repos.

Et à vrai dire, il avait été content d'elle...

La comédie était bonne.

Si bonne que, grâce à son état, la surveillance s'était relâchée autour de lui... et que les gardiens allaient et venaient sans s'occuper de ce qu'il faisait.

Quelques esprits mieux avisés avaient bien appelé sur ce point l'attention du médecin.

Mais ce dernier s'était contenté de hausser les épaules.

— Laissez, laissez ! répondait-il d'un air docte. Ah ! je déposerai ce soir, si vous le voulez, toutes les clefs de la prison sous son oreiller, et vous verrez demain ce qu'il en aura pu faire.

On ne poussa pas la bienveillance jusqu'à tenter l'essai proposé par le citoyen Duclos ; mais Dubosc n'avait pas besoin non plus qu'on y mît tant de complaisance.

Une nuit donc, il quitta le lit sur lequel il reposait depuis plusieurs mois, s'habilla à la hâte, traversa les salles sous un costume préparé d'avance et descendit prendre l'air dans les cours désertes.

Puis, familier avec les détours du sinistre établissement, il gagna la porte du bâtiment dans lequel étaient enfermées les femmes, et alla chercher Claudine qui l'attendait.

Claudine s'était fait écrouer pour lui ; il ne voulait pas partir sans elle.

Le lendemain, on battait toutes les routes, on fouillait tous les coins de la capitale, on mettait sur pied toutes les brigades de la surveillance active, sans parvenir à trouver la moindre trace des deux fugitifs.

Cela tenait du prodige. Le citoyen Duclos n'en revenait pas.

Il s'était presque attaché à son malade, et n'était pas éloigné de voir dans le fait de l'évasion de Dubosc une inconvenance à son adresse.

Dubosc le comprit-il ainsi ? Nous ne saurions le dire.

Seulement, ce que nous pouvons ajouter, c'est que quinze jours après sa disparition, la poste de Paris apporta au citoyen Duclos une lettre d'une écriture inconnue, qu'il s'empressa d'ouvrir.

La lettre était de Dubosc, et ne contenait que ces lignes :

« L'artiste inestimable qui conserve les membres les plus précieux à l'existence nous rend, selon moi, un service infiniment plus grand que nos pères qui, en nous donnant le jour, ne suivent que l'instinct et la routine commune à tous les animaux. »

Le citoyen Duclos ne fut pas, du reste, le seul qui reçut des nouvelles de Dubosc,

Le juge Daubanton eut, paraît-il, la même faveur, et des lettres lui parvinrent dans lesquelles les plus épouvantables menaces lui étaient adressées.

Nous avons dit qu'une idée horrible était venue à Dubosc, et qu'il avait formé un infernal projet.

Le misérable forçat ne s'était pas trompé sur la

cause de l'acharnement que l'on mettait à le poursuivre, et, dans son rêve de vengeance, c'est à la
veuve de Lesurques qu'il s'en prenait surtout !

Dès qu'il fut libre, il n'eut pas de repos qu'il n'eût
mis à exécution le projet qu'il avait conçu.

Mais il fallait concilier l'audace que réclamait
l'exécution, avec la prudence à laquelle l'obligeaient
les recherches dont il était l'objet.

Pinçard, l'agent du citoyen Eymery, s'était
remis en campagne, et il serrait de près le couple
criminel.

Les hommes qui travaillaient avec lui venaient
chaque soir lui rendre compte des investigations de
la journée, et, bien que, jusqu'alors, aucun indice
certain n'eût été découvert, cependant on était sur
les traces du bandit, et l'on pouvait espérer qu'avant
peu on parviendrait à s'en emparer de nouveau.

Une nuit, Pinçard était dans son cabinet, lorsque
l'un de ses subalternes demanda à lui parler pour
affaire urgente.

On le fit entrer.

— Ah ! ah ! c'est toi, Firmin ? dit Pinçard en
l'apercevant. Eh bien ! qu'y a-t-il de neuf ?

— Pas grand'chose, citoyen, répondit l'agent;
seulement, je crois être sur la piste.

— Vraiment !

— Depuis cette nuit !...

— Et qui te le fait supposer ?

Firmin se rapprocha de Pinçard.

— Voici, dit-il, cette nuit, vers deux heures du matin, je rôdais dans la rue de Charonne, auprès de la maison qui porte le n° 95.

— Pourquoi faire ?

— Une idée, il me semblait que j'apprendrais quelque chose de ce côté.

— Et qu'as-tu appris ?..

— La maison se compose d'un corps de bâtiment qui donne sur la rue et d'un jardin entouré de murs, dont la contenance peut atteindre un arpent.

— Après... après...

— J'étais donc, depuis un quart d'heure, caché dans l'ombre de la porte d'une maison voisine, quand un particulier passa près de moi, sans m'apercevoir.

— Quel était cet homme ?

— Dubosc.

— Seul ?

— D'abord... mais cinq minutes après, quelqu'un vint le rejoindre.

— Claudine ?

— Toujours !..

— Eh !... que venaient-ils faire là... à cette heure ?..

— Je ne le leur ai pas demandé, répondit ironiquement Firmin, car il n'eût pas été prudent de me montrer ; mais c'est un renseignement que l'on pourra obtenir ce soir même.

— Ils doivent donc y retourner ?

— Du moins s'y sont-ils donné rendez-vous.

— Dans quel but ?

— Je crois l'avoir deviné.

— Et quel est-il ?

Firmin se pencha à l'oreille de Pinçard et lui dit à voix basse quelques mots qui firent frémir l'agent secret.

— Eh quoi ! s'écria-t-il ; l'assassiner !... elle !... ce serait horrible !...

— Croyez-vous qu'ils n'en soient pas capables.

— Tu as raison... mais nous sommes prévenus, et il sera facile d'aviser... Voyons, tu vas convoquer toute ta brigade, et ce soir, à la tombée de la nuit, je distribuerai à chacun le rôle qu'il devra remplir.

— A ce soir alors, M. Pinçard.

— Oui, à ce soir... à ce soir...

XXXVIII

LE JARDIN DU DEUIL.

Dans la journée qui suivit, Pinçard se rendit dans la rue de Charonne, déguisé en fort de la halle, et tout en montant la rue, il se mit à examiner avec attention les maisons qui avoisinaient le n° 95.

Le 93 était précisément occupé par un marchand

de vins qui, par allusion au numéro dont le hasard avait gratifié sa demeure, avait fait peindre au-dessus de sa porte un des épisodes les plus terribles de la révolution.

Pinçard entra chez ce négociant patriote, se fit servir un modeste déjeuner, et quand il se vit sur le point de terminer son repas, il fit venir son hôte.

Ce dernier accourut aussitôt.

— Citoyen, lui dit alors Pinçard, je suis un agent de police, et je vous ai fait demander un entretien particulier, parce que j'ai certaines choses graves vous confier.

— A moi ! des choses graves, fit le marchand de vins.

— Voici ce dont il s'agit. Vous n'ignorez pas qu'en notre qualité d'agents de police, nous sommes journellement appelés à procéder à l'arrestation d'anciens forçats, de voleurs émérites qui nous font parfois de singulières et bien curieuses révélations.

Le marchand de vins se prit à rire.

— Le fait est, répliqua-t-il, que ces messieurs doivent en avoir de drôles dans leur sac.

— Drôles, si l'on veut. Ainsi, pas plus tard qu'hier, un de ces misérables échappés du bagne de Toulon, arrêté par les soins de la brigade que je dirige, m'a fait la confidence d'un complot qui a été ourdi, ces jours derniers, contre vous.

— Hein !... contre moi?... fit le marchand de vins.

— Cette nuit, ou à coup sûr, une des nuits pro-
chaines, des voleurs doivent, dit-on, s'introduire
chez vous, en escaladant les murs de votre jardin,
ou ceux de la maison voisine ; et une fois introduits,
vous dévaliser et même vous assassiner, s'il y a lieu.

— Mais, c'est infâme.

— N'est-ce pas?

— Et la police ne fait rien?

— La police fait son devoir, puisque vous voyez
qu'elle m'envoie vers vous.

— Pour quoi faire ?

— Pour vous protéger.

— Comment!

Pinçard s'était levé : il entraîna le marchand de
vins dans la cour, et de là dans le jardin.

— Voyons, lui dit-il alors ; il n'y a aucun danger
à vous révéler nos plans ?...

— Aucun... je vous le jure.

— Vous êtes discret?...

— Comme la tombe.

— D'ailleurs, il s'agit de votre fortune... de votre
vie même, et vous êtes le premier intéressé...

— Parbleu.

— Eh bien ! cette nuit, huit hommes de ma brigade viendront s'embusquer dans votre jardin ; ils
seront armés ; ce sont des hommes résolus, et au
moindre signal, ils s'empareront des voleurs.

— Voilà qui va bien !

— Seulement, pour que je puisse prendre des

dispositions utiles, il est nécessaire que vous me donniez tous les renseignements dont j'ai besoin.

— Parlez !... parlez!

— Ce jardin où nous sommes est voisin d'une maison qui porte le n° 95.

— En effet.

— Qui habite cette maison ?

— Le 95... ?

— Oui, le 95.

— Vous l'ignorez donc.

— Puisque je vous le demande.

Le visage du marchand de vins s'était assombri tout à coup... Il garda un moment le silence ; puis, prenant le bras de Pinçard, il le conduisit jusqu'à une espèce de belvédère, dont la plate-forme couronnée d'une tonnelle dominait le jardin voisin.

Une fois qu'ils eurent atteint le sommet de la plate-forme, le marchand de vins étendit le bras et indiqua à l'agent un groupe composé de quatre personnes, une femme et trois enfants, que l'on distinguait à peu de distance.

La femme et les enfants étaient vêtus de deuil.

Pinçard devint attentif.

— Quelle est cette femme ? demanda-t-il avec curiosité.

— C'est elle... répondit le marchand de vins.

— Qui, elle ?

— La veuve.....

— Quelle veuve?

— Eh bien ! celle de l'assassin... du supplicié... la veuve Lesurques... quoi !

XXXIX

LE JEUNE PRINCE.

Il y eut un moment de silence,

Pinçard ne connaissait que M. Eymery. Il n'avait jamais vu la veuve Lesurques. Une poignante curiosité s'était emparée de lui.

La malheureuse mère, entourée de ses trois enfants, était assise à quelques pas de la pauvre maison qu'elle habitait, et le front courbé, l'attitude brisée, elle se livrait, avec une sorte d'activité fébrile à des travaux de lingerie.

A ses côtés, ses enfants allaient et venaient, respectant, au milieu de leurs jeux, l'immense douleur dans laquelle s'absorbait leur mère.

De temps en temps, cependant, celle-ci relevait les yeux et interrompait brusquement son labeur.

D'un regard incertain et vague elle embrassait le modeste enclos qui bornait son horizon : quelques arbres fruitiers, des plantes potagères, de rares buissons de fleurs.

Mais elle regardait sans voir.

Sa pensée n'était pas là, elle était tout entière à cet

épouvantable passé, sous l'ombre duquel se déga-
geait toujours la même image, le même fantôme mutilé.

Elle ne voyait pas autre chose.

Même, elle avait fini par s'habituer à cet atroce
spectacle,

Elle avait des intermittences de raison et d'insanité ; elle ne pleurait plus, elle ne souriait plus à
ses enfants : on eût pu croire que son amour d'é-
pouse et de mère s'était abîmé dans l'horrible tempête
qui avait englouti toutes ses illusions.

— Y a-t-il longtemps que cette pauvre femme
habite ce quartier ? reprit bientôt après l'agent Pinçard.

— Quelques mois seulement, répondit son interlocuteur.

— Que fait-elle ?

— Elle travaille, le jour, la nuit, toujours. Ah !
c'est une brave et digne femme, allez !... et qui n'a
pas mérité son sort, celle-là !

— Vous avez raison, mon ami, il faut la plaindre ;
mais voyons, maintenant que j'ai vu ce que je voulais savoir, je crois qu'il est temps de me retirer.

— Mais vous reviendrez, ce soir ?

— Bien entendu.

— Avec une escorte.

— Comptez sur moi.

Tout en parlant ainsi, Pinçard avait gagné la
porte de la rue.

Avant d'en franchir le seuil, il se tourna vers le marchand de vins :

— Une dernière question, lui dit-il, vous habitez seul la maison !

— Tout seul, citoyen.

— Et vous ne donnez jamais à coucher ?

— Jamais.

— Enfin, vous n'avez pas de locataire.

— Ah ! ça, c'est autre chose... Depuis trois jours, j'ai loué la mansarde qui donne précisément sur le jardin voisin.

— A qui ?

— A un jeune homme.

— Comment l'appelez-vous !

— Prince.

— Vous le connaissez ?

— Pas du tout.

— Que fait-il.

— Rien.

Pinçard fronça le sourcil.

— Diable ! fit-il d'un air soucieux, cela contrarie mes plans.

— Pourquoi donc?

— Dame !... Ce jeune homme peut donner l'éveil sans le vouloir.

— Oh? si vous ne craignez que lui, l'affaire est bonne... Figurez-vous que le gaillard, depuis qu'il m'a loué ma mansarde, n'a pas couché une nuit chez lui.

— Ce serait différent. Seulement... savez-vous que c'est très-suspect une conduite pareille. A-t-il des papiers, votre locataire ?

— Il a un passeport en règle.

— Pouvez-vous me le montrer ?

— Avec d'autant plus de facilité que je le lui ai demandé ce matin, et que je l'ai encore sur moi.

— Voyons donc.

Pinçard déplia le passeport qu'on lui remettait mais il ne l'eut pas plus tôt parcouru qu'il réprima un mouvement de surprise et presque de joie.

— Eh bien ! demanda le marchand de vins.

— C'est parfait, répondit l'agent.

— Vous êtes rassuré sur mon *prince*.

— Comme s'il était des nôtres. Seulement, s'il rentrait par hasard avant mon retour, ne lui dites rien de ma visite.

— Je m'en garderai bien.

— A bientôt alors, citoyen.

— Au revoir et surtout revenez avant la nuit. Car si vous êtes rassuré, moi, je ne le suis guère.

Le marchand de vins avait bien promis de ne rien dire, et vis-à-vis de tout locataire ordinaire, il eût certainement tenu sa promesse.

Mais le jeune *Prince* n'était pas un locataire comme les autres. Il s'était présenté en payant un mois d'avance, et à propos de tout et de rien, il se livrait à des libéralités auxquelles son hôte ne pouvait manquer de se montrer sensible.

Une demi-heure après le départ de Pinçard, Prince entra dans le magasin du rez-de-chaussée, prit la clef de sa mansarde qui était pendue à un clou, derrière le comptoir, et il se dirigeait vers l'escalier, quand la voix du marchand de vins l'interpella brusquement.

— Eh bien ! eh bien, dit ce dernier, vous passez bien fier aujourd'hui, citoyen.

Prince se retourna et sourit.

— Vous avez donc à me parler, demanda-t-il en faisant quelques pas.

Le marchand de vin prit un air mystérieux.

— Est-ce que vous rentrez chez vous ? demanda-t-il à voix basse.

— Vous le voyez bien.

— Et vous ne sortirez plus.

— Je ne pense pas.

— Enfin, vous ne découcherez pas cette nuit, mauvais sujet.

— Est-ce que cela vous contrarie ?

— Oh ! ce n'est pas de moi qu'il s'agit.

— Et de qui donc ?

— Ce serait long à vous expliquer. Seulement, je voulais vous prévenir de ne pas trop vous effrayer... si cette nuit... vous entendiez quelque chose d'extraordinaire.

— Que doit-il se passer ?

— On ne sait pas.

— Diable ! vous êtes discret... Mais savez-vous

que vous allez m'effrayer avec toutes vos réticences. Voyons... Qu'y a-t-il... Que savez-vous... Que dois-je craindre.

Le marchand de vins mit un doigt sur ses lèvres et se penchant à l'oreille de son locataire, il lui raconta sa conversation avec l'agent.

— Et quel est, demanda le jeune homme, l'agent qui a si bien combiné ce plan ?

— Il se nomme Pinçard.

Prince fit un mouvement, une ombre soucieuse passa sur son front ; une seconde même, il parut hésitant et troublé, mais cette impression fut rapide et fugitive, et il reprit aussitôt possession de lui-même.

— Allons ! tout est pour le mieux, dit-il, en gagnant l'escalier ; je monte à ma mansarde... mais je crois inutile d'ajouter que si vous avez besoin de moi, vous me trouverez tout à votre service.

Prince, le lecteur l'a sans doute déjà deviné, n'était autre que Claudine Barrière.

Elle monta quatre à quatre les marches de l'escalier, et une fois rentrée dans sa mansarde, elle se prit à songer au parti qui lui restait à prendre.

X L

La nuit venait peu à peu.

Claudine n'avait plus le temps de prévenir Dubosc, qui ne devait arriver qu'au moment de l'affaire, et elle s'ingéniait à trouver un moyen de l'empêcher de tomber entre les mains de ses ennemis.

Dubosc n'avait pas, comme le supposait Pinçard, formé le dessein d'assassiner la veuve Lesurques, — mais il voulait pénétrer chez elle, la nuit, l'effrayer par des menaces, et l'amener, par l'épouvante qu'il comptait lui inspirer, à abandonner cette poursuite acharnée qu'elle provoquait contre lui...

Claudine ouvrit la fenêtre et plongea son regard dans les deux jardins que l'ombre avait déjà envahis.

Tout était calme autour d'elle. Pas un souffle dans l'air, pas une étoile au ciel.

Un temps propice pour un guet-apens.

Que faire ? Elle ne savait.

Tout à coup, elle frisonna.

Elle venait d'apercevoir quelques silhouettes se dessiner dans la cour et glisser à pas lents et sans bruit le long des murailles sombres.

Neuf heures sonnaient à une église voisine.

Dubosc était perdu, si elle restait inactive.

Elle n'hésita pas davantage.

Le toit n'avait qu'une inclinaison douce ; elle enjamba vivement la fenêtre, s'accrocha aux tuiles de la toiture, et assurant son pied dans la gouttière, elle marcha résolûment devant elle.

Soixante pieds la séparaient du sol; un faux pas seulement, et elle tombait dans le vide, pour aller se briser sur le pavé...

Elle n'y pensa pas.

D'ailleurs, la nuit était profonde, et elle ne voyait pas le danger.

Son projet était de gagner l'extrémité du principal corps de logis et de se laisser tomber sur la toiture d'un bâtiment contigu et moins élevé, au moment où elle jugerait opportun d'opérer une diversion.

Peu lui importait d'être prise, pourvu que Dubosc, averti par le bruit, trouvât le temps de s'enfuir.

Elle arriva sans encombre à l'endroit favorable, s'accroupit le long de la gouttière et attendit.

Ce ne fut pas long.

Par cette nuit calme, au milieu de ce silence, le moindre bruit devenait perceptible pour une oreille attentive comme la sienne.

Et d'abord ce furent des pas d'homme dans la ruelle déserte qui longeait l'enclos.

Puis le bruit d'une escalade tentée avec cette sûreté et cet aplomb que peut donner seule la conviction de l'absence de tout danger.

Mais si Claudine veillait, Pinçard ne dormait pas. Il avait l'ouïe fine, lui aussi, et il avait tout entendu.

Posté sur le belvédère, il épiait.

Quelques minutes de plus, Dubosc allait sauter à bas du mur, et une fois dans le jardin, il était pris.

Pinçard souriait d'avance à son succès, et il allait se frotter les mains, quand tout à coup un coup de sifflet retentit, suivi presque aussitôt d'un cri perçant et aigu.

— Mille millions de tonnerre ! hurla Pinçard en blémissant ; quel est le misérable qui se permet de donner le signal sans mon ordre.

Cette imprécation se perdit dans le brouhaha qui suivit.

Les dix agents avaient, comme un seul homme, sauté de la cour du marchand de vins dans le jardin de la veuve Lesurques, et ils s'étaient mis avec ardeur à la recherche de Dubosc.

Mais ce dernier était déjà bien loin !

On ne trouva qu'un paquet de fausses clefs qu'il avait, en s'enfuyant, laissé tomber le long du mur.

Pinçard frappait du pied, menaçait les agents, jurait de se venger; et ne parvenait pas à découvrir le maladroit ou le perfide auquel la faute était imputable.

Il en était là, quand le marchand accourut tout effaré.

— Quoi ! qu'y a-t-il ? demanda brusquement Pinçard.

— Un malheur! citoyen... un véritable malheur.

— Que veux-tu dire?...

— Mon locataire... un enfant... vous savez bien; celui dont je vous ai montré le passeport...

Pinçard fit un bond.

— Oui... je me rappelle... dit-il; eh bien! cet enfant... Où est-il?

— Dans une position affreuse...

Pinçard, ainsi sollicité, se disposait à descendre du belvédère; mais le marchand de vins l'arrêta, et, élevant la main, il lui indiqua l'angle du toit.

Un rayon de lune glissant entre deux nuages permettait de distinguer les objets à une certaine distance, et Pinçard put se convaincre que Claudine se trouvait réellement dans une position des plus critiques.

Après avoir lancé le coup de sifflet, qui venait de donner l'éveil à Dubosc, son pied avait glissé sur la tuile, couverte d'une mousse humide, et au moment d'être précipitée dans le vide, elle n'avait eu que le temps de se retenir à la gouttière.

Son corps était donc suspendu à une élévation vertigineuse: elle ne pouvait ni remonter sur le toit, ni se laisser choir sur le bâtiment inférieur qu'elle ne voyait plus...

D'ailleurs ses doigts crispés commençaient à se fatiguer, et la gouttière, ébranlée par les secousses violentes que lui imprimait la malheureuse, cédait peu à peu sous cette pression énergique, et menaçait de se détacher de la muraille.

A cette vue, Pinçard poussa un joyeux éclat de rire.

— Allons, tout n'est pas désespéré, dit-il à ses agents, et nous n'avons pas perdu notre soirée ; si l'homme a filé, la femme nous reste. Attention... vous autres... et, cette fois, n'obéissez qu'à ma voix.

Alors il se passa une scène vraiment saisissante.

Sur l'ordre de Pinçard, deux hommes particulièrement connus pour leur agilité s'étaient précipités vers la mansarde, et quelques minutes après, on les vit enjamber l'appui de la fenêtre et s'élancer, pieds nus et armés de cordes, vers l'endroit du toit où se trouvait Claudine.

Celle-ci avait à ce moment la certitude que Dubosc était hors de danger, et elle ne demandait pas mieux que d'être sauvée...

— Ne bougez plus ! dit le premier des agents en se baissant vers elle : nous allons vous passer une corde autour du corps, et une fois solidement attachée, nous vous descendrons jusqu'à terre.

— Faites ! répondit Claudine, qui ne voyait pas d'autre moyen de salut.

L'homme s'empressa de faire à la corde un nœud coulant qui devait saisir Claudine par le milieu du corps ; mais au moment où il achevait ces préparatifs, et se penchait sur le rebord du toit, un coup de pistolet retentit, une balle le frappa en pleine poitrine, et on le vit décrire une courbe convulsive dans l'air, pour aller finalement se briser sur le pavé de la cour.

Pendant quelques secondes, la fumée de la poudre déroba les suites de cette scène aux agents terrifiés qui entouraient Pinçard, mais quand cette fumée se fut dissipée, ils s'aperçurent, avec stupéfaction, que Claudine avait disparu !

Seulement, sur le toit du bâtiment inférieur, deux ombres fuyaient en rampant vers la ruelle.

L'une grande, forte, marchant avec assurance ; l'autre, plus petite, moins résolue et appuyant sa démarche incertaine sur le bras de son compagnon.

C'étaient Dubosc et Claudine.

Claudine avait sauvé Dubosc ; Dubosc n'avait pas voulu fuir sans Claudine ! ..

Pinçard proféra un juron énergique.

— Alerte ! alerte ! cria-t-il d'une voix de Stentor, ce sont eux ! Il ne faut pas qu'ils nous échappent. Vingt livres à celui qui s'emparera de l'un des misérables !

XL

LA VEUVE DE LESURQUES.

Chacun partit sur ces paroles.

Mais Dubosc et Claudine avaient plus d'agilité et de finesse que le plus agile et le plus fin de tous les limiers de la police.

12.

Et malgré toutes les promesses faites, malgré toutes les recherches effectuées, on ne put parvenir à découvrir la trace des deux fugitifs.

La position de la veuve Lesurques était alors bien digne de pitié.

Au lieu de s'améliorer, cette position allait chaque jour en s'aggravant.

Confinée dans un faubourg de Paris, comme le dit M. Jeandel, elle travaillait pour nourrir le petit monde qui se groupait autour d'elle ; sa belle-mère, folle, et ses trois enfants en bas âge.

Sa propre raison avait même été atteinte. Elle était sujette à des hallucinations fréquentes. La nuit, elle s'éveillait subitement, prise de fièvre et de vertige, et à travers l'ombre qui l'enveloppait, elle voyait passer devant elle le fantôme mutilé de son mari.

Ses amis, désespérant déjà d'obtenir la réhabilitation du supplicié, avaient au moins tenté de soulager sa misère.

Me Guérin, son défenseur, introduisit devant le tribunal de Douai une demande pour obtenir le partage par moitié des meubles et immeubles dépendant de la communauté.

Le jugement rendu repoussa péremptoirement cette demande.

En voici les termes :

« Le commissaire du Directoire exécutif oppose que Lesurques, *en participant au vol*, a par cet acte enrichi ou pu enrichir la communauté. Donc, la communauté est obligée par lui, en sa qualité de mari, ayant pouvoir de contracter, disposer, user et abuser;

« Que le dispositif du jugement du Tribunal criminel de la Seine ne peut, par cette expression *sur leurs biens*, être avantageux à la demanderesse.

« Le tribunal déboute la partie de Guérin de ses fins et conclusions, et la condamne aux frais. »

Il fallait se résigner, et c'est ce que fit la veuve.

D'ailleurs, c'était bien moins la fortune que l'honneur qu'elle réclamait, et elle n'épargnait aucune démarche pour atteindre ce but sacré...

Après les aveux de Courriol, elle avait cru que sa tâche allait devenir plus facile.

Il n'en fut rien.

Puis ce fut le tour de Durochat ou Laborde.

Celui-ci aussi avait témoigné de l'innocence de Lesurques, et dans des circonstances assez curieuses.

Le 9 août 1797, quelques heures avant l'exécution, pendant qu'on dressait l'échafaud, Durochat demanda à parler au commissaire de police, et ce dernier avait, sous sa dictée, rédigé le procès-verbal suivant :

« Durochat m'a annoncé qu'il voulait me faire une déclaration sur les auteurs de l'assassinat du courrier de la malle de Lyon, et qu'il voulait parler sans haine et sans vengeance.

« Ils n'étaient que cinq pour cet assassinat, savoir : lui Durochat, Vidal et Dubosc; les deux autres sont Courriol et Roussy, l'un exécuté, l'autre à Milan. Que Lesurques et Bernard sont morts innocents; que Bernard n'a fait que prêter les chevaux, qu'il ignorait pour où aller, qu'il n'a participé à rien. »

Cette déclaration venant s'ajouter à celle de Courriol, n'était pas sans importance, et elle empruntait même une certaine autorité à cette circonstance que l'homme auquel elle était due n'avait plus que quelques heures à vivre.

La malheureuse veuve se disait tout cela; elle s'efforçait de croire que de pareils arguments toucheraient les juges auxquels elle s'adressait.

Mais elle avait beau faire.

Au fond de son cœur elle sentait que ces aveux, sur lesquels elle voulait s'appuyer, étaient peu faits pour inspirer confiance.

Qui pouvait ajouter foi, en effet, à la parole de misérables tels que Courriol et Durochat, quand surtout il était si facile de relever bien des contradictions que leur propre intérêt leur avait arrachées dans le principe.

La position était donc douloureuse, incertaine, tourmentée par mille alternatives cruelles, et il n'y avait qu'une issue possible, l'arrestation de Dubosc.

Mais Dubosc était loin, et pour dépister les agents qui avaient été lancés sur toutes les routes à sa poursuite, il usa, dit-on, d'un moyen qui prouve l'incroyable audace et la réelle habileté de ce bandit.

Peu après la tentative de la rue de Charonne, et pendant que le public s'entretenait des miraculeuses évasions de ce hardi voleur, de temps à autre, paraissaient dans les journaux de la capitale certains entrefilets de cinq ou six lignes qui donnaient sur les faits et gestes de Dubosc les renseignements les plus précis.

Un jour, on lisait ce qui suit :

« On est sur la trace du célèbre Dubosc. Il y a deux jours, il a, dit-on, été vu à Avignon, d'où il est parti, se dirigeant sur Marseille. »

Quinze jours plus tard, un autre journal s'exprimait ainsi :

« C'est à tort que l'on a annoncé la réapparition de Dubosc dans le Midi. Ce hardi voleur paraît être retourné dans la Normandie, qui a été longtemps le théâtre de ses exploits. Il a été vu il y a deux jours à Rouen. — Espérons que la police, avertie, ne tardera pas à mettre la main sur ce misérable. »

Enfin, à quelque temps de là, un troisième organe de l'opinion publique prenait la parole à son tour :

« Il est vraiment fâcheux que des journalistes accueillent avec tant de légèreté des bruits qui sont de nature à entraver l'action de la justice. — Le célèbre Dubosc n'est ni à Marseille ni à Rouen, et la meilleure preuve que nous puissions en donner, c'est qu'il vient d'être arrêté à Strasbourg, à l'hôtel des Trois-Cigognes, par l'agent qui le poursuit depuis si longtemps. Nous croyons pouvoir ajouter, sans être cependant en mesure de l'affirmer, que Claudine Barrière a été arrêtée en même temps que son amant, et que le couple criminel est en ce moment en route pour la capitale. »

Laquelle des trois feuilles fallait-il croire ?

Aucune, car tous ces entrefilets provenaient de la même source, et c'est Dubosc qui avait réussi à les faire insérer dans les journaux du temps, déjà si avides de primeurs.

XLII

LA DILIGENCE.

Cependant, Vidal venait d'être arrêté à Lyon et ramené à Versailles, où la procédure, interrompue par le fait de son évasion, allait être reprise avec activité.

Mais le résultat de ce nouveau procès n'apporta aucun secours à la cause de Lesurques.

Vidal était un criminel endurci, et toutes les questions qui lui furent adressées sur Lesurques restèrent absolument sans effet.

Il nia tout : le crime, sa complicité avec Durochat et Courriol, et chercha même à intimider les témoins qui vinrent déposer contre lui.

Ses efforts demeurèrent infructueux, et le 10 septembre 1798, le tribunal criminel de Versailles le condamna à la peine de mort.

Il est dit dans le jugement :

« Que Pierre Pialat, se disant Vidal, Dufour, surnommé le grand Lyonnais et Lafleur, n'est pas convaincu de l'assassinat d'Excoffon, mais qu'il est convaincu d'avoir aidé et assisté les auteurs de cet homicide ; qu'il n'est pas convaincu d'avoir commis un homicide sur la personne du postillon Audebert, mais qu'il est convaincu d'avoir aidé et assisté les auteurs de cet homicide.

« Par ces motifs, etc. »

Vidal forma un pourvoi en cassation, mais ce pourvoi fut repoussé, et le 12 frimaire an VII il fut exécuté comme l'avaient été Courriol, Bernard, Lesurques et Durochat.

Cette exécution ne changea rien à la situation de la veuve Lesurques, et elle ne fit même que raviver les douloureux souvenirs dont son cœur était plein.

Vidal n'avait rien avoué, il avait supporté l'épreuve des confrontations avec une énergie qui ne s'était pas un instant démentie, et il n'avait laissé échapper aucun aveu dont on pût s'armer en faveur de Lesurques.

La pauvre veuve rentra donc plus accablée que jamais dans son humble réduit de la rue de Charonne, et recommença cette vie monotone et triste qu'aucun espoir sérieux ne venait plus éclairer...

Que faire ?

Elle se trouvait dans une impasse sans issue, enveloppée de ténèbres chaque jour plus épaisses, demandant vainement à Dieu de faire la lumière dans ce sombre drame.

Tous ceux qui l'entouraient le demandaient avec elle, mais chacun comprenait que pour éclairer les faits, il fallait la présence de Dubosc.

Les aveux seuls de ce dernier pouvaient la sauver, — et il était permis de douter que ce misérable fît jamais les déclarations que l'on attendait de lui !

Au surplus, Dubosc n'était pas près d'être pris.

Pendant que l'on supputait, rue de Charonne, les chances que pouvait offrir son arrestation, pendant que la police, égarée par les avis insérés dans les journaux de la capitale, perdait son temps sur de fausses pistes, Dubosc et sa compagne voyageaient à l'étranger, où ils continuaient les exploits qui les avaient rendus si célèbres en France.

Ils avaient d'abord visité l'Italie ; puis, étaient revenus en Provence ; puis enfin, franchissant les Pyrénées, ils avaient tenté de passer en Espagne.

Une singulière aventure leur arriva même vers cette époque de leur existence si incidentée.

C'était le soir.

Ils avaient quitté Perpignan dans une mauvaise voiture publique qui se rendait à Pigneray.

Il n'y avait avec eux que deux voyageurs.

Un abbé et un soldat.

Le prêtre ne disait pas grand'chose ; mais le soldat s'en donnait à cœur-joie, et à chaque cahot de la voiture, il jurait et sacrait comme s'il eût été au service du diable.

Le pauvre prêtre ne sachant à quel saint se vouer, se contentait de faire de fréquents signes de croix, et marmottait entre ses dents quelques formules de conjuration.

Quant à Dubosc et à Claudine, ils observaient et ne soufflaient mot...

Mais ce n'était pas l'affaire du soldat qui n'entendait pas faire une vingtaine de lieues sans raconter la moindre gaillardise.

A un moment donc, et comme la voiture venait de recevoir un choc effroyable à la suite duquel ils avaient failli être lancés dans un précipice qu'ils côtoyaient, le guerrier se tourna vivement vers Dubosc et laissa échapper une imprécation formidable :

— Par tous les diables de l'enfer, s'écria-t-il, voilà un voiturier qui a juré notre mort. Il aura du bonheur si je ne l'éventre pas avant que nous arrivions à destination.

— Mon fils ! intercéda l'abbé.

— La belle avance... répartit Dubosc. Une fois que vous l'aurez éventré, je vous demande qui nous dirigera sur cette route déjà si difficile ?...

— Moi, donc.

— Vous la connaissez ?

— Pas du tout.

— Eh bien ! grand merci, en ce cas ; mais je préfère encore m'en remettre à notre guide du soin de nous conduire jusqu'à Pigneray, d'autant que, si j'en crois ce que l'on m'a dit, les précipices ne sont pas les seuls dangers de la route.

— Et quels autres ? demanda le soldat d'un air de défi.

— Dame !... le pays est peu sûr... et les attaques de nuit sont fréquentes.

Le soldat fit un geste insouciant, qui signifiait qu'il ne redoutait rien pour sa bourse ; mais il n'en fut pas de même pour l'abbé, qui se prit à pâlir affreusement...

— Pardon, monsieur, dit-il, d'une voix peu assurée, êtes-vous bien certain de ce que vous avancez.

— On me l'a dit, du moins.

— Cependant... le voiturier m'a affirmé...

— Oh ! le voiturier, répartit Dubosc, il a ses raisons pour cela. Vous comprenez que s'il disait la vérité aux voyageurs il n'aurait jamais un client.

— Alors... vous supposez...

— Je ne suppose pas, — je rapporte ce que j'ai entendu dire, — et la preuve que j'y ajoute foi, c'est que j'ai pris mes précautions...

En parlant de la sorte, il ouvrit sa redingote, et laissa voir deux pistolets passés dans sa ceinture de cuir.

L'abbé ne répondit pas, mais il se mit de plus belle à réciter ses prières...

La nuit était venue peu à peu. Ils étaient maintenant engagés dans les montagnes. Le silence avait succédé à ce rapide colloque.

Dubosc se pencha alors à l'oreille de Claudine qui avait appuyé sa tête sur son épaule.

— Claude ! lui dit-il à voix basse, tu as entendu, n'est-ce pas ?

— Parbleu ! répondit la jeune femme.

— L'abbé a peur des voleurs...

— C'est évident.

— Il doit porter sur lui quelque somme considérable...

— Faut-il s'en assurer ?

— Il faut toujours s'assurer de ces choses-là.

— Eh bien ! fie-toi à moi. Avant un quart d'heure, je saurai le chiffre de la somme qu'il porte.

XLVI

AVENTURE DE GRANDE ROUTE.

Bientôt on n'entendit plus que le bruit des roues sur la route défoncée, et les ronflements sonores du soldat, qui n'avait cessé de jurer que depuis qu'il était endormi.

C'était l'instant attendu par Claudine.

— Guillaume ! fit elle presque aussitôt en le poussant légèrement du coude.

— Voilà ! répondit Dubosc.

— J'ai fouillé.

— Et qu'y a t-il ?

— Deux cents livres.

— Tant d'argent dans la poche d'un seul homme.

— D'un prêtre... surtout.

— Et tu le lui as laissé... imprudente !

Claudine étouffa un petit rire ironique, et, au lieu de répondre, elle glissa deux rouleaux d'or dans la main de son amant.

Mais si habile qu'eût été la jeune femme dans le vol qu'elle venait d'effectuer, le prêtre, dont la défiance avait été éveillée, ne fut pas longtemps sans s'en apercevoir, et Dubosc allait faire disparaître les rouleaux d'or dans sa poche, quand le malheureux dévalisé poussa un cri effaré.

— Mille millions de tonnerre !.. s'écria le soldat, se réveillant en sursaut. Qui donc se permet de faire un pareil sabbat ?

— Volé !... je suis volé! balbutia l'abbé éperdu.

— Quelle lubie vous prend ?

— Ce n'est que trop vrai...

— On vous a volé ?

— A l'instant.

— Par les cornes du diable ! nous allons nous assurer de cela, et s'il y a dans cette voiture un misérable capable d'un tel méfait, je jure sur ma vie qu'il va passer un mauvais quart d'heure.

Et, joignant l'action à la menace, le routier saisit le bras de Claudine, et se mit à la secouer avec énergie.

Une scène terrible allait se passer. Dubosc tirait déjà un des pistolets de sa ceinture, quand soudain, un coup de feu retentit sur la route ; des cris s'élevèrent à droite et à gauche. et cinq bandits se précipitèrent sur la voiture qu'ils arrêtèrent brusquement.

Ce que Dubosc avait annoncé, arrivait.

La voiture venait d'être arrêtée par cinq hommes résolus ; le conducteur avait été mis dans l'impossibilité de résister ; et l'un des bandits armé, jusqu'aux dents, s'était présenté à la portière :

— Que les voyageurs descendent un à un ! cria-t-il d'une voix impérieuse et forte.

Et comme le prêtre se trouvait près de la portière ce fut lui qui descendit le premier.

— Ah ! ah!... dit le bandit en l'apercevant ; c'est vous justement que nous attendions, monsieur l'abbé. Si vous êtes de bonne composition, il ne vous sera fait aucun mal.

— Moi ! fit le prêtre plus mort que vif.

— Eh ! sans doute, vous! Nous avons été prévenus que vous étiez porteur d'une somme de deux cents livres en or, et nous n'avons pas voulu laisser échapper une si bonne occasion...

— Je vous assure...

— Ah !... prenez garde... M. l'abbé.. le mensonge est un gros péché, — et si vous niez !

— Mais je ne nie pas.

— A la bonne heure !

— Au départ de Perpignan, je possédais, en effet, la somme que vous dites...

— Eh bien !

— Seulement, en route, cette somme m'a été volée.

— Oh ! oh !... et par qui cela.

— Par un de mes compagnons de voyage.

— Et, ce compagnon a disparu ?

L'abbé garda un moment le silence. Et il se sentait fort embarrassé pour formuler une réponse satisfaisante à la question qui lui était adressée, quand il fut brusquement rejeté de côté, et vit Dubosc, suivi de près par Claudine, se présenter tout à coup au bandit.

— Ce compagnon, dit Dubosc avec assurance, n'a nullement disparu, et si vous désirez le connaître, il est devant vous.

— Alors c'est vous qui êtes possesseur des deux cents livres en or.

— Depuis quelques minutes.

— Et vous consentez à me les remettre !

— Je ne consens à rien de pareil.

— Cependant vous avez entendu ce que j'ai dit à M. l'abbé.

— Parfaitement.

— En refusant vous exposez votre vie.

Dubosc fit entendre un ricanement ironique.

— J'expose ma vie comme vous exposez la vôtre, répondit-il ; mais si j'ai pris à M. l'abbé cette somme de deux cents livres, c'est qu'elle m'était utile, et puisqu'elle m'est utile, je n'ai aucune raison de m'en dessaisir.

— Est-ce votre dernier mot ?

— Il ne me reste plus qu'à vous donner un avis.

— Lequel ?

— Ecoutez-moi bien, cher et honoré bandit, nous sommes ici deux hommes aussi résolus et aussi armés que vous pouvez l'être. Si dans deux minutes vous n'avez pas rendu la liberté à notre voiturier, si vous faites mine de vouloir nous arrêter davantage, je vous jure que je vous tue sans pitié, vous et vos compagnons, et que j'envoie vos cadavres servir de pâture aux oiseaux de proie de ces montagnes.

Pour toute réponse, le bandit jeta un coup de sifflet, et cinq hommes accoururent.

Mais Dubosc avait prévu le cas, et avant que ces derniers ne vinssent en aide à son adversaire, il l'avait étendu mort à ses pieds.

Alors un combat acharné commença, et l'on n'entendit plus, au milieu de la nuit profonde, que le bruit des armes à feu, les imprécations des blessés et le râle des mourants.

Dubosc se défendait avec une rare énergie, Claudine se tenait serrée contre lui.

A chaque coup de pistolet qu'ils avaient tiré, un homme avait été mis hors de combat; sans aucun doute, ils allaient réussir à mettre le reste de la bande en fuite, quand un incident inattendu se produisit, qui changea brusquement la face des choses.

XLVII

ÉBLOUISSEMENT.

Attirés par le bruit de la fusillade, d'autres bandits embusqués à peu de distance s'étaient précipités sur le lieu du combat, et pendant que quelques-uns d'entre eux ramassaient les blessés et les morts, les autres s'emparèrent facilement de Dubosc et de Claudine, qui n'avaient plus pour se défendre que des pistolets déchargés.

A la tête des nouveaux bandits marchait un homme de haute stature, qui paraissait exercer un commandement incontesté.

C'était vraisemblablement le capitaine de la bande.

Il s'approcha de Dubosc, que l'on avait garrotté, et que l'on surveillait étroitement.

— C'est toi qui m'as tué mes meilleurs compagnons, dit-il, d'un ton brusque et menaçant.

— J'ai fait de mon mieux... répondit Dubosc ; mais il paraît que je n'ai pas fait encore assez, puisque me voilà pris.

— Tu sais le sort qui t'attend !

— Cela m'importe peu.

— Tu vas mourir.

— Quand cela.

— Tout de suite...

Et sans attendre davantage, le capitaine se tourna vers ses hommes, et leur désignant Claudine et Dubosc :

— Or ça, dit-il, qu'on les place tous les deux sur le bord du précipice, et qu'on leur plante à chacun une balle dans la tête. — Je ne pense pas qu'il y ait personne ici qui réclame contre cette exécution.

— Non ! non ! dirent les bandits.... à mort ! à mort !

C'en était fait. Il n'y avait plus d'espoir. Cette fois, Dubosc et Claudine étaient bien perdus.

Dubosc serra les mains de la jeune femme.

— Claudine ! lui dit-il tout bas, tu n'as pas peur?

— Moi ! fit la jeune femme. Mourir ainsi a été le rêve de toute ma vie.

— Adieu ! alors.

— Adieu ! pourquoi ?

— As-tu donc quelque espoir ?

13.

— Peut-être.

— Tu deviens folle.

— Non, mais une idée m'est venue tout à l'heure.

— Laquelle?

— Tu vas voir.

Le capitaine de la bande venait de s'approcher de nouveau.

— Êtes-vous prêts? demanda-t-il d'une voix brève.

— Nous sommes prêts, répondit résolûment Claudine; mais avant de mourir, j'aurais voulu vous dire quelques mots.

— A moi?

— A vous.

— Et à quel propos?

— Je pensais que vous vous hâtiez bien de nous expédier.

— Quelle plaisanterie !

— Je ne plaisante pas, seulement je désire t'épargner le regret d'avoir assassiné tes meilleurs amis.

— Qu'est-ce que cela signifie...

— Cela signifie, que tout à l'heure, en t'écoutant parler, j'ai reconnu ta voix.

— Quel est donc ton nom?

— Je préfère te dire les tiens...

— J'en ai donc plusieurs...

— Je t'en connais cinq... mais tu en as peut-être davantage.

— Parbleu ?.. je serais curieux... de...

— Tu t'appelles Béroldy... ou Ferrari, ou Roussy, ou Rouchy, — Roussy. Choisis.

— Mais, qui es-tu, toi-même ?

— Un ami...

— Ton nom ?

— Claudine.

— Claudine Barrière ?

— Précisément.

Le capitaine fit un soubresaut.

— Mais alors, dit-il, ce compagnon que j'allais faire fusiller, celui qui a si maltraité mes hommes ?

— C'est Dubosc.

Roussy poussa un cri et, obéissant à un sentiment très-vif de satisfaction, il courut prendre les mains de Dubosc, dont il rompit les liens.

— Pardieu ! dit-il, j'étais loin de m'attendre à une pareille rencontre...

— Alors, on ne nous fusille plus ? fit Claudine.

— Est-ce que les loups se dévorent entre eux !... répartit Roussy. Allons, en route ! en route !

Et se tournant vers ses hommes interdits, qui cherchaient à distinguer les traits de ce Dubosc, dont la célébrité était venue jusqu'à eux :

— Quant à vous, ajouta-t-il, oubliez toute haine et toute idée de vengeance contre ces voyageurs. Ce sont des amis, et ils doivent être respectés à l'égal de votre capitaine.

Sur ces mots, toute la bande se mit en marche, et

vers les premières lueurs du jour, ils atteignirent la gorge au fond de laquelle Roussy dit le Grand-Italien avait établi son repaire.

Dubosc resta là quelques mois, vivant de la vie de ses compagnons de hasard, partageant leurs exploits et leurs dangers, mais au fond regrettant l'existence plus conforme à ses goûts, qu'il avait menée jusqu'alors.

Les attaques nocturnes, à main armée, répugnaient à sa nature. Il avait le souvenir du courrier de Lyon toujours présent à la mémoire, et ce souvenir l'effrayait bien souvent.

Le vol simple lui convenait mieux, parce qu'il ne comportait pas une pénalité aussi terrible...

Et puis Dubosc souffrait pour Claudine.

Cette continuelle incertitude, ces marches forcées, les nuits passées au bord des ravins, tout cela la fatiguait et l'inquiétait.

Ils en avaient souvent parlé, quand ils se trouvaient seuls, loin de la bande de Roussy, sous le ciel étoilé de l'Espagne.

La nostalgie les prit, et ils résolurent de partir...

Roussy ne les retint pas...

Un beau matin donc, ils firent leurs adieux aux bandes des Pyrénées ; une escorte leur fut donnée, qui les accompagna jusque sur la route, et ils s'éloignèrent à pied, se dirigeant vers le cœur de l'Espagne.

Nous n'avons pas le dessein de raconter tous les

incidents de leur voyage ; il nous suffira de dire que, quinze jours plus tard, ils arrivaient à Burgos, et descendaient à l'auberge des Rois-Maures.

Une misérable auberge, mais une belle enseigne.

Jusqu'alors ils avaient vécu sur les deux cents livres en or volés à l'abbé. Mais leurs ressources s'épuisaient rapidement, et ils allaient être obligés de reprendre leur industrie.

C'était le lendemain de leur arrivée à Burgos.

Dubosc et Claudine étaient sortis de l'auberge, et ils allaient au hasard de leurs caprices, examinant avec attention ces rues étroites et sombres à travers lesquelles ils avançaient lentement.

La nuit était venue ; ils devisaient de leur situation, qu'ils n'envisageaient pas sans appréhension, quand ils débouchèrent sur une place au milieu de laquelle une basilique détachait sa silhouette immense.

Ils s'arrêtèrent, frappés d'admiration.

L'église était éclairée splendidement à l'intérieur, et l'écho leur apportait distinctement les chants de l'office que l'on y célébrait.

La porte était ouverte. — Ils entrèrent...

Une foule de fidèles inondait les portiques, — mais Dubosc et Claudine avaient l'habitude des foules, et, en peu d'instants, ils arrivèrent, par les bas côtés, au pied même du maître-autel...

Là, ils s'arrêtèrent..,

Des milliers de cierges répandaient de toutes

parts une vive lumière, qui faisait étinceler le cristal des lustres et les candélabres enrichis de pierreries.

C'était éblouissant...

XLVIII

UN COMPATRIOTE.

Les prêtres allaient et venaient, revêtus de chasubles d'or, faisant tourbillonner les encensoirs d'argent, et l'air des psalmodies, le parfum de l'encens, la solennité de la cérémonie, tout cela était bien fait pour pénétrer l'âme et toucher le cœur.

Les femmes sont particulièrement sensibles à ces spectacles du culte, et Claudine, tout indigne qu'elle fût, ne put se défendre d'une certaine émotion.

Quant à Dubosc, il contemplait l'or des candélabres, les dentelles des surplis, et l'argent des encensoirs...

Un moment même, un désir violent s'empara de lui, et il se pencha vers sa compagne :

— Claudine ! lui dit-il vivement, tu vas retourner à l'auberge.

— Pourquoi faire ? demanda Claudine.

— Pour m'attendre.

— Tu ne rentres donc pas ?

— Je reste, au contraire.

Claudine avait déjà compris. Elle remua la tête en signe d'inquiétude.

— Prends garde ! dit-elle un peu troublée.

— A quoi ? fit Dubosc.

— Nous avons failli nous faire fusiller, pour nous être attaqués à un prêtre... Tu as peut-être tort de recommencer, cela te portera malheur.

— Bah ! laisse-moi faire.

— Tu le veux.

— J'y suis résolu.

— Fais donc comme tu l'entends, — mais ne sois pas longtemps, car je vais être bien tourmentée.

L'office était fini... on éteignait les cierges, la foule gagnait les issues...

Claudine suivit la foule, pendant que Dubosc se glissait, dans l'ombre d'une chapelle dans l'angle du transept.

Puis une grande heure se passa...

Il entendit tous les bruits s'éteindre peu à peu ; la nuit profonde se fit autour de lui et bientôt le silence le plus complet envahit l'immense vaisseau.

Dubosc sortit de sa cachette.

Il était nu-pieds.

Il glissa mystérieusement sur les dalles, fit le tour du chœur, escalada la grille qui en fermait l'accès, et finalement grimpa sur le maître-autel.

Ouvrir le tabernacle, et y voler les vases sacrés, ce fut pour lui l'affaire d'un tour de main.

En cinq minutes à peine, le sacrilége était accompli, et, cachant les fruits de son crime sous sa redingote, il reprenait son chemin et se dirigeait vers la porte à pas rapides...

Le plus difficile restait à faire.

Il ne suffisait pas de voler — il fallait fuir.

Et toutes les issues devaient être fermées avec soin !

Arrivé à la porte, il mit donc la main sur la serrure, qu'il s'attendait à voir résister ; mais, à sa profonde stupéfaction, la porte s'ouvrit pour ainsi dire d'elle-même, et il put en franchir le seuil sans la moindre difficulté.

Cela tenait du miracle, et Dubosc se réjouissait déjà d'un hasard qui le servait si bien, quand, après avoir fait quelques pas au dehors, et comme il se disposait à descendre les marches de l'église, il se trouva face à face avec un individu qui lui barra le passage en souriant.

— Hein ! quoi ! que voulez-vous ? dit Dubosc, en cherchant instinctivement une arme qu'il portait toujours sur lui.

L'inconnu mit un doigt sur ses lèvres.

— Chut ! dit-il avec mystère ; — il ne faut pas mettre ainsi tout le monde dans la confidence ; — j'ai à vous parler.

— A quel propos ?

— Je vous ai vu.

— Quand cela ?

— Tout à l'heure.

— Enfin, qui êtes-vous ?

L'inconnu fit un geste admiratif.

— Ah ! vous êtes habile entre tous, continua-t-il, et rarement j'ai vu opérer avec plus de dextérité ! — Vous êtes étranger ?

— Mais...

— Vous êtes Français. Cela se voit tout de suite. Jamais un Espagnol n'aurait accompli pareil acte avec cet aplomb et cette habileté.

— Cependant...

— Pourquoi chercher à le nier... Je suis Français moi-même, et je ne vous ai accosté que pour vous rendre service.

— Comment cela !

— Vous allez voir — et d'abord ne restons pas ici — notre présence pourrait paraître suspecte ; il y a toujours quelque alguazil rôdant autour de la basilique... et il gênerait mes confidences.

L'inconnu s'était mis en marche ; Dubosc le suivait la main sur la poignée de son arme, tout prêt à le tuer, s'il faisait un geste douteux.

Au bout de quelques minutes, l'inconnu s'arrêta.

Ils étaient arrivés à l'angle d'une rue obscure ; ils s'effacèrent dans l'ombre d'une porte, et reprirent leur conservation.

— Voyons, dit l'inconnu ; les objets que vous venez de vous approprier sont d'un grand prix. Je les connais, et il y a longtemps que je les convoitais.

Mais je n'ai ni votre audace, ni votre sûreté de main, et j'ai hésité. Aujourd'hui, c'est bien différent, et je me demande ce que vous en allez faire.

— Mais je les vendrai ! fit Dubosc.

— À qui?

— Au premier orfèvre qui m'en offrira un bon prix.

— Et où prendrez-vous cet orfèvre.

— Je l'ignore.

— Parbleu, et moi aussi, attendu qu'il n'y a pas, dans la bonne ville de Burgos, un seul homme qui vous l'achète, ou qui, vous l'achetant, ne vous fasse immédiatement arrêter.

— Vous croyez !

— J'en suis sûr.

— Alors, que me proposez-vous?

L'inconnu fit entendre un petit ricanement.

— Nous y voici, dit-il, moi, je ne suis pas orfèvre, mais je voyage ! achetant ici, revendant là, changeant chaque jour de domicile ou de province, et offrant toute sécurité et toute garantie pour le placement des objets d'origine suspecte, — comprenez-vous.

— Parfaitement.

— Vous me vendez, par exemple, aujourd'hui, les vases sacrés que vous venez de *trouver*, et, dans huit jours, je vais les revendre en France, à Toulouse ou à Paris.

— Vous quittez donc Burgos ?

— Demain.

— Et vous allez à Paris ?

— A petites journées ; — je voyage le jour — je dors la nuit... C'est une existence charmante, dans laquelle je n'ai pas eu encore une heure d'ennui...

— Vraiment !

Dubosc garda un moment le silence ; puis il releva la tête.

— Enfin, quel prix me donnerez-vous des objets dont je suis porteur ? demanda-t-il.

— Un bon prix.

— Combien ?...

— Cent livres.

— Comptant ?

— A l'instant même.

Pendant que l'inconnu fouillait dans sa poche, Dubosc fouillait dans la sienne.

L'un présenta les objets volés, l'autre tendit la somme offerte.

Une fois toutes choses réglées, l'inconnu allait s'éloigner ; Dubosc le retint.

— Un mot encore, fit-il, visiblement préoccupé.

— Dites, dites, je vous écoute, répondit l'autre.

— Vous m'avez dit que vous partiez demain.

— Et c'est vrai.

— A quelle heure ?

— A six heures.

— Vous avez une voiture ?

— Une belle et bonne voiture à moi ! — Mais pourquoi ces questions ?

— C'est qu'il me vient une idée.

— Laquelle ?

— Ma position à Burgos peut devenir critique d'un moment à l'autre, et je vous avoue que je ne serais pas fâché de m'éloigner pour quelque temps.

— Je comprends cela.

— Seriez-vous homme à accepter deux compagnons de voyage.

— Pourquoi pas.

— Nous vous paierions bien.

— C'est une considération.

— Et puis, chemin faisant, qui sait !... nous pourrions peut-être entamer quelque affaire.

— Vous avez raison.

— Cela vous va-t-il ?

— Ma foi, je ne dis pas non ; je vais réfléchir à cela, et demain, trouvez-vous à six heures à la porte de Tolède, je vous dirai mon dernier mot...

Dubosc et son interlocuteur se séparèrent, et chacun alors tira de son côté.

Mais le lendemain, ils se retrouvèrent à la porte de Tolède, et après quelques pourparlers rapides, Dubosc et Claudine montèrent dans la voiture de l'inconnu, et quittèrent Burgos pour n'y plus revenir.

XLIX

LA HALTE DANGEREUSE.

L'inconnu était un homme charmant.

Il s'appelait Maubert ; il avait cinquante-cinq ans à peine ; une barbe épaisse rayée de nombreux fils d'argent ; des cheveux coupés ras, l'œil vif et rond, le nez un peu fort ; il portait comme signe distinctif une balafre accentuée qui partageait la joue gauche en deux parties égales.

Il n'était pas beau, mais il était aimable.

Sa voiture était faite de deux compartiments.

Dans le premier, pouvaient tenir quatre voyageurs ; dans le second, étaient enfouies les marchandises provenant de transactions véreuses de la nature de celle qu'il avait passée avec Dubosc.

Les premiers jours s'écoulèrent dans un enchantement sans nuages pour Maubert et ses deux compagnons.

Maubert connaissait bon nombre d'histoires plaisantes ; et rien ne charme un voyage comme un récit fait avec esprit.

On avait passé la frontière, que c'est à peine s'ils avaient eu le temps de s'en apercevoir.

Et puis, il faisait un temps superbe.

Tout le long de la route, c'était une végétation

prodigue, des senteurs embaumées, quelque chose qui ressemblait à une fête de la nature.

Jamais Dubosc et Claudine ne s'étaient tant aimés. Jamais, par conséquent, ils n'avaient été si heureux.

Dubosc ne se réveilla que lorsqu'ils eurent dépassé Perpignan.

— Or ça, dit-il un matin à Maubert, vous êtes un fort aimable compagnon, et je serai désolé le jour où je me verrai forcé de vous quitter.

— Y songez-vous donc déjà? demanda Maubert avec une pointe de tristesse.

— Nous ne pouvons pas cependant vivre ainsi éternellement sans travailler.

— Où voulez-vous aller?

— Où allez-vous vous-même?

— Moi, je vais à Paris. Seulement, je fais un détour, et je compte visiter quelques foires importantes du Midi.

— Et combien mettez-vous de temps à ces voyages?

— Deux mois à peine.

— C'est beaucoup...

Maubert haussa les épaules.

— Voyons, dit-il en se penchant à l'oreille de son interlocuteur; je ne puis pas certes vous retenir de force, mais je puis vous dire que si vous me quittez vous manquez une fière occasion.

— Que voulez-vous dire?

— Je veux dire que j'avais déjà bâti mon plan, et qu'à Paris nous aurions pu nous entendre.

— Comment cela ?

— Dame !... je ne suis pas né d'aujourd'hui, voyez-vous. J'habitais la capitale au plus fort de la révolution. J'ai vu partir bien des nobles, et je pourrais indiquer plus d'une cachette où se trouvent enterrés des trésors considérables.

— Vraiment ! firent Dubosc et Claudine.

— C'est comme je vous le dis.

— Mais, ne pourrions-nous pas nous donner rendez-vous à Paris ?

— Sans doute... seulement... on sait quand on se quitte ; on ne sait pas quand on se retrouve.

— Ah ! vous me tentez...

— Croyez-moi... c'est une occasion comme il ne s'en présente pas souvent... et si vous la négligez...

— Ma foi... j'accepte... interrompit Dubosc... Nous passons un engagement, et nous ne vous quitterons qu'une fois à Paris.

Ils continuèrent donc leur voyage dans les mêmes conditions ; rien ne se trouva changé à l'itinéraire. Et pendant les deux mois qui suivirent, on les vit s'acheminer de bourgade en bourgade et remonter vers Lyon ; puis, de là, reprendre à petites journées la direction de Paris.

Dubosc et Claudine revoyaient bien des lieux qu'ils avaient traversés souvent ; mais ils semblaient absorbés l'un et l'autre par d'autres pensées, et ils ne s'arrêtaient guère à contempler les paysages qui se déroulaient sous leurs yeux.

Généralement, ils arrivaient le soir, harassés de fatigue, aveuglés par la poussière de la route, accablés par la chaleur du jour, et ils n'avaient pas d'autre souci, après souper, que d'aller chercher un repos dont ils avaient besoin.

Et puis, à mesure qu'ils approchaient de la capitale, ils se sentaient plus avides et plus empressés, et ils ne subissaient plus en quelque sorte qu'une seule préoccupation, celle d'arriver au plus tôt dans ce Paris, dont ils étaient éloignés depuis si longtemps.

Un soir, ils venaient d'arriver dans un petit pays que l'obscurité les avait empêchés de remarquer, et ils étaient, comme les jours précédents, descendus dans la meilleure auberge de la localité.

Dubosc s'était fait servir à souper dans sa chambre, et il attendait Claudine qui était sortie sous un prétexte quelconque, en le priant de commencer toujours son repas, si elle tardait à rentrer.

Depuis quelques jours, Dubosc avait cru apercevoir quelque chose d'étrange et d'inusité dans l'allure de Claudine... Mais elle était ainsi parfois, et elle n'aimait pas que l'on y prît garde.

Dubosc attendit donc quelques instants, puis, il se mit à table.

Il avait à peine déplié sa serviette, quand Claudine entra.

Elle était sombre... un pli profond creusait son front... et ses sourcils étaient contractés.

Dubosc se leva, et alla vivement à elle.

— Qu'as-tu donc, Claude... lui demanda-t-il, et que se passe-t-il ?

Claudine tordit ses bras avec violence.

— Ah ! cela devait arriver ! dit-elle, comme se parlant à elle-même.

— Quoi donc ?

— Tu ne sais donc pas où nous sommes ?

— Où sommes-nous ?

— Tu n'as donc rien vu... ni l'hôte, ni l'auberge... ni les servantes ?

Dubosc allait répondre, Claudine lui prit le bras et l'entraîna jusqu'à la fenêtre ouverte.

— Regarde ! dit-elle d'une voix fébrile.

Et pendant que Dubosc se penchait pour voir :

— Ceci, continua-t-elle du même ton, est l'enseigne de Saint-Nicolas. Devant l'auberge, passe la route de Paris à Lyon ; à deux pas, voici le relai de poste, et là-bas, plus loin, ce bouquet d'arbres que tu peux encore distinguer, c'est le pont de Pouilly. Comprends-tu ?... le pont de Pouilly...

Dubosc frissonna.

— Nous sommes donc à Lieursaint ! dit-il en pâlissant.

— Oui, à Lieursaint, répondit Claudine ; à Lieursaint où l'on t'a vu, à Lieursaint où l'on peut te reconnaître.

— Mais il faut fuir !...

— Si on nous en laisse le temps.

— Maubert ne se doute de rien.

— Qui sait...

— As-tu des soupçons sur lui ?

— Depuis quelques jours.

— Quel indice ?

— Un seul...

— Parle... alors... parle... C'est notre vie à tous deux qui est ici en jeu...

Au lieu de répondre, Claudine avait subitement porté la main à son front, et elle s'était assise défaillante sur une chaise.

L

UN LIEN NOUVEAU.

Claudine, si forte et si résolue d'ordinaire, se sentait prise tout à coup de vertige et de faiblesse.

— Qu'as-tu ? fit Dubosc inquiet.

— Rien... ce n'est rien... répondit la jeune femme ; un éblouissement, depuis quinze jours j'ai eu de ces défaillances, il ne faut pas y faire attention.

— Tu me parlais de Maubert.

— C'est cela.

— Qu'as-tu donc remarqué.

— Une chose bizarre ; écoute : Maubert porte les

cheveux coupés ras, n'est-ce pas ! or voilà trois mois
environ que nous vivons avec lui, et depuis trois
mois, ses cheveux n'ont pas allongé d'une ligne.

— C'est ma foi vrai ! s'écria Dubosc, comme
frappé d'une idée subite.

— Et puis cette balafre qui ne se guérit pas !

— En effet.

— Cette barbe épaisse qui semble faire l'office
d'un masque.

— Tu as tout observé.

— Oui, Dubosc, oui; et je jurerais à cette heure
que cheveux, balafre et barbe, tout est faux !

— Mais se serait donc un agent ?

— C'est un agent te dis-je. J'ajouterais même
que je crois savoir son nom.

— Et il s'appelle ?

— Pinçard !

Dubosc regarda Claudine avec admiration.

— Parfait !... inouï ?... s'écria-t-il d'un ton en-
thousiaste. On n'est ni plus subtile, ni plus adroite.
Seulement, une chose me semble encore inexpli-
quée.

— Quelle chose?

— Si Maußert est réellement Pinçard, comment
se fait-il qu'il ait attendu jusqu'à présent pour me
livrer !

Claudine haussa les épaules.

— Pinçard a de la mémoire, répondit-elle... il se
rappelle que nous lui avons glissé plusieurs fois en-

tre les mains... les prisons, de province sont peu sûres, et il a préféré nous amener tranquillement jusqu'à Paris, en se faisant même payer ses frais de
voyage.

— Ce Pinçard n'est pas un imbécile...

— Soit !... mais, maintenant que nous le connaissons, nous n'avons qu'un parti à prendre.

— C'est de partir !...

— Es-tu prêt ?

— Quand tu voudras...

En parlant ainsi, Dubosc courut à la porte qu'il
ferma, et revint vers les quelques objets précieux
qu'il s'agissait de faire disparaître avant de s'éloigner.

Mais au moment où il revenait sur ses pas, et allait commencer ses préparatifs..., Claudine poussa un
cri douloureux, et s'affaissant tout à coup sur elle-
même, elle roula inanimée sur le plancher.

Elle était évanouie.

Dubosc courut à la jeune femme, la prit dans ses
bras robustes et alla la déposer sur le lit.

Claudine ne faisait aucun mouvement... Ses yeux
étaient clos, ses bras retombaient inertes le long de
son corps ; c'est à peine si un souffle léger soulevait
sa poitrine.

Dubosc baigna ses tempes d'eau fraîche, essaya de
verser sur ses lèvres quelques gouttes d'un cordial ré-
confortant; mais ce ne fut qu'au bout de quelques minutes qu'elle rouvrit les yeux, et parut revenir à la vie.

— Claudine ! dit Dubosc en se penchant vers elle, c'est moi, je suis là ; ne crains rien.

Un pâle sourire effleura les lèvres pâles de la jeune femme, et elle serra les mains de son amant.

— Etrange ! c'est étrange !... balbutia-t-elle ; jamais je n'ai rien éprouvé de pareil. Il se passe en moi quelque chose d'extraordinaire. C'est horrible, dans ce moment surtout, où j'aurais besoin de toutes mes forces.

— Mais tu te trouves mieux... insista Dubosc.

— Oui, oui. La vie est revenue. Je croyais que j'allais mourir. Mais voyons... ce n'est pas de moi qu'il s'agit. Un grand danger te menace.

— Qu'importe.

— Il faut fuir.

— Sans toi ?

— C'est la seule chance qui nous reste.

— Mais je ne puis te laisser seule.

— Oh ! moi... je leur échapperai. D'ailleurs, s'ils me jetaient en prison, tu viendrais me délivrer.

— Mais... t'abandonner en cet état.

— Il le faut.

— Jamais !

Claudine enveloppa Dubosc d'un regard attendri.

— Crois-tu donc, répliqua-t-elle, crois-tu que cette séparation ne me coûte pas autant qu'à toi ? Et cependant, je m'y résous. Songe que notre salut est à ce prix.

— Pauvre Claudine.

14.

— Et puis, la séparation ne sera que de courte durée.

— Tu le veux absolument ?

— Je l'exige.

— Et quand devrais-je partir.

— A l'instant même.

— Mais si ce misérable Maubert te fait emprisonner.

— Ce misérable Maubert ne se doutera de rien.

— Et où te retrouverai-je.

— Descends rue du Four, à l'enseigne de Saint-Eloi. Ce sont des amis qui tiennent ce garni, et ceux là ne nous trahiront pas.

— Adieu donc, Claudine.

— Dis plutôt au revoir, Guillaume, et même, qui sait... quand nous nous retrouverons, peut-être aurais-je une bonne nouvelle à t'annoncer.

— Une bonne nouvelle ! fit Dubosc étonné.

Claudine remua la tête d'un air mélancolique et doux.

— Oui, mon ami ; une bonne et grande nouvelle, répondit-elle.

— Tu la connais donc?

— A peu près.

— Et pourquoi ne me la dis-tu pas tout de suite.

— Ne m'interroge pas.

— Du mystère !

Claudine lui jeta ses bras autour du cou et tout bas, à son oreille, d'une voix à peine perceptible, èlle prononça quelques paroles qui arrachèrent un cri à Dubosc.

— Es-tu sûre de cela ? demanda-t-il avec un geste qui témoignait d'un profond étonnement.

— J'en suis sûre, répondit Claudine.

Et un silence de quelques minutes succéda à ce rapide colloque.

Quel étrange secret la jeune femme venait-elle donc de lui confier ?... et pourquoi les quelques paroles qu'elle avait murmurées à son oreille éveillaient-elles en lui ce trouble et cette émotion.

Ces défaillances, ces évanouissements fréquents que Claudine éprouvait, depuis plusieurs jours, n'avaient rien que de très-naturel. Mais c'était la première fois qu'elle les éprouvait, et jamais dans sa vie aventureuse et livrée à tous les hasards, jamais elle n'avait songé qu'un jour elle pourrait devenir mère.

LI

L'OISEAU ENVOLÉ.

Claudine tendit de nouveau ses deux mains vers Dubosc.

— Pars, lui dit-elle ; ne perds pas une seconde. Songe maintenant que ce n'est pas seulement pour moi qu'il faut te conserver, mais que c'est aussi pour notre enfant.

— Tu as raison.

— D'ailleurs, j'ai déjà beaucoup réfléchi, vois-tu ; depuis quelques jours, j'ai fait bien des plans — des rêves peut-être — mais désormais il me semble qu'une vie nouvelle va commencer pour moi.

— Comment?

— C'est tout un monde de sensations inconnues, d'idées bizarres ; on dirait que je ne suis plus la même. Le sentiment de cette maternité inattendue m'a ouvert de nouveaux horizons. Vingt fois par jour, je me cache pour pleurer ou pour rougir. Ah! nous fuirons loin, bien loin, dans quelque endroit désert, ignoré de tous, où rien de notre passé ne puisse jamais pénétrer. Je ne veux pas que notre enfant ait horreur de nous.

— Mais il nous aimera!...

— Et s'il allait nous mépriser.

— Tu n'aurais pas parlé ainsi ce matin...

— Non, Guillaume... non... tu dis vrai. Mais c'est que, ce matin, je n'étais que femme, et que cette nuit... je suis mère!...

Dubosc sourit, et baisa Claudine au front.

Dans sa nature grossière et brutale, il ne comprenait pas ces subtilités féminines.

— Allons!... soit... dit-il avec complaisance; d'ailleurs, je ferai tout ce que tu voudras... j'irai où tu me diras d'aller, et je pars en ce moment même uniquement pour t'obéir.

— Au revoir donc.

— Et rue du Four !...

Dubosc s'éloigna sur ces mots, descendit l'escalier de l'auberge à pas rapides, et fut bientôt sur la route de Paris.

Claudine prêta pendant quelques instants une oreille attentive. Puis, quand le bruit de ses pas se fut éteint au loin, elle posa sa tête languissante sur l'oreiller et ne tarda pas à s'endormir.

Elle ne s'éveilla que le lendemain, vers six heures du matin, quand on vint frapper à sa porte.

— Qui est là? demanda-t-elle en s'habillant à la hâte.

— C'est-moi, — Maubert, — répondit une voix du dehors.

— Que voulez-vous ?

— Eh ! parbleu, ce que je veux, je veux partir ; le cheval est à la voiture et l'on n'attend plus que vous...

Claudine était allée ouvrir la porte. Maubert entra...

— Eh bien, eh bien ! Nous faisons donc la grasse matinée aujourd'hui... dit-il avec enjouement.

Et en parlant ainsi, son regard investigateur faisait le tour de la chambre.

Mais il eut beau en fouiller tous les coins, il n'aperçut pas celui qu'il cherchait.

— Et Guillaume? demanda-t-il, en reportant son regard vers la jeune femme.

— Vous voyez qu'il a été plus matinal que moi, répondit Claudine avec une simplicité adorablement jouée.

— Est-ce qu'il serait parti?

— Il y a une bonne heure.

— Sans nous?

— Oh! nous le rattraperons en route.

— Vous croyez?

— Dame!... A moins que votre cheval ne refuse de marcher.

Ces réponses étaient faites d'un ton candide et naïf qui calma momentanément les soupçons de Maubert... Il ne fit pas d'autres objections, pressa le départ, fit monter Claudine en voiture, et avant de se mettre en route, prit à part le citoyen Champeaux, qui était le maître de l'auberge.

— J'ai un renseignement à vous demander, lui dit-il à voix rapide.

— De quoi s'agit-il? répondit l'aubergiste.

— Y a-t-il longtemps que vous êtes levé?

— Deux heures environ.

— C'est vous qui avez ouvert l'auberge.

— C'est moi qui me charge toujours de cette besogne, et je l'ai fait ce matin comme je l'avais fait hier et comme je le ferai demain, s'il plaît à Dieu.

— Bon; mais depuis que vous êtes levé vous avez dû voir un de nos voyageurs.

— Je n'ai vu personne.

— Cependant, son compagnon prétend qu'il est parti il y a environ une heure.

— C'est faux !

— Vous en êtes sûr.

— J'en jurerais, s'il le fallait...

— C'est tout ce que je voulais savoir.

Maubert se retira.

Ses soupçons étaient revenus. Evidemment Dubosc lui échappait et il n'était pas vraisemblable qu'il dût le rencontrer en route.

Toutefois, il lui parut de la plus élémentaire adresse de laisser croire à Claudine qu'il ajoutait foi à ses déclarations, et quand il la rejoignit, il donna un vigoureux coup de fouet à son cheval, qui partit avec la rapidité d'une flèche.

De son côté, du reste, la jeune femme ne demandait pas mieux que de continuer la comédie qu'elle avait commencée, et, pendant une partie du trajet, elle ne cessa d'interroger la route, cherchant à reconnaître Dubosc dans tous les voyageurs qu'ils rencontraient.

Mais tous ses soins furent inutiles, et bientôt le vaste panorama de Paris se déroula sous leurs yeux.

Claudine fit un geste de dépit.

— Décidément, dit-elle, Guillaume nous a brûlé la politesse.

— Mais vous savez au moins où le retrouver ?

— Oh ! assurément. Il doit m'attendre à l'auberge des *Trois-Frères*, rue Saint-Sauveur.

— Si vous le voulez, je vous y conduirai.

— Eh ! j'y compte bien ! D'ailleurs, ne lui avez-vous pas offert quelques entreprises sérieuses? Guillaume n'est pas homme à reculer devant l'ouvrage, et je suis sûre qu'au besoin c'est lui qui vous rappellerait votre parole.

Maubert ne répondit pas...

Devait-il croire !... devait-il douter !... il ne savait encore au juste.

En tous cas, et comme il connaissait à fond ceux auxquels il avait affaire, il redoubla de surveillance et ne perdit pas un des mouvements de Claudine, pendant le court trajet qu'il leur restait à effectuer.

Ils arrivèrent, sans autre incident, à l'auberge des *Trois-Frères*, et aux premières questions que Maubert adressa au maître du garni, il apprit, comme il s'y attendait, que Guillaume ne s'était pas présenté.

— Je vais néanmoins y retenir une chambre..., dit Claudine ; Guillaume... aura été retardé peut-être, et il va arriver avant une heure... Dites-moi vous-même où vous allez descendre, et nous irons vous y trouver dès demain matin.

Maubert donna son adresse, souhaita une bonne nuit à la jeune femme, puis, étant remonté en voiture, il s'éloigna dans la direction de la rue Saint-Denis.

Seulement, arrivé à quelque distance, il s'arrêta, et fit un signe à un homme vêtu du costume traditionnel de commissionnaire, qui suivait la voiture depuis son entrée à Paris.

Le commissionnaire approcha.

— Firmin ! dit Maubert, tu vas retourner à l'auberge des *Trois-Frères*.

— Oui, monsieur Pinçard, répondit l'agent.

— Tu prendras une chambre à côté de celle de Claudine, et tu t'attacheras à ses pas, de manière à ne pas la quitter d'une seconde. Ce sera bien le diable, si de cette façon, nous ne parvenons pas à découvrir la retraite de l'autre.

— C'est juste...

— Tu as bien compris ?

— Parfaitement.

— Ce qu'il nous faut surtout, c'est Dubosc... c'est son adresse... et je me fie à toi, pour l'obtenir.

— Soyez sans crainte, M. Pinçard, nous ne sommes pas né d'aujourd'hui, et avant deux jours... vous aurez ce que vous demandez.

Firmin retourna donc sur ses pas, et quelques minutes à peine s'étaient écoulées, qu'il s'installait en face de l'auberge dans laquelle se trouvait Claudine.

15

LII

FIN CONTRE FIN.

Certes, le sieur Firmin n'était pas un idiot, et dans les importantes fonctions qui lui étaient confiées, il avait plus d'une fois fait preuve de zèle et d'intelligence.

Mais il avait affaire à forte partie, et Claudine, instruite par l'expérience, en aurait remontré à de plus fins.

La chambre qu'elle occupait donnait sur la rue, et son premier soin, après y être entrée, avait été de s'assurer de la direction que prenait le citoyen Maubert.

Or, tout en suivant la voiture du regard, elle avait remarqué le commissionnaire.

On a beau faire partie de la police, on ne se défait pas, du jour au lendemain, de ses habitudes pour prendre la désinvolture propre à un enfant de l'Auvergne.

Claudine soupçonna tout de suite l'agent sous l'habit du commissionnaire, et quand elle le vit revenir et prendre position en face de l'auberge, elle n'en demanda pas davantage et se déclara satisfaite.

Aussitôt, elle appela un garçon, se fit monter une

plume, du papier et de l'encre, et à la hâte, avec une vivacité fiévreuse que tout le monde put remarquer, elle écrivit quelques lignes, qu'elle s'empressa de cacheter.

— Et maintenant ! dit-elle à son hôte, vite un commissionnaire pour porter ce billet.

Firmin mandé sur-le-champ accourut sans perdre de temps.

— Mon ami, dit Claudine, en tournant et retournant en tous sens le billet qu'elle tenait à la main, peux-tu te charger d'une commission importante?

— De quoi s'agit-il ? demanda Firmin.

— De ce billet.

— Où est-il adressé ?

— Rue Saint-Honoré, à M. Guillaume.

— L'adresse est bonne ?

— Chut !

— Qu'y a-t-il ?

Claudine entraîna le commissionnaire dans un coin.

— Ecoute, dit-elle. Voici un écu pour toi ; mais il faut être discret... Ne dis à personne où tu vas ; ne laisse soupçonner à qui que ce soit la mission dont je te charge...

— C'est donc un émigré ? dit Firmin en baissant la voix.

— Précisément.

— Alors, je comprends.

— Et tu seras discret ?

— Comme un poisson

— Eh bien ! va... Hâte-toi, et viens ici m'apporter la réponse.

Firmin partit, rapide comme l'éclair, souriant en lui-même du hasard qui le servait si bien, et se félicitant de la facilité avec laquelle il allait remplir les instructions de son chef de file.

Seulement, il avait à peine tourné le coin de la rue, que Claudine quittait l'auberge à son tour, et qu'elle disparaissait dans le lacis des rues tortueuses qui avoisinaient l'auberge des *Trois-Frères*.

Le dépit, la fureur de Pinçard, quand il apprit que Claudine avait disparu, nous n'avons pas besoin de les raconter.

Cela se conçoit plus facilement qu'on ne peut l'exprimer.

Trois mois de patience, d'adresse, d'habileté perdus ; une campagne manquée ; mille ruses employées en pure perte... Tout à recommencer.

C'était à désespérer de parvenir jamais à s'emparer du misérable Dubosc.

Dans quel quartier de Paris les deux compagnons étaient-ils allés se réfugier ? De quel côté diriger les recherches ? Quel moyen employer pour s'en rendre maître ?

Pinçard, honteux et confus, passa huit jours au milieu du découragement le plus complet.

Au bout de huit jours, il réagit contre cet état de prostration, se raidit contre son découragement, et appela de nouveau à lui toutes les ressources de sa nature énergique.

Il était temps.

Les agents commençaient à trouver son inaction singulière, et il était menacé de perdre l'estime de ses meilleurs amis.

Un matin donc, on le vit revenir à son cabinet, et son garçon de bureau, qui dormait depuis huit jours, se réveilla en sursaut à l'appel de la sonnette violemment agitée.

Maître Pinçard avait repris possession de ses fonctions !

Dès le jour même, Paris fut mis sens dessus dessous, et le lendemain ce fut un va-et-vient d'ordres et de rapports comme on n'en avait jamais vu depuis l'institution de la police...

Mais les jours, les mois se passèrent sans que rien vînt rendre l'espoir à l'agent, et malgré l'ardeur des investigations, on ne trouva aucune trace de Dubosc ni de Claudine.

Firmin avait été honteusement chassé depuis son échec, et il se tenait à l'écart, attendant une occasion favorable pour rentrer en grâce.

Pinçard le regrettait bien un peu... Mais l'intérêt de la société parlait plus haut que ses sentiments d'amitié, et il avait fini par n'y plus penser qu'à ses heures perdues.

D'ailleurs, l'âpreté de la lutte prenait tous ses instants. Huit mois déjà s'étaient écoulés, et on n'avait pu lui dire où s'étaient réfugiés Dubosc et Claudine.

Qu'étaient-ils devenus ? Se trouvaient-ils à Paris? N'avaient-ils point passé à l'étranger ?

Rien ! rien ! rien !

Le huitième mois allait finir, Pinçard commençait à se lasser de ces recherches vaines, et peut-être allait-il tourner d'un autre côté l'activité de son esprit, quand un soir se produisit un incident auquel il était loin de s'attendre.

Il se trouvait seul dans son cabinet, et se disposait même à se retirer, quand son garçon de bureau vint lui annoncer qu'une personne désirait lui parler.

— Quelle est cette personne? demanda Pinçard,

— Je ne la connais pas, repondit l'agent subalterne.

— Quelle physionomie !

— Figure pâle ; lunettes d'or ; front chauve ; cravate blanche.

— C'est un médecin !

— Je l'ai pensé aussi!

— Et que veut-il ?

— Il prétend que l'affaire est urgente...

— Faites entrer.

Le garçon se retira, et presque immédiatement, la personne annoncée pénétra dans le cabinet de Pinçard.

Ce dernier s'était levé ; il salua froidement, offrit

un fauteuil et vint reprendre place à son bureau.

L'inconnu salua.

— Je vous écoute, monsieur, dit l'agent.

— Voici... et d'abord... permettez-moi de vous apprendre que je m'appelle Baculard, et que j'exerce depuis vingt-cinq ans, la profession de médecin-accoucheur ; j'habite un quartier excentrique de Paris, où je suis parvenu à me faire une clientèle assez considérable.

— Au fait, monsieur, au fait.

— Le fait, c'est qu'il y a huit jours à peu près, j'ai été appelé auprès d'une femme jeune encore, qui se trouve dans une position intéressante, et qui m'a demandé de vouloir bien lui donner mes soins.

— Eh bien?

— Or, savez-vous comment s'appelle cette femme?

— Que m'importe?,..

— C'est cependant là le point essentiel.

— Comment s'appelle-t-elle donc?.

— Claudine Barrière.

LIII

LA FEMME ET LA MÈRE.

Pinçard sauta sur son fauteuil.

— Claudine, dites-vous? répéta-t-il, Claudine Barrière!

— Précisément.

— Et vous l'avez vue?

— Hier.

— Elle habite Paris?

— Elle ne l'a jamais quitté.

— Seule?

— Absolument seule.

— Mais c'est impossible !

— Pourquoi donc.

— Cette femme n'est pas seule; vous avez dû rencontrer son amant chez elle.

Le médecin sourit.

— C'est ce que je m'étais dit, répondit-il. Je l'ai interrogée; je l'ai surveillée : tout a été inutile...

— Enfin, le renseignement est bon : tenir la femme, savoir où elle se cache? c'est beaucoup...

— Mais ce n'est pas assez, n'est-ce pas?

— Parbleu !

— Il nous faudrait encore l'adresse de l'autre?...

— C'est cela.

— Eh bien ! j'y ai pensé aussi; et je ne désespère pas de l'obtenir.

— Qui vous la donnera?

— Claudine !

— Elle?... Vous êtes fou...

— Non, M. Pinçard... Seulement, vous oubliez que Claudine n'est plus ce que vous l'avez connue... et ce que la femme nous refuserait obstinément, vous l'obtiendrez sans difficulté de la mère...

Pinçard ne répondit pas; mais ses sourcils se concentrèrent, et son regard enveloppa son interlocuteur.

— Oh! oh! dit-il avec une dernière hésitation; savez-vous, monsieur Baculard, que vous me paraissez connaître à fond le cœur humain.

— Vous êtes bien bon.

— Je dirai plus, monsieur et cher docteur, et vous seriez digne d'être admis parmi les plus habiles soutiens de notre institution.

— Tant de bienveillance !...

Pinçard avança la main, prit le bout de l'oreille de Baculard, lui enleva sans façon sa perruque et le débarrassa de ses lunettes d'or.

— Firmin, mon ami, dit-il, on te pardonne ; le tour est bien joué, et je te rends ma confiance. Mais, maintenant, causons à cœur ouvert, et dis-moi tout ce que tu sais.

Firmin ne se fit pas prier. Il était heureux, et raconta comment il s'était insinué auprès de la jeune femme, comment il avait capté sa confiance, et quel infernal projet il avait conçu pour connaître, par Claudine elle-même, l'adresse de Dubosc.

— Une fois l'enfant entre nos mains, dit-il, nous la ferons jaser. Et pour sauver le bambin, il faudra bien qu'elle nous livre le Dubosc.

— Elle aimera mieux sacrifier son enfant.

— Je ne pense pas.

— Cependant, par ce qu'elle a fait jusqu'à présent.

15.

— Jusqu'à présent, monsieur Pinçard, je le ré-
pète, vous n'avez connu que la femme... il vous
reste à connaître la mère !

Firmin avait raison, et ce qu'il venait de dire
prouvait que rien ne lui avait échappé de ce qui se
passait dans le cœur de Claudine.

Depuis quelques mois une véritable transformation s'était opérée en elle. Pendant les longues
heures de solitude, auxquelles elle s'était résignée
pour ne pas compromettre la liberté de Dubosc, elle
avait bien profondément réfléchi.

C'était la première fois que de pareilles pensées
la visitaient, et elle en avait été fort émue.

Un sentiment nouveau, puissant, inconnu jusqu'alors, s'était emparé d'elle — le sentiment de
la maternité! — et elle s'y abandonnait sans réserve.

Un autre amour était né dans son cœur! elle
n'avait pas cessé d'aimer Dubosc; mais elle commençait à aimer son enfant...

Toutes les mères comprendront cela.

De quels rêves enivrés elle berçait déjà ce fruit
inespéré de ses amours troublés... avec quels regards
attendris, elle le suivait dans la vie; avec quelle fer-
veur, elle appelait sur lui toutes les fortunes et tous
les bonheurs.

Et puis... il y avait encore une chose bizarre...

A certaines heures, elle se prenait tout à coup à
rougir et à trembler.

Pourquoi ? Elle n'eût pu le dire.

Quand elle regardait dans le passé, elle avait comme le vertige. Toutes ces pages tachées de honte ou souillées de sang, elle eût voulu les anéantir.

On eût dit que sa conscience s'était subitement éveillée... et son cœur se déchirait à l'idée que son enfant pourrait un jour la mépriser !

Une fois entre autres, Dubosc était venu la voir.

Ses visites étaient rares, son intérêt l'exigeait, car il savait avec quel acharnement la police s'obstinait à le poursuivre.

Il avait trouvé, ce soir là, Claudine soucieuse et triste.

Elle avait pleuré abondamment... elle était atterrée, sans force, sans volonté...

Dubosc la regarda avec étonnement et remua péniblement la tête.

— Pauvre Claudine ! dit-il d'un ton navré... comme te voilà changée... et qu'il y a loin de ton énergie d'autrefois à ton accablement d'aujourd'hui.

Claudine ne répondit qu'en fondant en larmes.

— Tu n'as donc plus confiance en moi... tu ne m'aimes donc plus... insista Dubosc.

Claudine lui jeta ses deux bras autour du cou.

— Ne parle pas ainsi, répondit-elle en sanglotant.

— Mais que se passe-t-il, alors ?

— J'ai peur.

— De quoi ?

— De tout.

— Cependant, tant que je vivrai, tu sais que ma vie est à toi.

— Je le sais, Guillaume, et je ne doute pas. Mais je voudrais t'adresser une prière.

— Ah! que ne parles-tu...

— C'est que c'est grave.

— De quoi s'agit-il?

— De notre enfant.

— Eh bien?

— Eh bien... pour lui... écoute... pour ce pauvre petit être que je ne connais pas encore, mais que j'aime déjà de toutes les forces de mon âme... je voudrais...

— Achève.

— Je voudrais m'en aller d'ici, fuir bien loin, si loin, que jamais les tristes souvenirs de notre passé ne pussent venir jusqu'à nous...

— C'est insensé.

— Non... Dubosc, non... j'ai bien pensé à cela depuis quelques mois; je ne veux pas qu'il mène à son tour la vie misérable que nous avons menée... je veux qu'il grandisse en nous aimant, et qu'un jour nos deux noms ne puissent pas lui être jetés comme la plus cruelle et la plus sanglante injure.

— Alors, nous allons devenir vertueux, fit Dubosc avec ironie.

— Est-ce donc si difficile?... est-ce donc impossible?

Dubosc haussa les épaules et son visage prit une expression de gravité inaccoutumée.

— Garde-toi de le tenter, répondit-il avec force et en fronçant le sourcil; la pensée même qui t'est venue, Claudine, est une pensée funeste, puisque dès aujourd'hui elle élève une barrière entre nous.

— Que veux-tu dire? s'écria Claudine d'un ton épouvanté.

— Je veux dire que nous ne nous comprenons plus.

— Guillaume!

— Que tu aimes déjà mieux ton enfant que moi-même.

— Ne le crois pas.

— Je veux dire enfin que cet enfant sera notre malheur à tous deux, et qu'il vaudrait mieux mille fois qu'il ne vînt pas vivant en ce monde, où ne l'attendent que honte et mépris!

Il y avait longtemps que cette scène s'était passée.

Claudine était délivrée depuis la veille, et elle reposait sous la surveillance d'une garde et d'un véritable médecin, qui avait assisté Firmin au moment critique.

A côté du lit de la jeune femme, l'enfant dormait dans son berceau...

C'était le soir...

Claudine venait de se réveiller, et son premier regard avait été pour son enfant...

Elle n'avait pas revu Dubosc... et elle l'attendait...

Une douce mélancolie parait son front pâle... elle

avait bien souffert, mais son enfant était là, près d'elle, et elle ne se rappelait qu'une chose... c'est qu'elle était mère !

Chose étrange... mystère insondable de la nature!

Claudine n'était plus cette femme que nous avons vue attachée à son œuvre ténébreuse... maintenant le passé l'épouvantait ; le présent lui inspirait de profondes terreurs ; elle avait hâte de se réfugier tout entière dans l'avenir.

Elle resta un moment silencieuse, plongeant son regard dans le petit berceau qui était à ses côtés; puis, une ombre glissa sur son front, un pénible soupir gonfla sa poitrine, et elle laissa retomber sa tête sur ses mains amaigries et pâles...

En ce moment, la porte de la chambre s'ouvrit.

Claudine tressaillit et releva le front.

Je ne sais quel funeste pressentiment traversa sa pensée...

Un homme était entré.

C'était Firmin !...

Claudine se prit à le regarder avec une ardeur inaccoutumée, et elle lui trouva un air qu'elle ne lui avait jamais vu encore...

Sur un geste vif et prompt de l'agent, le médecin sortit et la sage-femme le suivit.

Claudine restait seule avec Firmin...

Elle se sentit envahir par une mystérieuse terreur... et instinctivement elle se souleva sur son séant.

— Qu'allez-vous donc faire?... demanda-t-elle, la gorge serrée.

Firmin eut un sourire ironique.

— Vous allez le savoir... répondit-il.

Et il alla fermer la porte.

Puis, la porte fermée, il se dirigea vers la fenêtre qu'il ouvrit.

— Monsieur! balbutia Claudine d'une voix étranglée.

Une silhouette parut alors sur l'appui de la fenêtre, et un nouveau personnage sauta dans la chambre.

Claudine poussa un cri.

Elle venait de reconnaître Pinçard.

— Eh! là! là! mon enfant, dit ce dernier, en s'approchant du lit... ne vous effrayez pas ainsi, avant d'apprendre quel est notre dessein... que diable! nous ne sommes pas des turcs, et je vous promets qu'il ne vous sera fait aucun mal...

— Mais, que voulez-vous de moi?...

— Une chose fort simple.

— Laquelle!

— L'adresse de Dubosc.

— Dubosc! vous voulez que je livre Dubosc!

— Je ne viens pas pour autre chose...

— Et, vous avez cru que je serais assez lâche...

— Je le crois encore.

Claudine eut un amer ricanement.

— Ah! vous êtes fou sans doute, répliqua-t-elle,

le pacte qui me lie à Dubosc, est un pacte de vie ou de mort, et jamais, entendez-vous, jamais !...

— C'est ce que nous verrons.

— C'est tout vu.

— Eh bien !... ne t'en prends qu'à toi-même, de ce qui va arriver. Firmin, à l'œuvre, mon ami, et fais ce qui est convenu.

Cet ordre était à peine donné, que l'agent se précipitait sur le berceau, enlevait l'enfant dans ses bras et marchait résolûment vers la fenêtre.

Claudine n'avait rien compris tout d'abord aux menaces de Pinçard ; elle ne supposait pas que l'idée de ce rapt odieux pût jamais venir à quelqu'un, et elle avait pensé que l'on se contenterait de l'effrayer par des violences auxquelles elle était prête à résister.

Mais quand l'horrible réalité lui fut révélée, quand elle vit Firmin enlever son enfant et l'emporter dans ses bras, un affreux déchirement se fit en elle ; une imprécation sauvage jaillit de ses lèvres, et elle sauta du lit pour courir après le misérable ravisseur.

Seulement elle avait trop compté sur ses forces... Aux premiers pas qu'elle fit, elle se sentit défaillir ; une sueur froide inonda ses tempes, et elle fut obligée de se retenir au bras de Pinçard pour ne pas tomber.

— Oh ! les lâches ! les lâches !... cria-t-elle, ils se sont mis deux contre une femme... ils enlèvent son enfant à une mère... Ah !... je vous tuerai... je vous...

Pinçard se pencha vers elle.

— Ton enfant te sera rendu, dit-il à voix basse et rapide... mais à une condition.

— Jamais !

— L'adresse de Dubosc ?

— Non, non ! je ne veux pas. Tout ce que vous voudrez ; mais pas cette lâcheté !

— C'est ton dernier mot ?

— Mon Dieu !...

— Firmin va s'éloigner.

— Attendez !...

— Tu consens donc.

— Non. C'est une prière que j'ai à vous adresser.

— Parle !

— Vous comprenez bien, n'est-ce pas, qu'il m'est impossible de faire ce que vous demandez, je ne puis trahir Dubosc, moi, je ne puis pas le livrer ! Dubosc, c'est ma vie, et mon âme aussi. Si vous étiez femme, vous comprendriez cela.

— Mais ton enfant...

— C'est de lui, que je veux vous parler.

— Tu ne le reverras plus.

— Ne me dites pas cela, c'est de la cruauté, et vous n'avez pas besoin de me déchirer le cœur comme vous le faites... Seulement, avant qu'il parte... tenez... je voudrais...

— Quoi donc...

— C'est à peine si je l'ai vue la pauvre petite créature... je voudrais le voir... l'embrasser une dernière fois... vous ne pouvez me refuser cela...

— Et tu nous diras...

— Eh! que voulez-vous que je vous dise; vous voyez bien que je n'ai plus la tête à moi... je ne sais plus ce que je dis ni ce que je fais... je vous donnerais une fausse adresse, sans le vouloir même; je vous tromperais... voyons, ne me repoussez pas.. ayez pitié, pitié !...

En parlant ainsi, la malheureuse roulait sa tête échevelée dans ses mains, et elle pleurait et sanglotait.

Mais Pinçard ne devait pas se laisser toucher; il fit un geste impérieux à Firmin, et ce dernier, enjambant la fenêtre, disparut avec l'enfant, suivi de près par son chef.

Claudine n'avait plus la force de crier. Sa voix s'étrangla dans son gosier ; elle eût voulu se lever et courir, mais elle restait clouée à sa place, comme en proie à un cauchemar terrible.

Elle serait morte peut-être, morte d'épouvante et de terreur, si à ce moment même le hasard ne lui avait envoyé un sauveur.

La porte venait de voler en éclats sous un effort puissant, et Dubosc était entré.

LIV

LA MÈRE.

Un coup d'œil suffit à ce dernier pour comprendre ce qui venait de se passer.

Il vit le berceau vide. Claudine éperdue et défaillante, et il se douta du rapt commis.

— Claude ! Claude ! dit-il avec impétuosité, ils t'ont pris ton enfant, n'est-ce pas ; parle ! où sont-ils ? réponds...

Dubosc avait un pistolet à la main. Claudine lui indiqua la fenêtre, et d'un bond il l'eut bientôt franchie.

Puis, quelques minutes après, un coup de feu retentit, suivi presque aussitôt d'un cri de douleur.

Claudine était tombée à genoux ; elle avait joint les mains, et priait !...

Pour la première fois de sa vie, elle adressait au ciel une prière...

Et ce n'était ni pour elle-même, ni pour Dubosc... qu'elle implorait Dieu...

C'était pour la pauvre créature qui venait de lui être ravie.

Quand Dubosc reparut, elle ne lui demanda pas s'il était sain et sauf... elle ne songea pas à s'enquérir de ce qui s'était passé... elle n'eut qu'un cri sur les lèvres, qu'un sentiment dans le cœur...

— Mon enfant ! mon enfant, dit-elle éplorée et haletante.

Un sombre nuage passa à ces mots sur le front de Dubosc, et, pendant qu'il baisait le front de la pauvre mère, un amer sourire effleura ses lèvres.

— Ton enfant !... répondit-il, il est resté vivant entre les mains de ces misérables.

Claudine le regarda avec un étonnement douloureux.

— Vivant ! répéta-t-elle ; tu sembles dire ce mot à regret ?

— Qui sait !

— Préférerais-tu donc qu'il fût mort ?

— Peut-être.

— Ah ! tu blasphèmes !

— Non, Claudine, non. Car cet enfant sera notre malheur à tous deux.

— Guillaume !

— Notre malheur, te dis-je, car toi qui m'aimes, toi qui m'es dévouée, toi qui donnerais ta vie pour la mienne s'il le fallait, avant huit jours tu auras trahi le père pour assurer la vie de l'enfant ?

Dubosc avait dit vrai.

Entre Claudine et Dubosc, entre l'amour que la jeune femme avait voué à cet homme, il y avait un abîme profond, insondable, qu'avait tout à coup creusé le sentiment de la maternité.

Dubosc le comprit tout de suite. — Mais il ne fut pas seul à pressentir ce qui allait se passer.

Pinçard était non moins bon observateur que lui, et il ne s'était pas trompé un moment sur le parti qu'il y avait à tirer de cette situation nouvelle.

La malheureuse Claudine était donc surveillée avec une égale ardeur, et par Dubosc, et par l'agent de M. Eymery.

Elle ne sortait plus sans être suivie, et chaque nuit un homme faisait le guet autour de sa demeure.

Huit jours se passèrent.

Claudine était revenue rapidement à la santé; si elle avait eu près d'elle la chère créature qui lui avait été ravie, rien n'eût manqué à son bonheur.

Mais Dieu ne bénit jamais de pareilles amours!

Elle n'avait revu ni Pinçard ni Dubosc; elle vivait seule dans le réduit où elle s'était réfugiée, et elle ne trouvait ni une consolation ni un espoir.

Huit jours se passèrent ainsi, huit longs jours, pendant lesquels elle n'eut pas un instant de repos et fut tourmentée par mille inquiétudes et visitée par mille fantômes.

Elle en était arrivée à préférer un accident, quel qu'il fût, à cet état de calme qui avait fini par exalter sa nature nerveuse.

Elle résolut donc d'avoir le cœur net de tous les dangers qui la menaçaient, et le soir du huitième jour, elle revêtit ses habits d'homme, jeta un manteau sur ses épaules, posa un chapeau à larges bords sur son front, et, après avoir glissé une paire de pistolets chargés dans sa ceinture, elle gagna la porte d'un pas ferme et assuré.

Mais au moment où elle allait poser la main sur la

serrure, la porte s'ouvrit d'elle-même, et un homme entra.

Elle crut d'abord que c'était Dubosc.; ce n'était que Firmin.

Son cœur se serra à cette première contrariété; puis son regard s'attacha sombre et menaçant au visage de l'agent subalterne.

— Ah! vous voilà enfin, dit-elle d'un ton saccadé, je commençais à craindre de vous revoir jamais.

Firmin ne répondit pas tout de suite. Sa contenance était embarrassée... il parut même éviter de rencontrer le regard de la jeune femme,

Un affreux soupçon traversa l'esprit de Claudine.

— Qu'y a-t-il ? demanda-t-elle avec vivacité, et pourquoi ne me regardez-vous pas en face?

— C'est que...

— Dubosc est-il pris!

— Pas encore.

— Vous venez me donner des nouvelles de mon enfant.

— En effet...

— Me conduire près de lui...

— Quand vous voudrez...

Claudine avait déjà laissé échapper un cri de joie.

— Elle se contint presque aussitôt et comprima sa poitrine avec force.

— Mon Dieu ! balbutia-t-elle d'une voix défaillante, un malheur est arrivé... Ne me trompez pas... mon enfant est mort...

Firmin protesta du geste...

— N'en croyez rien, répliqua-t-il. Seulement quand je l'ai quitté tout à l'heure, il était souffrant.

— Mon Dieu...

— On avait envoyé chercher un médecin.

— Eh bien !...

— Le médecin n'est pas rassuré ; il craint qu'il ne passe pas la nuit, et dans cette situation...

— Vous êtes venu me chercher.

— C'est cela.

Claudine baisa avec un transport fou les mains de l'homme qui lui parlait.

— Ah ! c'est bien, cela, dit-elle avec explosion ; voilà une pensée qui vous sera comptée un jour. Partons ! partons ! ne perdons pas une seconde, je veux l'embrasser au moins une dernière fois.

En parlant ainsi, Claudine, avait couru vers la porte ; mais quand elle se retourna pour s'asurer que Firmin la suivait, elle vit que l'agent n'avait pas bougé, et qu'il était resté impassible à sa place.

Une lueur traversa son cerveau et l'illumina tout entier.

Elle devinait.

C'était un marché que ce misérable était venu lui proposer, et non une suprême consolation qu'il lui apportait.

Marché infâme, abominable échange, où son cœur

devait trouver une égale torture, un même déchirement.

— Qu'attendez-vous donc?... demanda-t-elle, cherchant encore à se tromper elle-même.

— J'attends l'adresse de Dubosc, répondit Firmin.

— Ah! Je le savais bien...

— Consentez-vous à me la donner?

— Vous êtes un misérable !

— Répondez.

— Mais vous me rendrez mon enfant.

— Je vous conduirai près de lui.

— A l'instant?

— Quand vous voudrez.

Claudine était devenue grave. Par un effort violent, elle avait maîtrisé l'horrible douleur dont elle était déchirée, et présentait à son interlocuteur un visage impassible et froid.

— Soit ! dit-elle d'un ton saccadé, soit ! Il faut bien vouloir ce que vous voulez. Vous me prenez le cœur entre deux tenailles ardentes. Je me résigne. Dubosc saura que je ne pouvais pas faire autrement. C'est mon enfant et le sien, et pour lui, je vais commettre le plus abominable des crimes. Marchons !

Elle avait ouvert la porte; elle fit signe à l'agent de la suivre et gagna la rue.

— Et maintenant, ajouta-t-elle, montrez-moi le chemin et conduisez-moi.

— Mais l'adresse de Dubosc? insista Firmin.

— Quand j'aurai mis le pied sur le seuil de la

maison où vous cachez mon enfant, je vous ferai connaître la retraite de Guillaume.

— Vous le jurez ?

— Marchez ! vous dis-je... ; j'accomplirai loyalement l'engagement que j'ai pris. Seulement, rappelez-vous bien ceci, maître Firmin : cette nuit passée, ne vous présentez jamais à la portée de mon pistolet ou de mon poignard, car je vous tuerais comme un chien.

— Est-ce tout ? dit Firmin, en haussant les épaules.

— Je vous suis, répondit Claudine.

LV

LA TRAHISON.

L'agent et Claudine s'éloignèrent à pas rapides, et marchèrent une demi-heure environ, au bout de laquelle Firmin s'arrêta à l'entrée d'une des rues tortueuses qui avoisinaient l'Hôtel-de-Ville.

— Sommes-nous arrivés ! demanda Claudine.

— C'est ici, répondit Firmin. Vous demanderez la mère Marthe.

Et il indiqua une maison de sinistre apparence, une sorte de bouge, au-dessus de la porte duquel une méchante enseigne annonçait qu'on logeait à la nuit.

— Bien ! fit Claudine d'une voix sourde : donnant, donnant. Voici l'adresse de Dubosc.

— Ce papier ?

— Lisez.

Firmin lut.

Il y avait sur le papier cette seule indication : *Rue Hauteville n° 11.*

Il se retourna, Claudine était déjà loin.

La malheureuse avait couru vers la maison qu'on lui avait désignée.

Son cœur battait à se rompre, sa poitrine haletait; elle mordait ses lèvres pour ne pas éclater en sanglots.

En deux bonds, elle fut chez le logeur et demanda la mère Marthe.

— Est-ce pour l'enfant ? questionna le logeur sur un ton singulier.

— L'enfant... oui, pour l'enfant, répondit Claudine.

— Au troisième alors, la porte à gauche.

Claudine ne prit garde ni au ton dont ces paroles étaient prononcées ni au clignement d'yeux que le logeur échangea avec sa moitié ; elle gravit vivement l'escalier, franchit les trois étages, et ne s'arrêta qu'à la porte désignée.

Là elle se remit un moment, et prêta l'oreille.

A l'intérieur, rien ne se faisait entendre.

Elle frappa timidement d'abord, et personne ne répondit.

Alors elle eut peur.

D'une main tremblante. elle poussa la porte et entra dans la chambre.

Une chambre nue, sale, obscure, mal éclairée par une mauvaise chandelle.

Claudine ne vit rien dans le premier moment, puis, elle finit par distinguer une hideuse vieille qui mangeait, attablée dans un coin sombre de la chambre.

La vieille s'était levée à sa vue.

— Marthe ! demanda Claudine d'une voix assurée.

— C'est moi... répondit la vieille, en s'essuyant les lèvres.

Claudine ébaucha un sourire.

— C'est vous qui avez pris soin de l'enfant... continua-t-elle ?

— Moi... seule... depuis huit jours... et je puis dire... qu'il n'a manqué de rien... le pauvre petit...

— Cependant... on m'a dit...

— Qu'il avait été malade...

— C'est cela.

— Ah ! ça n'a pas dépendu des soins, allez.

— Mais il est mieux, maintenant.

— Mieux ! répéta la vieille d'un air hébété.

Et instinctivement elle fit quelques pas en arrière.

Claudine sentit son cœur se serrer, une sueur froide perla sur son front sans qu'elle eût pu dire pourquoi ; un épouvantable soupçon ébranla tout son être.

La hideuse vieille était restée interdite et muette ;

sa contenance était embarassée, elle n'osait relever les yeux.

Le regard de Claudine se mit à parcourir la chambre, et, tout à coup, sans qu'on lui eût rien dit, elle devint pâle comme un suaire, et un cri rauque s'arrêta dans son gosier.

A l'angle opposé de la chambre, celui que lui avait caché la porte quand elle était entrée, elle venait d'apercevoir une chose horrible.

Sur deux chaises, dépenaillées et collées contre la muraille, était placé un petit cercueil d'enfant, recouvert d'une serviette blanche, à laquelle pendait attaché un rameau de buis bénit !...

C'était son enfant.

Il était mort !...

Firmin l'avait abominablement trompée, ou, qui sait, peut-être n'avait-il pas osé lui dire toute la vérité !...

La secousse fut effrayante.

La pauvre mère ne s'attendait pas à un si épouvantable malheur. Ce coup la frappait sans préparation et brisa, pour un moment du moins, tout ce qui restait en elle, de force, de volonté et d'énergie.

Elle s'approcha du cercueil, souleva lentement le suaire qui le recouvrait et prit l'enfant mort dans ses bras.

Avait-elle bien réellement conscience de ce qu'elle faisait. On pouvait en douter.

Le petit corps était glacé, elle l'accabla de caresses

et de baisers comme s'il eût été vivant, et l'appela des plus doux noms comme s'il eût pu lui répondre.

— Maudite ! je suis maudite! disait-elle en sanglotant. Dieu ne l'a pas voulu. J'étais indigne d'être mère. Il m'a refusé cette joie suprême, et cet enfant, qui eût pu me racheter, s'il avait vécu, il ne m'aura été donné que pour me pousser à la plus cruelle des trahisons !..

Claudine acheva à peine ces paroles.

Un éclair venait de sillonner son regard.

Elle se rappelait Firmin, Dubosc, la rue Hauteville, et une violente trépidation agita ses membres.

D'un geste fébrile et saccadé elle replaça l'enfant dans sa bière, lui jeta un dernier regard et un dernier baiser, et reprenant aussitôt sa volonté ferme, elle marcha d'un pas résolu vers la porte, et disparut en courant, laissant la vieille Marthe hésitante et troublée, se demandant si elle ne venait pas d'avoir affaire à une folle.

Claudide était folle en effet, folle de rage, de désespoir et de honte.

Une fois dans la rue, le sentiment de la réalité la saisit tout entière ; elle chassa loin d'elle avec violence la pensée de son enfant, pour ne plus songer qu'à Dubosc.

C'est rue Hauteville qu'elle allait... et craignant d'arriver trop tard, elle regrettait maintenant le temps qu'elle avait perdu.

Le trajet était long... elle ne trouva pas de voiture

sur son chemin, et ne cessa de courir, étreignant sa poitrine, étouffant ses cris, dévorant ses larmes.

Quel drame, à cette heure, dans le cœur de cette femme !...

Enfin elle atteignit le but de cette course effrénée....

La maison était silencieuse... les abords en étaient déserts... elle n'aperçut aucun agent alentour.

Un rayon d'espoir vint à elle.

Elle entra.

Le concierge était sur le pas de sa porte. Dès qu'il la vit, il mit un doigt sur ses lèvres.

Elle pensa défaillir.

— Quoi ! qu'y a-t-il ? demanda-t-elle.

Le concierge était tout à Dubosc. Il l'entraîna vivement au fond de sa chambre.

— Il y a, répondit-il, qu'ils sont là-haut.

— Les agents ?

— Oui.

— Mais Dubosc ?

— Déniché !

Claudine respira.

— Cependant, continua le concierge, il ne faut pas chanter victoire encore.

— Pourquoi donc?

— Il a pu se sauver, mais on est sur ses traces.

— On le poursuit ?

— Et de très-près. On a mis sur pied les hommes

du poste du *Petit-Carreau*, et il aura de la chance tout de même s'il ne tombe pas entre leurs mains.

Claudine frissonna.

Tout en écoutant le concierge, elle prêtait l'oreille au dehors, et elle venait d'entendre une sourde et confuse rumeur.

Elle s'élança dans la rue.

A vingt pas devant elle, un groupe d'hommes s'avançait, entraînant un malheureux qui se débattait avec fureur.

Elle n'eut pas de peine à reconnaître Dubosc.

Ce dernier venait, du reste, de l'apercevoir lui-même, et lui avait fait un geste ironique de la main.

— Toi!.. c'est toi qui m'as trahi, lui dit-il en passant. Ah! je l'avais bien prédit... Cet enfant devait être notre malheur.

— Grâce! grâce! balbutia la pauvre femme joignant les mains.

Dubosc passa sans répondre un mot.

Était-ce lui qui refusait de répondre; étaient-ce les agents qui ne lui en avaient pas laissé le temps?

Claudine put à peine s'adresser ces questions.

Derrière le groupe qui s'éloignait, elle venait de remarquer Firmin, et une haine implacable et folle s'empara d'elle.

Elle courut à l'agent, tira un pistolet de sa ceinture, et d'une main irritée et aveugle, elle lâcha la détente vengeresse.

C'est tout ce qu'elle put faire.

— Un voile passa aussitôt sur ses yeux une faiblesse mortelle envahit ses membres, elle roula
inanimée sur le pavé.

LVI

LE PROCÈS DE DUBOSC.

La nouvelle de l'arrestation de Dubosc se répandit
dès le lendemain dans Paris, avec la rapidité de
l'éclair... et cette fois rien ne fut négligé, non-seulement pour rendre impossible toute tentative d'é-
vasion, mais encore pour arriver au jugement de ce
misérable, dont la personnalité devait, disait-on,
faire éclater l'innocence de Lesurques.

Cette affaire occupait alors à un moindre degré
l'opinion publique ; mais l'incident important qui
venait de se produire allait avoir pour effet de raviver la question et de réveiller les passions qui s'y
étaient naguère attachées.

D'ailleurs, depuis que l'on s'entretenait de Lesurques, on s'était beaucoup occupé de Dubosc. La renommée avait raconté tous ses exploits, ses évasions
qui tenaient du miracle, ses entreprises invraisemblables à force d'audace et chacun se promit bien de
ne pas laisser échapper cette occasion de connaître
un pareil scélérat.

L'affaire de Dubosc était mauvaise, et il était peu probable que, cette fois, il parvînt à se tirer de la prison où on l'avait enfermé.

Déjà le procès s'instruisait, et les magistrats, incités par la veuve Lesurques, dont Dubosc était le dernier espoir ; les magistrats faisaient toute diligence pour que l'instruction fût poursuivie sans le moindre délai...

Malgré tout ce qui s'était passé lors des procès de Durochat et de Vidal, en dépit des faits acquis à la suite des confrontations qui avaient eu lieu à cette époque, tout le monde sentait la nécessité d'entrer dans un examen encore plus approfondi de l'affaire, et d'appeler une bonne fois toute lumière sur des faits qui, après tout, présentaient toujours certains côtés obscurs.

Les magistrats qui, en l'an V et en l'an VI, avaient rédigé les actes d'accusation contre Dubosc, en avaient été frappés eux-mêmes, et ils exprimèrent le vœu qu'en jugeant Dubosc, on prît toutes les mesures propres à découvrir la vérité, en ce qui concernait Lesurques.

C'est dans ces conditions et sous l'empire de ces dispositions que l'on arriva aux débats et que le procès s'ouvrit.

On était au 28 frimaire an IX.

Une foule compacte se pressait dans la salle. On y remarquait bon nombre de magistrats, quelques-uns des témoins de l'an IV, le citoyen Legrand, un cousin de Lesurques, le sieur Daubanton, ex-juge de paix; Me Caille, représentant de la veuve, et la veuve elle-même, vêtue de longs habits de deuil, et dont la présence ne devait pas être sans influence sur les juges et sur les jurés.

C'était donc bien plus encore en faveur de Lesurques que contre Dubosc même que les débats allaient s'ouvrir.

Dans la première séance, dit M. Zangiacomi, on commença par entendre les témoins contre Dubosc; l'instruction fut d'abord dirigée contre lui.

On vint ensuite à Lesurques.

Le ministère public, représenté par M. Girodet, propose de faire entendre les témoins qui, en l'an IV, avaient déposé en faveur de ce condamné. Le défenseur de Dubosc s'y oppose; cette opposition est rejetée. On entend les témoins, on discute sur l'alibi.

A la séance du lendemain, 29, le ministère public fit paraître les témoins qui en l'an IV, et postérieurement en l'an V et en l'an VI, avaient déposé contre Lesurques; on les interpella de s'expliquer sur les faits; ils persistèrent dans leurs dépositions précédentes.

Les déclarations des deux condamnés Courriol et Durochat, en faveur de Lesurques, étaient si précises, que l'on pouvait croire qu'elles feraient vaciller les témoins qui en entendraient la lecture. Le ministère public demande que cette lecture soit faite ; nouvelle opposition du défenseur de Dubosc ; mais sans égard à cette opposition, les déclarations sont lues, et aucun témoin ne se rétracte.

On ne pensa pas que cette épreuve fût suffisante.

On ne cessait de dire que les témoins avaient confondu et confondaient encore Lesurques avec Dubosc, parce que le premier était blond, et que l'autre avait, le jour de l'assassinat, une perruque blonde. On voulut qu'il ne restât dans les esprits aucun doute sur ce point, et il fut arrêté qu'à la séance du lendemain, 30, les témoins seraient de nouveau entendus en présence de Dubosc, coiffé d'une perruque blonde, et devant un portrait de Lesurques, que sa femme avait déposé à cet effet au greffe.

Les détails de cette dernière et décisive confrontation sont ainsi exposés dans le procès-verbal des débats, sous la date du 30 :

« Les témoins qui, lors des débats de l'affaire jugée à Paris contre Lesurques (en l'an IV) avaient déclaré, pendant l'audience du jour d'hier, persister dans ce qu'ils avaient dit relativement à Lesurques, lors des débats qui ont précédé sa condamnation, ces témoins sont successivement introduits devant les jurés depuis que la perruque blonde a été posée sur la tête de Dubosc. Le président présente à plusieurs d'entre eux le tableau en miniature remis au greffe comme portrait de Lesurques. Tous les témoins, à l'exception de la femme Alfroy, déclarent persister dans leurs déclarations.

« Quelques-uns d'entre eux observent qu'il peut avoir existé dans les masses et les aspects des deux individus Lesurques et Dubosc, quelques rapports généraux; mais que, dans les détails et dans les traits de leurs figures, ils ne trouvent aucune ressemblance qui puisse les induire à penser qu'ils ont commis une erreur.

« La femme Alfroy déclare que devant le tribunal de la Seine (en l'an IV), elle a reconnu Lesurques; mais qu'aujourd'hui sa conscience lui fait un devoir de dire qu'elle s'est trompée; qu'elle croit fermement qu'elle n'a pas vu Lesurques, mais Dubosc, et qu'elle le reconnaît bien.

« Le président interpelle la femme Alfroy de déclarer pourquoi elle n'a pas fait cette déclaration lorsqu'elle a été entendue à l'audience d'hier. Elle répond qu'elle ne l'a pas osé.

« Le président fait à la femme Alfroy plusieurs observations sur l'importance de la déclaration qu'elle vient de faire; elle paraît agitée, regarde longtemps Dubosc en gardant le silence, et persiste dans sa dernière déclaration. »

Pendant que l'on soumettait ainsi à l'examen attentif, minutieux, des témoins, quelle était cependant l'attitude de Dubosc?

Chose étrange!...

Cet homme qui avait étonné si longtemps l'opinion publique, ce bandit audacieux dont les exploits défrayaient les récits des bagnes, et semblait devoir défier toutes les polices ; calme, modéré, soumis maintenant, écoutait avec un ironique sourire toutes les charges dont on cherchait à l'accabler, et ne tentait même pas de se disculper...

On eût dit qu'il avait accepté d'avance le sort qui lui était réservé, et qu'il était résigné dès ce moment à subir la sentence de mort, qui devait probablement sortir de ces sinistres débats.

LVII

INCIDENT D'AUDIENCE.

Dubosc avait affaire à un défenseur qui ne l'abandonna pas à ce découragement apparent, et sut tirer parti de la position qui lui était faite...

« Eh quoi !... dit-il avec chaleur aux jurés... n'y a-t-il donc pas eu une condàmnation contre Lesurques, et comptez-vous attaquer ce jugement qui nous couvre !... Voudriez-vous discuter un indiscutable verdict... Ce verdict du jury fait foi aujourd'hui, et est placé hors de vos atteintes... Tout s'est passé dans la conviction et dans la conscience des jurés. Vous ne pouvez frapper deux têtes pour le même crime ! Rappelez-vous !... Parmi les quatre individus vus à Montgeron et à Lieursaint, le 8 floréal, un seul avait les cheveux blonds, un seul a demandé du fil pour raccommoder la chaînette de son éperon. Eh bien! cet individu, *blond*, qui a demandé du fil, qui s'est promené avec Vidal... c'est Lesurques!... Lesurques le coupable! Lesurques l'assassin, qui a été condamné!... Sa condamnation a acquis force de *chose jugée*... elle serait inconciliable avec une condamnation nouvelle!...»

Le défenseur avait raison, et il indiquait là un moyen dont les amis de Lesurques devaient faire usage plus tard.

L'inconciliabilité des deux arrêts!

Quoi qu'il en soit, et quelle que fût l'ardeur déployée par le défenseur de Dubosc, il était évident que, dès le commencement des débats, la cause de son client était perdue.

Qui pouvait s'intéresser à cet homme que toutes les prisons de France avaient connu, qui avait épouvanté les provinces par ses crimes multipliés, dont rien n'avait lassé l'audace, et qui avait foulé aux pieds toutes les lois.

Juges, jurés, spectateurs, tout était contre Dubosc, ou pour mieux dire, nul ne songeait précisément à lui.

L'intérêt s'était encore une fois concentré tout entier sur Lesurques dont on s'évertuait à réhabiliter la mémoire. C'était le procès de ce dernier que l'on instruisait à nouveau, bien plutôt que celui de Dubosc, et il fallait que la conviction des témoins fût bien profonde, pour n'être pas ébranlée par ces témoignages de sympathie que l'on prodiguait à un condamné.

La malheureuse veuve est là cependant ; elle assiste à ces douloureux débats, anxieuse, pâle, vêtue de sombres habits de deuil. Elle tend vers eux ses mains suppliantes, elle les regarde avec des yeux pleins de larmes ; ils savent qu'il y a derrière cette infortunée de pauvres enfants voués à l'opprobre et à la misère, et qu'ils peuvent sauver d'un mot !

Une hésitation seulement, et la cause du supplicié est gagnée.

Chose étrange !

Ces témoins, ces hommes détournent avec émotion leurs regards et leur pensée de ce tableau déchirant, et ils persistent dans leurs déclarations.

Leur cœur saigna sans aucun doute, mais il est des devoirs supérieurs à toutes les sympathies, et ils n'obéissaient qu'à leur conscience.

Comme l'a dit très-nettement M. Girodet, un magistrat éminent, « il a été vérifié, autant qu'il a été possible de le faire, que *cette confusion de personnes, seul moyen produit en faveur de Lesurques, n'avait point existé. Toutes les précautions prises ont amené des résultats évidemment contraires à Lesurques.* »

Nous disions plus haut que nul ne songeait précisément à Dubosc.

Nous nous trompions.

Dans cette salle d'audience, au milieu de cette

foule composée d'éléments si divers, il y avait non loin de Dubosc, sur le banc des accusés, un être qui n'avait de pensées, de regards, d'attention que pour lui !

C'était Claudine.

Son attitude avait quelque chose de heurté et de farouche.

Elle ne parlait pas, elle ne versait pas une larme, elle écoutait

Toutes les fois qu'une accusation nouvelle s'élevait contre Dubosc, elle éprouvait comme une secousse convulsive, elle mordait ses lèvres ou tordait ses mains avec une violence mal contenue.

Quand le président ou Me Caille cherchait à rejeter sur Dubosc des faits naguères acquis à la charge de Lesurques, un grondement menaçant soulevait sa poitrine et son regard d'hyène bondissait, jusqu'à la veuve, comme sur une proie offerte à sa haine !

Jamais elle ne s'était senti dans le cœur tant de colère et tant de ressentiment.

Il faut tout dire aussi.

Depuis que Dubosc avait été arrêté, c'était la première fois qu'elle le revoyait.

Jusqu'au dernier moment, elle avait espéré qu'il parviendrait à s'évader. C'est avec stupeur qu'elle vit le jour des débats arriver, sans qu'il eût rien tenté pour se soustraire à la justice.

Elle ne comprit pas bien ce qui avait dû se passer.

Claudine ne pouvait admettre qu'il eût pu être empêché par la surveillance incessante qu'on avait organisée autour de lui.

Elle crut tout de suite à une autre cause, et son cœur se déchira.

Dubosc ne lui pardonnait pas sans doute de l'avoir livré à ses ennemis en une heure d'égarement et de folie !...

Quand elle le revit au tribunal criminel, son regard, imprégné de repentir et d'amour, chercha avidement celui de Dubosc ; mais ce dernier affecta de détourner le sien.

La malheureuse étouffa un sanglot et pensa mourir.

Elle n'avait plus que cet amour au monde, et cet amour même l'abandonnait.

Mais ce n'était rien encore auprès de ce que l'avenir lui réservait.

Et que dut-elle devenir, quand le Tribunal criminel prononça le fatal arrêt.

LVIII

APRÈS L'ARRÊT.

Voici le texte de l'arrêt :

« Jean-Guillaume Dubosc, dit André, était déclaré *non convaincu* d'avoir aidé et assisté volontairement les auteurs des assassinats du courrier Excoffon et du postillon Audebert.

« *Convaincu* d'avoir aidé et assisté les auteurs d'un vol commis sur un grand chemin, avec préméditation, en employant des armes meurtrières ;

« Anne-Claude ou Claudine Barrière, dite Prince, se disant femme Dubosc, était déclarée convaincue de recel desdits objets volés. »

En conséquence, Claudine fut condamnée à vingt-quatre années de réclusion et Dubosc à la peine de mort.

Le misérable couple avait subi déjà bien des flétrissures. Mais jamais les condamnations qui les avaient frappés ne s'étaient produites dans de pareilles circonstances.

Dubosc écouta à peine la sentence redoutable. Quant à Claudine elle s'affaissa inanimée sur son banc d'infamie, et on fut obligé de la porter dans sa cellule.

Quelques biographes de Dubosc ont dit que ce bandit ne s'était pas pourvu en cassation, et ils ont cru trouver dans cette détermination, une preuve manifeste que le misérable s'avouait vaincu dans sa lutte avec la justice et la société.

Le fait seul est vrai. L'explication est de tous points erronée.

Dubosc n'était pas vaincu, il n'était que las de la vie.

Et qu'on nous permette de donner un dernier

trait à la physionomie de ce scélérat, qui est bien un des types les plus curieux que fournisse l'histoire des anciens bagnes.

Dubosc était une nature brutale et violente, avide de jouissances sensuelles, sans notion du bien et du mal, et ne demandant à la vie que la satisfaction de ses appétits grossiers.

De pareils hommes sont dangereux; la société a raison de s'armer contre eux, et quand ils disparaissent un jour, brusquement rayés par la main du bourreau, nul ne songe à les regretter, ni à les plaindre !

Mais il faut être juste envers tout le monde... Le droit à la justice est peut-être le seul qu'on ne puisse contester à ces monstrueuses exceptions.

Dubosc était un misérable de la pire espèce. Vingt fois il avait mérité l'échafaud; il avait mille défauts et bien des vices. Mais... il était entier, et jamais la crainte n'entama ce caractère fait d'audace et d'insouciance.

Il pouvait de lui-même consentir à cesser la lutte qu'il avait entreprise, mais il ne devait jamais s'avouer vaincu.

D'ailleurs, il était jeune encore, — trente-six ans à peine, — il était robuste, dans toute la plénitude de sa force, dans tout le développement de ses facultés.

On ne renonce pas à la vie dans de pareilles conditions, et si Dubosc refusa de se pourvoir contre l'arrêt qui le condamnait à la peine de mort, c'est qu'il fut poussé à cette résolution par une cause mystérieuse qui a échappé à ses biographes.

Cette cause, nos lecteurs la connaissent comme nous à cette heure.

C'était Claudine !

Depuis dix années qu'il vivait avec cette femme, Dubosc avait concentré sur elle tout ce que son cœur pouvait contenir d'amour et de dévouement. Il n'avait pas d'autres pensées... il ne voulut jamais chercher d'autre avenir...

Ce que certaines âmes droites et pures cherchent souvent en vain dans la vie honnête, il l'avait trouvé, lui, dans la vie criminelle : un ami sûr, d'un autre sexe que le sien ! C'était sans doute une erreur du hasard. Mais il en avait profité, il s'était attaché à cette passion comme à la seule chance de bonheur qu'il eût rencontrée... Il s'y était donné tout entier, et n'en avait distrait aucune part de son être, si minime qu'elle fût.

Aussi, quand la trahison se mit en tiers dans ce couple étrange, quand le soupçon pénétra dans son esprit et vint troubler son cœur, toutes ses facultés furent ébranlées à la fois, et le doute lui inspira les premières terreurs qu'il eût jamais éprouvées.

L'action de Claudine lui semblait inexplicable. Il n'en cherchait pas la signification dans son amour maternel qu'il ne comprenait pas. Il n'avait eu qu'une pensée — une seule — c'est que Claudine ne l'aimait plus, qu'elle se séparait de lui, qu'une autre affection avait remplacé celle qu'elle lui avait vouée naguère.

Il vit un abîme entre elle et lui, abîme profond, infranchissable, qu'il voulut regarder un moment et qui lui donna le vertige.

Il ne se crut plus en sûreté derrière ce sentiment dans lequel il s'était réfugié et où il se croyait inexpugnable, et comme il avait fait de ce sentiment le mobile de sa vie passée, il redouta de s'aventurer seul dans l'avenir incertain qui allait s'ouvrir devant lui au lendemain de la trahison.

C'est alors — mais alors seulement — qu'il se résigna à mourir !

Quant à Claudine, ce qui se passait à cette heure dans son esprit est bien difficile à expliquer.

On l'avait rapportée mourante dans sa cellule.

Elle ne savait pas même quelle peine lui avait été infligée. Elle ne se rappelait qu'une chose, qu'un détail, c'est que Dubosc était condamné à la peine de mort !

Quand elle revint à elle, et qu'elle rouvrit les yeux, elle aperçut une sœur assise à son chevet.

— Le sentiment de la réalité la reprit à l'instant même, et elle fondit en sanglots...

— Calmez-vous, pauvre femme !... murmura doucement la sœur.

Claudine secoua énergiquement la tête.

— Que je me calme !... Vous voulez que je me

17.

calme, répliqua-t-elle avec violence, mais vous ne savez donc pas qu'il est condamné... qu'il va mourir? que dans trois jours peut-être, il me faudra renoncer à le revoir jamais... oh!... c'est horrible!.. horrible!...

La sœur la regarda un moment avec une muette pitié; on eût dit qu'un secret était sur ses lèvres, et qu'elle n'osait le laisser échapper.

LIX

LES DEUX CELLULES

Claudine s'aperçut vite de l'embarras de la sœur et elle soupçonna un nouveau malheur.

Elle lui prit familièrement les mains.

— Mon Dieu! s'écria-t-elle, comme vous voilà pâle et émue. Vous savez quelque chose... Vous l'avez vu peut-être... il vous a parlé...

— Moi!...

— Et pourquoi pas?... Dites... dites-moi toute la vérité. Je suis courageuse... je ne vous en voudrai pas... Voyons, que dit-on de lui?... Hier, au sortir du Tribunal, on l'a conduit dans sa prison... Il n'a pas tenté de s'évader, puisque je suis encore ici.. car malgré l'indifférence qu'il n'a cessé de me témoigner pendant tout le cours des débats, il m'aime encore, j'en suis sûre. A cette heure même, il pense

à moi, comme je pense à lui... Oh ! ne rien savoir...
ne rien savoir !

— Et que voudriez-vous apprendre ?

— Tout !... Ce qu'il fait... ce qu'il dit... je n'ai
pas d'autre préoccupation à présent... Tenez... j'a-
vais un enfant... une pauvre et douce créature que
Dieu m'avait donnée et qu'il m'a reprise... Il est
mort... Eh bien ! je ne pense plus à lui... C'est Dubosc qui m'occupe tout entière... Oh ! si je pouvais
le voir !...

— Y songez-vous ?...

— Je ne songe qu'à cela.

— Il faudrait qu'il demandât à vous voir.

— Et c'est ce qu'il aurait déjà fait, n'en doutez
pas, s'il n'avait pas d'autres idées.

— Quelles idées.

— Celle de s'évader d'abord.

La sœur remua la tête en signe d'incrédulité.

— N'en croyez rien, répondit-elle doucement,
et il ne faudrait pas vous bercer de pareilles illusions.

— Pourquoi cela ?

— L'arrêt doit être exécuté le 25.

— Mais il y a le pourvoi ?

— Dubosc a refusé.

— Qui vous l'a dit ?

— Je le sais.

— Mais il est perdu, alors !

Claudine se leva en poussant un cri, et se mit

à parcourir l'étroite cellule avec des mouvements heurtés.

— Il faut qu'il me haïsse bien profondément, disait-elle d'un ton saccadé ; il faut qu'il ne reste plus rien dans son cœur des souvenirs de notre passé, pour qu'il se soit résolu ainsi à mourir, sans chercher même à me revoir et à me pardonner. Ah ! je l'aimais mieux que cela !

En parlant ainsi, la malheureuse tordait ses cheveux sous ses doigts crispés, comprimait sa poitrine de ses deux bras, et promenait autour d'elle des regards farouches.

— J'ai été bien lâche aussi ! continua-t-elle d'un ton violent ; j'aurais dû me tuer, plutôt que de commettre une pareille infamie, une si épouvantable trahison... Ah ! si je pouvais le voir !...

— Mais c'est impossible.

— Ne dites pas cela.

— On ne vous le permettra pas.

— A moi... non... parce que je suis une créature méprisable et vile... Mais si vous vouliez...

— Moi !

— Tenez, je ferai tout ce que vous voudrez ; vous avez toujours été vertueuse, vous, on vous écoutera. Vous obtiendrez facilement ce que vous demanderez. Faites cela pour moi, ma sœur. Tenez ! si on me refuse, je le sens bien, on me poussera à bout... je ferai quelque mauvaise action... je tuerai quelqu'un !...

— Taisez-vous !...

— J'ai tort. Ne m'écoutez pas. Vous avez raison. Mais je veux le voir ! On ne peut pas refuser une pareille demande à une pauvre femme... Si j'avais mon enfant, encore ! on pourrait être cruel envers moi... Mais songez donc : tout me manque à la fois ! Le pauvre petit est dans la terre à présent, et demain je serai seule, toute seule !... Vous n'avez jamais été ni épouse ni mère ; mais vous êtes femme. Eh bien ! ayez pitié... ou je ne réponds plus de moi, voyez-vous !

— Mais quel moyen ?

— Vous consentez !

— Si je puis réussir.

— Ah ! vous êtes bonne, et je vous aime, et Dieu vous récompensera pour cette bonne action.

Claudine prit les mains de la sœur et les baisa avec une ivresse folle, comme si elle venait d'obtenir la liberté de Dubosc et la sienne.

Pendant que cette scène se passait de ce côté, Dubosc était étroitement gardé à vue dans la prison où on l'avait conduit.

Il n'ignorait rien du sort qui l'attendait.

On était au 23 décembre de l'année 1800, et son exécution devait avoir lieu le 25.

Il n'avait plus que deux jours à vivre.

Son avocat était venu le prier de signer un pourvoi... et il avait repoussé son avocat, disant qu'il n'avait que faire de la clémence des hommes...

Un prêtre avait tenté ensuite de le réconcilier avec le ciel, et il avait repoussé le prêtre.

Il était sombre, farouche, résolu.

Prêt à quitter ce monde, le misérable ne se doutait même pas qu'il pût y en avoir un autre !

Digne fin d'une si méprisable existence.

Il était donc seul dans sa froide cellule, assis dans un angle obscur, le coude sur une table, le front dans les mains.

A quoi pensait-il ?

Quels rêves sinistres peuvent ainsi venir visiter à la dernière heure le cachot des condamnés.

Revoient-ils les victimes dont le sang a taché leurs mains criminelles !... Entendent-ils cette voix terrible de la conscience que rien ne saurait étouffer. Quels cris s'élèvent autour d'eux ? Quels fantômes passent devant leurs regards terrifiés ?

Dubosc ne songeait à rien de tout cela !

Seulement, si à cette heure fatale, un étonnement s'éveillait dans son esprit, c'est qu'il se rappelait qu'il avait été abandonné et trahi par le seul être qu'il eût aimé en ce monde, et qu'il se voyait contraint de douter de la seule chose à laquelle il se fût attaché dans la vie...

L'amour de Claudine !...

La nuit allait venir... tout bruit avait cessé autour de lui... il n'entendait que le pas de la sentinelle qui veillait à sa porte...

En ce moment, il dressa la tête et prêta l'oreille.

Des pas glissaient dans le corridor... une clef tourna bientôt dans la serrure, et enfin la porte s'ouvrit...

Une femme entra.

C'était Claudine.

La porte s'était refermée derrière elle ; ils se trouvaient seuls.

L X

UNE LUEUR D'ESPOIR.

Dubosc eut un moment d'hésitation. — Claudine avait fait quelques pas vers lui... Elle s'était laissée tomber à genoux et avait joint les mains.

— Guillaume ? dit-elle d'un accent brisé... j'ai demandé à te voir, — on a bien voulu accéder à ma prière, — et l'on m'accorde quelques minutes...

Dubosc garda le silence.

— Guillaume ! reprit Claudine, en étouffant un sanglot, tu ne m'en veux pas d'avoir fait cette démarche, n'est-ce pas ?... c'était naturel... Nous ne pouvions nous quitter ainsi... d'autant plus que l'on m'a appris une chose... épouvantable.

— Quoi donc ? fit Dubosc d'un ton brusque.

— On dit... que c'est... pour après-demain.

— Eh bien ?

— C'est donc vrai...

— Parbleu ! j'ai été trahi le 10, condamné le 21...
et je serai exécuté le 25.

Claudine fondit en larmes.

— Horrible ! horrible!... balbutia-t-elle, en cachant son front dans ses mains.

— Et qu'y a-t-il là qui doive te surprendre...
poursuivit Dubosc avec amertume, n'est-ce pas toi
qui as donné mon adresse?... n'est-ce pas toi qui
m'as livré?... réponds.

— Oui, oui, Guillaume... mon Dieu... j'étais
folle à ce moment... tu te souviens... il y avait
notre enfant !...

— Tu m'as vendu pour le sauver !

— Le sauver!... Mais tu n'as donc rien su... on
ne t'a rien appris ?

— Que veux-tu dire ?

— Que ma trahison a été inutile.

— Comment?

— Quand je suis arrivée, tout était fini.

— Il est mort.

— Oui, mort ! comprends-tu Guillaume ; je l'avais
vu à peine, mais si tu savais comme je l'aimais ! et
maintenant plus rien, me voilà toute seule, il ne me
reste plus que toi.

— Moi !

— Oh ! tu m'en veux, je le sais bien ; à ta place
j'aurais éprouvé la même colère. Mais au fond, tu
m'aimes toujours, j'en suis certaine.

— Eh qu'importe! puisque je vais mourir.

— Qui a dit cela?

— N'ai-je pas refusé de me pourvoir...

— On me l'a dit : je ne voulais pas le croire.

— Cela est pourtant.

— Mais il est temps encore...

— Le délai est passé.

— Alors il ne te reste plus qu'une chance.

— Laquelle?

— L'évasion.

Dubosc haussa les épaules et se mit à parcourir la cellule avec agitation.

— Il y a un mois, dit-il d'une voix ardente, ils ne m'auraient pas gardé deux jours dans cette prison, dont les murs pèsent sur ma poitrine et où j'étouffe.

Mais aujourd'hui j'y ai renoncé et je suis résolu à mourir!

— Mais c'est insensé...

— Tant que nous avons vécu à deux, l'un près de l'autre, partageant fraternellement nos joies et nos douleurs, — j'aurais fait tout au monde et rien ne m'eût arrêté, — mais depuis que nous sommes séparés, depuis que tu m'as trompé...

— Guillaume!

— Ah! nous avons été heureux ensemble, Claudine, et dans ces belles et jeunes années que nous ne reverrons plus, il y a bien des souvenirs pour lesquels je donnerais ma vie entière, si elle pouvait être encore prolongée.

— Ne peuvent-elles pas revenir, ces années de confiance et d'amour.

— Trop tard ! trop tard !...

— Tu veux donc que je meure de désespoir et de honte, sans emporter la consolation de croire que tu m'as pardonné... Ah ! il faut que tu me haïsses bien pour être à ce point cruel à un pareil moment.

— Claudine !

— Eh bien ! soit. Je vais me retirer. Je n'essaierai plus de te fléchir, ni de t'attendrir aux souvenirs de notre tendresse passée. Adieu, Guillaume ! Je pars le cœur brisé. Je ne survivrai pas à ton indifférence et à ton mépris, et je ne demande qu'une chose, c'est que tu ne te repentes pas de m'avoir repoussée, quand j'implorais humblement le pardon d'une heure d'égarement et d'oubli. Adieu, adieu !

Claudine s'était relevée, et elle gagnait la porte.

Mais sa démarche était si accablée, le ton dont elle venait de prononcer ces dernières paroles témoignait d'un tel déchirement, que Dubosc se sentit ému plus qu'il ne l'avait jamais été, et qu'au moment où elle allait atteindre la porte, il jeta un cri qui l'arrêta tout court.

— Tu m'appelles !... dit Claudine en se retournant, avec un regard inquiet et troublé, comme si elle eût douté de son bonheur.

Pour toute réponse, Dubosc lui ouvrit ses bras, dans lesquels elle courut se réfugier avec des paroles enivrées.

— Oh! merci, merci, dit-elle, presque folle ; mon Dieu, je ne rêve pas, je suis bien éveillée. C'est bien toi !

— Oui, oui, enfant! répondit Dubosc, en souriant.

— Tu me pardonnes?

— Oui!

— Tu ne m'en veux plus?

— Jamais!

— Tu m'aimes encore?

— Toujours! toujours!

Claudine roula sa tête éperdue sur la poitrine du condamné, et pendant quelques secondes, ce fut un murmure de douces paroles entrecoupé de soupirs et de baisers.

Mais la jeune femme ne s'oublia pas longtemps dans les ivresses du pardon, et presque aussitôt, elle releva le front.

— Et maintenant, dit-elle à voix rapide et basse : maintenant, tu ne refuses plus de vivre, n'est-ce pas ?

— Quelle idée?

— Il faut fuir.

— Impossible !

— Rien n'est impossible, puisque tu as pu me pardonner.

— Mais quel moyen? On me serre de près, la surveillance est active, on ne me quittera que lorsque je monterai à l'échafaud.

— Tais-toi ! tais-toi ! ne parle pas ainsi, moi j'ai trouvé un moyen.

— Quel est-il ?

— Je te le dirai.

— Quand cela ?

— Chut !

Claudine mit un doigt sur ses lèvres. Le guichetier de la prison venait de pénétrer dans la cellule; elle ne put en dire davantage, et ne tarda pas à s'éloigner comme elle était venue, c'est-à-dire en compagnie d'un gardien.

LXI

LE GEOLIER.

« Les condamnés à la réclusion et aux travaux forcés à perpétuité ou à temps devaient, avant de subir leur peine, être attachés au carcan (1). »

Or, Claudine Barrière avait été condamnée à vingt-quatre années de réclusion, et cette condamnation entraînait forcément pour elle la peine de l'exposition publique sur une des places de Versailles.

La Révolution française avait déjà battu en brèche bien des coutumes barbares, mais il restait bien des institutions à faire disparaître, que soutenaient

(1) *Mémoires des Sanson*, édition Décembre-Alonnier.

et préconisaient les cruels préjugés du moyen âge.

Le carcan rappelait, à peu de chose près, l'antique châtiment du pilori, auquel il avait été substitué en l'année 1719.

Le pilori était un poteau ou pilier où l'on attachait habituellement les criminels en signe d'infamie.

A Paris, il était situé aux Halles : c'était une tour octogone, avec un rez-de-chaussée et un seul étage au-dessus.

Le coupable était exposé pendant trois jours de marchés consécutifs.

Au moment où cette peine infamante disparut de notre code, « elle consistait à être attaché à un « collier de fer appendu à un poteau sur la place pu- « blique, à y être exposé aux regards du peuple « pendant une heure, et à avoir au dessus de sa tête « un écriteau portant en gros caractères ses noms, « sa profession, son domicile et la cause de sa con- « damnation. » (Art. 22 et 24.)

Le carcan était donc, à proprement parler, un cer- cle de fer à l'aide duquel le bourreau attachait par le cou celui qui était convaincu de crimes ou délits.

Le condamné était conduit à pied, les deux mains attachées derrière la charrette de l'exécuteur ou liées derrière le dos ; puis arrivé sur le lieu de l'exposi- tion, on faisait entrer le cou du patient dans le col- lier, que l'on fermait avec un cadenas.

Claudine connaissait ce supplice pour l'avoir subi

déjà une fois. Mais à ce moment elle ne pensait guère à l'horreur d'un pareil châtiment.

Elle ne pensait qu'à Dubosc.

Une idée lui était venue.

Un jour et deux nuits la séparaient du moment fatal de l'exécution, et elle voulait mettre à profit le peu de temps qui lui restait.

Quand elle rentra dans sa cellule, au retour de son entrevue avec Dubosc, elle s'assit sur le bord de son lit, et attendit tout en songeant.

Une heure se passa.

Puis la porte de la prison s'ouvrit et un gardien entra.

C'était l'heure où, chaque jour il apportait à Claudine une cruche pleine d'eau à la place de la cruche vide qu'il remportait.

Claudine n'avait point oublié ce détail; quand le gardien eut déposé la cruche pleine et comme il se disposait à regagner la porte avec la cruche vide, elle l'appela d'une voix émue mais ferme.

Le gardien se retourna.

— Mon ami... fit Claudine, j'aurais quelques mots à vous dire... Vous est-il interdit de me parler.

— Non, que je sache, répondit le gardien en se rapprochant avec intérêt.

C'était un homme d'une quarantaine d'années. Sourcils épais, perruque grisonnante, face enluminée. Un bonnet fourré, enfoncé jusqu'aux yeux, cachaient une partie de ses traits.

Claudine l'avait à peine observé.

— Vous êtes marié, mon ami, poursuivit-elle en baissant la voix.

— Depuis dix ans, répondit le gardien.

— Vous avez des enfants.

— J'en ai cinq.

— Combien gagnez-vous ici?

— Six cents livres.

— Et vous êtes bien occupé....

— Toute l'année... fêtes et dimanches... depuis cinq heures du matin , jusqu'à huit heures du soir.

— Mais si vous tombiez malade.

Le gardien remua tristement la tête.

— Si je tombais malade, répondit-il, on me mettrait à la porte, et je serais réduit à la plus affreuse misère.

— Triste métier !

— A qui le dites-vous!

Il y eut un silence. Claudine se pencha vers son interlocuteur.

— Et vous n'avez jamais songé à quitter la partie ?... dit-elle à voix basse.

— Quitter la partie, repartit le gardien. est-ce possible ; qui nourrirait mes enfants ?·

— Si on vous faisait riche.

— Qui cela?

— Moi.

— Vous avez donc de l'argent ?

— Assez pour vous rendre votre indépendance et
assurer l'avenir de vos enfants.

— Dites-vous vrai ?

— Sur ma vie.

— Et vous le ferez ?

— A une condition.

La physionomie du gardien changea tout à coup
d'expression ; — de souriante qu'elle était, elle devint soucieuse et sombre.

— Au fait, c'est juste, dit-il avec dépit ; je pensais bien qu'il devait y avoir quelque chose là-des-
sous.

— Cela te va-t-il, répliqua Claudine sur un ton
plus familier ?

— Dame ! c'est selon...

— Je t'offre dix mille livres.

— C'est un chiffre ; mais si je risque ma tête à ce
jeu-là.

— Tu ne courras aucun danger.

— De quoi s'agit-il ?..

— De Dubosc... Il est condamné... on doit l'exécuter après demain... et quand le bourreau ira le
chercher, je veux qu'il ne trouve personne.

Le gardien haussa les épaules.

— Ça... c'est tout bonnement de la folie, dit-il
brusquement, et vous savez bien vous-même que
c'est impossible.

— Qui sait...

— Mais le moyen ?

— Il est trouvé.

— Ah!... je serais curieux.

— Écoute. Tu peux pénétrer dans le cachot de Dubosc, n'est-ce pas?

— Comme je pénètre dans celui-ci, c'est-à-dire avec une cruche.

— C'est ce qu'il faut. Dès ce soir, tu te rendras à sa cellule, mais dans la cruche que tu lui laisseras, tu auras eu soin d'introduire préalablement un costume de gardien.

— Tiens! tiens! c'est une idée.

— Tu comprends.

— Parbleu... seulement le costume ne suffit pas pour ouvrir les portes de la prison.

— Peut-être.

— Comment?

— Si dans l'une des poches du costume on avait, par mégarde, oublié les clés principales de la prison... crois-tu que Dubosc ne saurait les y trouver.

Le gardien se renversa en arrière, avec admiration.

— Ma foi ! dit-il, pour une idée, voilà une fameuse idée et complète...

— Consens-tu ?

— Mais les dix mille livres ?

— Dubosc une fois dehors, je t'indiquerai l'endroit où tu les trouveras.

— C'est donc une cachette ?

— Oui... une cachette dans la forêt de Sénart.

— Ma foi... je fais peut-être une sottise, mais vous me tentez...

— Et tu le feras ?

— Je le ferai.

— Bien ! bien... sois certain que tu n'auras pas à te repentir de ce bon mouvement, et que le sort de ta femme et celui de tes enfants seront à jamais assurés...

La nuit que Claudine passa à la suite de cet entretien fut pleine de rêves enchantés.

LXII

L'EXPIATION.

Dubosc avait réussi souvent à s'évader avec des moyens bien moins sérieux que ceux de Claudine, et elle ne doutait pas qu'il ne parvînt encore cette fois à tromper la vigilance de ses gardiens et à reconquérir sa liberté...

Le lendemain se passa dans la même disposition d'esprit... Elle ne revit pas celui dont elle avait acheté le concours, mais son absence ne lui causa pourtant aucune inquiétude ; elle pensa avec raison qu'il était occupé ailleurs, et elle lui sut gré même de s'être consacré tout entier à l'œuvre de délivrance qu'il avait promis d'accomplir.

Toutefois, quand la nuit vint, une émotion indicible s'empara de tout son être, et elle ne put s'empêcher de frémir, en songeant que quelques heures seulement la séparaient du jour fatal, et que le moindre obstacle avait pu renverser tout son espoir.

Ces appréhensions la tinrent éveillée jusqu'à l'aube.

Quand le jour parut, elle courut à la porte de sa cellule, et prêta l'oreille.

On n'entendait rien au dehors.

Dubosc était-il libre? Avait-il réussi dans l'évasion qu'il avait dû tenter? Elle n'osait appeler ni interroger personne.

Tout à coup elle frissonna.

Un bruit avait frappé son oreille.

Elle retint son haleine et écouta.

Les gardiens allaient et venaient ou changeaient les sentinelles.

Quelque chose d'extraordinaire se passait.

Mais quoi?

Claudine eût donné tout son sang pour qu'on lui dît la vérité.

Son attente ne fut pas, du reste, de longue durée.

La porte de la cellule venait de s'ouvrir, et elle aperçut un peloton de soldats rangés dans le corridor.

On venait la chercher !

Elle ne fit aucune résistance. Seulement, son regard chercha ardemment autour d'elle le visage de son gardien.

Il n'était pas là...

A sa place, se tenait un homme dont l'aspect la glaça.

Firmin !...

Comment se trouvait-il là ? Elle savait bien qu'il n'avait été que blessé... mais que venait-il faire, à cette heure, dans son cachot ?...

Elle se sentit froid au cœur.

En le regardant avec attention, elle lui trouva une certaine ressemblance avec son gardien...

Mais elle eut peur de trop approfondir ses soupçons.

Dans la cour de la prison, on l'attacha par les mains, derrière la fatale charrette, et le cortége se mit en marche.

Le trajet n'était pas long. Dix minutes après on arrivait sur la place du Marché, et Claudine était rivée au carcan !...

Il y avait foule. — La foule ne manque jamais en de pareilles circonstances...

On entourait le pilori, les spectateurs s'excitaient l'un l'autre, et chacun à son tour jetait à la misérable qui était là des injures grossières ou des rires idiots.

Claudine ne répondait à rien, ne voyait rien, ne sentait rien.

Elle était devenue muette et sourde.

Elle pensait à Dubosc...

Où était-il à cette heure ? devait-elle espérer ? avait-il réussi à s'évader ?...

Le doute était horrible.

Parfois son regard plongeait dans les flots tumul-
tueux qui battaient l'estrade, comme s'il y eût
cherché le mot qui devait la rassurer.

Parfois encore ce regard, incertain et vague, in-
terrogeait l'horizon, et à voir le mouvement qui
régnait de toutes parts, l'agitation dans les rues, la
curiosité aux fenêtres, elle se demandait si c'était
elle seulement qui troublait si profondément le
calme habituel de la ville royale.

Il y avait deux heures déjà qu'elle était ainsi ex-
posée aux insultes de la place publique, et elle commençait même à s'y habituer, quand un mouvement
de la foule attira son attention et vint la tirer de sa
torpeur.

Ce n'était rien pour ainsi dire : une sorte de re-
mous dont l'effet se fit d'abord sentir faiblement
autour d'elle, mais duquel se dégagea bientôt une
rumeur confuse qui éveilla un sinistre écho dans son
cœur.

Elle releva la tête, ses sourcils se contractèrent et
elle regarda... ardente, fiévreuse, haletante.

Dans le premier moment, elle ne comprit pas
bien.

C'était bizarre, inexplicable, insensé.

Les rangs s'éclaircissaient peu à peu. Le collier
vivant qui enserrait le pilori s'égrenait insensible-
ment, et bientôt il ne resta plus alentour que quelques curieux obstinés qui hésitaient à lâcher prise.

18.

A un moment, l'un de ces derniers se tourna vers son voisin le plus proche qu'il tenta d'entraîner.

— Viens-tu ? dit-il au bourgeois indécis.

— Nous allons nous faire écraser, répondit l'autre.

— Bah ! répliqua le premier, qui ne risque rien ne voit rien.

— Tu y tiens ?

— Parbleu ! Nous avons assez vu la femme, maintenant c'est au tour de l'homme !

Claudine ressentit comme le choc d'une commotion électrique — et, malgré elle, dirigé par une volonté autre que la sienne, son regard suivit le courant qui entraînait la foule.

Alors, elle vit une chose hideuse...

Au loin, à travers les branches d'arbres qui faisaient comme un mouvant rideau devant elle, se détachait sur le bleu du ciel, éclairée par les rayons obliques du soleil, la rouge silhouette de la guillotine !..

L'effet fut terrible.

Un cri rauque souleva sa poitrine, elle balbutia quelques mots inintelligibles, et ferma les yeux pour chasser l'épouvantable vision.

Mais la réalité l'avait saisie tout entière ; même dans cette nuit factice, elle revoyait l'horrible spectre, et, défaillante, baignée d'une sueur froide, elle fit entendre un appel désespéré, et s'affaissa brusquement sur elle-même.

Si les aides du bourreau n'étaient accourus à son secours, elle serait morte étranglée...

On la détacha à temps du fatal carcan... elle ne respirait plus... une pâleur livide couvrait ses traits... Quand on la rapporta dans sa prison, elle était mourante.

Tel fut le dénoûment de cette vie à deux, que Dubosc et Claudine avaient menée si longtemps.

A cette heure, Dubosc venait de payer sa dette sanglante à la société, et ils étaient séparés à jamais.

LXIII

LA DERNIÈRE EXÉCUTION.

Des sept accusés reconnus coupables d'avoir pris part à l'assassinat du courrier de Lyon, six avaient donc porté leur tête sur l'échafaud.

Il en restait encore un à atteindre, et celui-là ne devait pas tarder à tomber sous la main du bourreau.

Le lecteur se rappelle sans doute ce Roussy que Dubosc et Claudine avaient rencontré dans les Pyrénées et qui continuait, en Espagne, le métier de bandit qu'il avait exercé si longtemps en France et en Italie.

Seulement, comme on le pense bien, en Espagne Roussy avait changé de nom et se faisait appeler Béroldy.

C'était un homme audacieux, entreprenant, mais il est rare que la justice ne finisse pas par avoir le dernier mot avec les criminels, et un jour la police française reçut d'un seigneur espagnol une demande de renseignements sur le compte de ce misérable.

Il paraît qu'à ce moment il avait renoncé à ses exploits de grand chemin, et qu'il exploitait à Madrid un nouveau procédé pour l'épuration et la conservation des huiles.

On le découvrit juste au moment où il commençait à se ranger.

La police française n'avait qu'un vague souvenir de ce Béroldy (ceci se passait à la fin de l'année 1803). Cependant on consulta les dossiers ; on remonta aux déclarations de Courriol et de Durochat, et l'on acquit la preuve que ce Béroldy devait être le Roussy ou Rouchy désigné précédemment comme l'un des complices de l'assassinat du courrier de Lyon.

Des ordres furent donc donnés immédiatement pour son arrestation : l'extradition fut demandée et obtenue, et l'on arracha le tranquille marchand d'huiles au commerce qui paraissait faire désormais toute sa préoccupation.

A son tour, il comparut devant le tribunal criminel de Versailles, pour y répondre aux charges qui pesaient sur lui.

Le procès ne dura pas longtemps.

Béroldy était peu digne de pitié, et les faits étaient évidents.

Béroldy ne fit aucun aveu. Sa défense, comme celle de Dubosc, se borna à cette réponse qui lui semblait péremptoire :

« Il y a eu cinq criminels, vous avez déjà exécuté six condamnés, et vous demandez encore une tête ? »

Ceci n'était pas dénué de sens, — mais il y avait à cette prétention une objection des plus simples.

C'est qu'il y avait eu sept criminels et non pas cinq, — et qu'avec Béroldy, la justice avait son compte.

Il fut donc déclaré coupable d'assassinat et condamné à la peine de mort (19 février 1804).

Le jour du supplice, une heure avant l'exécution, le procureur impérial, autorisé par la cour de justice, qui n'oubliait pas les intérêts de Lesurques, se rendit auprès du condamné et lui adressa quelques questions à l'effet d'éclaircir les doutes qui continuaient de planer sur le malheureux que l'on croyait innocent.

Voici la déclaration de Roussy, telle qu'elle figure au procès-verbal de cet interrogatoire extra-légal :

« A lui demandé s'il a connu Lesurques.

« A répondu : Non.

« A lui observé que sa déclaration intéresse la famille Lesurques, si ce dernier avait été condamné quoique innocent, ou la société et la justice s'il avait été condamné comme coupable.

« A répondu qu'il persiste à déclarer qu'il ne le connaît pas et n'a jamais connu Lesurques, et que lui, Béroldy, est innocent : *qu'au reste, il est inutile d'écrire innocent*, puisqu'il va périr comme coupable.»

Après cette déclaration, il fut remis aux mains de M. de Grand-Pré, curé de Notre-Dame de Versailles, qui lui donna des secours et des consolations, et l'accompagna jusqu'au pied de l'échafaud.

Ce qui se passa, à partir de ce moment, entre le condamné et le prêtre, ce dernier ne pouvait le révéler.

Mais après l'exécution, le digne ecclésiastique se rendit chez le magistrat de sûreté, et lui fit connaître que Béroldy, qu'il venait d'assister, l'avait autorisé à dire que le jugement qui le concernait était bien rendu.

« A lui demandé si Roussy l'avait aussi autorisé à parler de Lesurques, et ce qu'il a pu en dire.

« A répondu que Roussy ne l'avait pas autorisé à parler de Lesurques ; que, deux jours avant l'exécution, il lui avait remis, écrit de sa propre main, un testament de mort, dont il exigea que l'ouverture fût différée de six mois. »

Selon le vœu du supplicié, l'écrit confié à M. de Grand-Pré fut déposé chez M. Destremeau, notaire à Versailles.

Six mois plus tard, le même curé se présentait chez ledit notaire, qui rédigeait un acte dans lequel nous lisons :

« A requis ledit notaire de mettre au rang de ses minutes, à la date de ce jour, l'original d'un écrit fait à Versailles ; ledit écrit timbré à Versailles aujourd'huit. enregistré, à nous représenté par ledit sieur curé, et à sa requête annexé à la minute des présentes, après avoir été de lui certifié véritable. »

Suivait la teneur de l'annexe.

Versailles, 9 messidor an XII.

Je decalare que le nome le Lesurgues et inocen. Mais sète decalaration que je done à mon confesseur, il ne poura la décalarer à la justice que sixe moi apré ma morte.

Signé LOUIS BEROLDY.

C'était le dernier acte de ce drame, et le septième criminel avait été exécuté sans que l'on fût parvenu à mettre en lumière l'innocence de Lesurques.

Désormais la chose était jugée — et c'est contre la CHOSE JUGÉE que la famille du malheureux allait lutter héroïquement.

LXIV

LA CHOSE JUGÉE.

Nous touchons à la fin de cette longue histoire, mais avant de clore ce récit nous demandons à nos lecteurs quelques moments encore de bienveillante attention.

Il s'agit d'une chose grave entre toutes... dont
il ne faut pas parler légèrement, et devant laquelle
les esprits les plus éminents et les plus libéraux mêmes se sont constamment inclinés.

La magistrature qui semble le plus intéressée
dans la question, a donné parfois de curieux et bien
remarquables exemples de ce respect dont elle veut
qu'on entoure la chose jugée.

Un homme éminent, un garde des sceaux, prononçait, à ce propos, des paroles qu'il est utile de
rappeler ici :

« Le seul motif, pour réviser les procès criminels,
dit-il, serait le petit nombre de familles frappées
dans l'un des leurs, par un arrêté injuste, et soumi-
ses à l'effet de ce préjugé qui ne sera jamais entièrement détruit, parce qu'il imprime cette vérité
morale, que l'on participe à la honte comme à la
gloire de ses proches.

« Mais cet intérêt ne peut être mis en parallèle
avec l'inconvénient de remettre en question, après
leur exécution, la vérité ou l'erreur des condamnations capitales, lorsque les familles ne se présente-
raient, la plupart du temps, que longues années
après l'arrêt ; lorsque les preuves auraient dépéri,
et qu'il y aurait bien moins de probabilités pour la
manifestation de la vérité qu'au jour même de l'arrêt attaqué ; lorsque ces demandes s'appuieraient
presque toujours, ou sur la fureur, ou sur l'inimitié,
ou sur la réaction, ou enfin sur un de ces mouve-

ment de l'opinion populaire, plus passionnés encore. En résultat, pour une injustice réelle reconnue et bien imparfaitement réparée, on ébranlerait dans ses fondements la justice elle-même.

Il y a sur ce sujet un fait saisissant que l'on m'a raconté récemment, et que nous ne pouvons résister au désir de raconter à notre tour.

Un jour, un homme comparaît devant une cour d'assises de Provence sous l'inculpation d'assassinat.

Cet homme est accusé d'avoir tué, la nuit, d'un coup de fusil, un malheureux dont la femme l'avait, assurait-on, poussé à ce crime.

L'accusé était garde-chasse. Il jouissait d'une bonne réputation ; on ne put établir la preuve manifeste de sa culpabilité, et après une longue suite d'audiences, pleines d'émotions de toutes natures, il fut rendu à la vie sociale.

La justice crut, en conséquence, qu'elle avait été trompée par les apparences, et elle se mit à rechercher ardemment le vrai coupable.

Un homme avait été assassiné. Le fait n'était pas douteux. Il devait donc y avoir un assassin.

Mais où le trouver...

La justice chercha longtemps.

Si longtemps, que ce ne fut que dix ans après, qu'elle parvint à découvrir un nouveau prévenu, qui fut immédiatement traduit devant la cour criminelle.

Les charges paraissaient accablantes. Le prévenu repoussait bien avec une certaine énergie l'accusation dont il était l'objet, Mais tous les coupables en font autant, et les protestations d'innocence ne prouvent pas grand'chose en pareil cas.

Toutefois, il y avait des points obscurs dans l'affaire, et, particularité singulière, le garde-chasse précédemment acquitté, se trouvait mêlé à ces côtés pleins d'ombre

Le président des assises, usant de son pouvoir discrétionnaire, fit appeler cet homme, lui exposa les charges qui s'élevaient contre l'accusé, et finit, en l'invitant à donner à la justice des explications sincères, de nature à éclairer la religion des jurés.

L'homme ainsi interpellé hésita un moment : il embrassa d'un regard troublé la salle d'audience, les magistrats, les avocats, les jurés, et s'arrêta enfin à contempler le malheureux que la honte et le désespoir clouaient sur le banc d'infamie.

Ce qui se passait dans l'esprit du garde-chasse parut d'abord incompréhensible, mais il rejeta toute indécision, releva vivement la tête et s'adressant à la cour :

—Monsieur le président, dit-il d'une voix émue, l'homme qui est là est innocent du crime qu'on lui impute.

— Êtes-vous sûr de ce que vous avancez ? répondit le président.

— J'en suis sûr.

— Vous connaissez donc le coupable ?

— Je le connais.

— Et quel est-il ?

— C'est moi !...

— Vous !...

— Oui, moi, monsieur le président, moi, qui seul ai commis le meurtre, et dans des circonstances que je puis raconter à la cour.

Alors, et pendant que les juges échangeaient des regards effarés, pendant qu'un profond étonnement agitait les spectateurs, cet homme commença le récit de son crime.

Ce fut solennel et terrible.

Le malheureux, mordu au cœur par le démon de la jalousie, avait frappé sa victime au détour du bois.

Il savait que son rival heureux devait passer là, et il s'était armé de son fusil.

C'était un adroit tireur ; il s'embusqua lâchement dans un taillis et, au milieu du silence de la nuit, il attendit.

Ce ne fut pas long, il avait tout calculé, et quand la victime se présenta au bout de son canon, il fit feu et s'enfuit.

Il fut explicite, n'oublia aucun des détails de l'affaire, et quand il eut fini, la conviction était entrée pleine et entière dans l'esprit de ceux qui l'écoutaient.

Cette scène ne manquait pas d'un certain caractère de grandeur !

Cet homme, qui avouait ainsi son crime à travers

ses sanglots et ses larmes, n'était pas indigne d'intérêt.

Après son récit, le président resta quelques instants silencieux.

C'était là une chose nouvelle, et peut-être unique dans les annales judiciaires.

Il y eut un moment d'hésitation et de trouble dans sa conscience.

Mais bientôt le sentiment du respect dû à la *chose jugée* se réveilla tout entier en lui, et se rappelant que le bénéfice de la prescription était acquis à ce malheureux qui s'accusait, il tourna vers lui son visage impassible.

— TÉMOIN ! dit-il alors, d'une voix pleine d'autorité calme et ferme : — Témoin, la cour est éclairée ; vous pouvez aller vous asseoir.

LXV

LA LUTTE OBSTINÉE.

Tant qu'il restait un des complices de l'assassinat du courrier de Lyon, la veuve Lesurques avait espéré que l'innocence de son mari sortirait évidente des nouveaux débats, et qu'elle parviendrait à faire réhabiliter sa mémoire.

Quand Roussy eut été condamné, et que, tout

compte fait, sept têtes eurent été tranchées sans qu'aucune manifestation ne se fût produite en faveur de Lesurques, la malheureuse veuve, sans se laisser abattre par tant d'espoirs déçus et d'illusions brisées, commença cette lutte héroïque, qu'elle devait poursuivre sans relâche jusqu'à la mort.

La condamnation qui avait frappé Lesurques l'avait atteinte elle-même dans son honneur et dans sa fortune... et si la veuve eût pu hésiter dans les revendications de ce double héritage sacré, la mère ne devait pas faillir à ce devoir.

Dès l'année 1804, une requête est présentée à la cour criminelle séant à Versailles.

C'est le sieur Lesurques, cousin du supplicié, qui la signe.

Il s'exprime ainsi :

« Une famille dans les larmes depuis huit ans, une veuve et ses enfants réduits à la misère, le déshonneur attachant tous les jours son cachet sur des têtes que la loi a frappées dans la personne de son chef accusé d'avoir été un des assassins du courrier de Lyon; tels sont, Messieurs, les motifs qui dirigent nos efforts pour réhabiliter la mémoire d'un parent dont ma conscience, éclairée par la conviction de son innocence, l'attestera à la face du ciel et des hommes jusqu'à mon dernier soupir.

« Demande de lever copie de tous les procès-verbaux de jugements qui sont relatifs à cette affaire. »

A cette demande, et conformément aux conclusions du procureur général :

« La cour, attendu que les requérants ne sont partie au procès, qu'aucune loi n'autorise les demandes en révision des procès criminels ;

« Rejette la requête.

« Le greffier · NOBLE. »

C'était un premier échec ; mais la famille n'en fut pas ébranlée : elle attendit une nouvelle occasion.

En 1806, deux années après, une seconde requête était remise par M. Daubanton lui-même au grand-juge Regnier, à l'effet d'obtenir la réhabilitation de Lesurques. « La réhabilitation d'un innocent, condamné et exécuté, est de droit public, prétendait M. Daubanton ; il n'existe plus de loi qui règle les preuves à suivre : elle peut être faite. »

C'était toujours la même argumentation.

La réhabilitation de l'innocent !...

On n'oubliait qu'une chose, c'est qu'à diverses reprises la révision du procès Lesurques avait été faite et que, jusqu'alors, rien n'était venu manifestement démontrer son innocence. Dans ces conditions, la réhabilitation était vraiment impossible.

A notre avis, la veuve Lesurques n'était réellement dans la plénitude de son droit, dans la logique de la vérité sociale, que lorsqu'elle réclamait les biens dont on l'avait spoliée.

Sur ce terrain, les sympathies ne pouvaient lui

manquer, et elle devait éveiller l'intérêt de tous les honnêtes gens.

La confiscation était un dernier vestige des mœurs barbares du moyen âge. Toute âme sincère et droite devait protester contre une pareille iniquité.

Les biens de Lesurques avaient été assignés au Sénat ; mais M. le comte de Jacqueminot, à qui on voulait attribuer le domaine du Ferin, comme devant former la dotation de sa sénatorerie, refusa péremptoirement ce don :

— Je respecte trop, dit-il, le champ du malheur, pour recevoir des biens entachés du sang d'un innocent. Il faut les restituer à la famille de la victime !...

Malheureusement cette famille infortunée se débattait vainement dans un cercle vicieux. La restitution ne pouvait être obtenue qu'à la condition de réhabiliter Lesurques, et tous les magistrats repoussaient l'idée de cette réhabilitation.

Dans cette situation, la veuve résolut de faire une démarche auprès de l'Empereur.

Un jour, au détour d'une galerie, Napoléon aperçoit deux jeunes gens agenouillés et les mains jointes :

C'étaient la fille aînée de Lesurques et son jeune frère.

— Grâce ! sire, pitié ! disaient les deux enfants ; notre père est innocent !

L'Empereur se sentit ému.

— Qui êtes-vous? demanda-t-il en les relevant avec bonté.

— Mélanie-Augustine Lesurques ! répondit la jeune fille.

— Alexandre-Joseph Lesurques ! répondit le jeune homme.

Napoléon réprima un premier mouvement de surprise.

— Bien !... mes enfants... répondait-il d'un ton bref. J'apprécie votre démarche... Je me ferai rendre compte de cette affaire... et dans trois jours... je vous répondrai...

L'Empereur allait s'éloigner ; il vit que le jeune Lesurques hésitait à lui adresser une seconde demande.

— Quoi... que voulez-vous? ajouta-t-il sur le même ton.

— Sire, dit le jeune homme avec une assurance digne et noble, j'ignore ce que Votre Majesté va décider, mais je voudrais dès à présent solliciter une faveur de sa bienveillance.

— Quelle faveur ?

— Celle de contracter un engagement dans un de ses régiments.

— Vous voulez vous faire soldat ?

— Je veux prouver à Votre Majesté que le sang qui coule dans mes veines est digne de couler sur les champs de bataille, pour la gloire de mon pays...

Napoléon fit un geste d'assentiment... puis il s'éloigna soucieux et troublé...

Trois jours après, les deux enfants retournaient aux Tuileries.

Dans l'intervalle, l'Empereur s'était fait rendre compte de tous les détails de l'affaire, et le conseiller consulté à ce sujet, avait rendu un avis défavorable.

La jeune fille retourna navrée auprès de sa mère, et le jeune homme s'engagea peu après dans un régiment de hussards.

L'année suivante il partait pour la campagne de Russie, d'où il ne devait jamais revenir.

Un fait plus grave se passa en 1814.

La famille s'était adressée à M. Dambray, chancelier et ministre de la justice du roi Louis XVIII, et demandait à nouveau que les pièces du procès lui fussent communiquées.

La demande fut renvoyée au procureur général, M. Legoux ; et quelques jours plus tard ce magistrat repoussait la demande en affirmant que vérification faite des pièces, *la coopération de Lesurques à l'assassinat du courrier de Lyon était* de la DERNIÈRE ÉVIDENCE.

Cette réponse était terrible ; elle atterra les amis de la famille, et pendant quelques années ils comprirent qu'ils devaient renoncer à toute démarche.

Mais le retour des Bourbons, la restauration d'un nouveau gouvernement allait changer la face des

19.

choses, et vers 1821 le procureur général Bellart
autorisa enfin la communication des dossiers.

Cette décision annonçait de meilleures dispositions
de la part des autorités, et la famille Lesurques ne
négligea rien pour les mettre à profit.

Lesurques ayant été frappé par un jury républicain, il était naturel que sa cause trouvât des sympathies auprès d'un gouvernement qui avait en horreur tous les souvenirs de la Révolution.

On exploita habilement ce sentiment ; on émut
l'opinion publique avec les excès d'une époque que
la politique du jour ordonnait de réprouver ; on ac-
cusa le jury, cette institution républicaine, d'avoir
assassiné un innocent, et grâce à ce mouvement,
auquel se laissèrent prendre volontiers tous les esprits généreux, on gagna rapidement à Lesurques
de nouveaux et chaleureux amis.

C'est alors que M. Salgues publia sur cette affaire
une notice fort vive, qui fut répandue à profusion
dans Paris et par toute la France, et dont on envoya
même un exemplaire à M. le comte Siméon, alors
ministre de l'intérieur, et dont le rapport aux Cinq-
Cents avait jadis, on se le rappelle, fait rejeter le
pourvoi de Lesurques.

Cette notice fut présentée aux deux Chambres,
accompagnée d'une nouvelle pétition en faveur de
la famille Lesurques, et elle y reçut un accueil empressé.

Deux commissions furent nommées sur-le-champ,

et, peu de temps après, les rapports étaient livrés à
la publicité.

Mais c'étaient toujours les mêmes conclusions.

On prenait en pitié la famille, la veuve, les enfants... et l'on repoussait la réhabilitation.

La commission de la chambre des pairs proposait
le renvoi au ministre de la justice, et le dépôt au
bureau des renseignements.

Celle de la chambre des députés demandait le
renvoi à M. le garde des sceaux et à M. le président
du conseil des ministres.

Seulement, cette fois, vu la détresse de la famille
Lesurques, on insistait pour que M. le ministre de
l'intérieur fût saisi de l'affaire.

C'était tout. — Était-ce bien ce que l'on espérait?...

A la suite de ces divers incidents, le garde des
sceaux, désireux de se renseigner complétement,
chargea M. le baron Zangiacomi, conseiller d'État
et conseiller à la cour de cassation, d'étudier les
faits à nouveau, de vérifier les sources avec le plus
grand soin, et de lui présenter un rapport détaillé
au double point de vue de la culpabilité de Lesurques
et de la possibilité de sa réhabilitation...

M. Zangiacomi se mit immédiatement à l'œuvre,
et le rapport qu'il livra peu après est le travail le
plus consciencieux qui ait été fait sur la question.

Nous ne suivrons pas le savant magistrat à travers les recherches auxquelles il s'est livré à ce sujet.
Nous avons déjà largement puisé dans son rapport,

et nous ne pouvons qu'y renvoyer le lecteur pour sa plus complète édification.

Toutefois, nous croyons utile de lui emprunter les quelques lignes qui terminent son travail, et dans lesquelles se trouvent résumés les arguments vraiment sérieux de la cause.

« Lesurques, dit-il, a en sa faveur la déclaration d'hommes qui confessent avoir tué le courrier de Lyon, et disent qu'il n'était pas leur complice ; mais d'autres témoins s'élèvent contre lui, disent et persistent à dire qu'il était parmi les assassins, qu'ils l'ont vu, qu'ils le reconnaissent.

« Veut-on compter les voix ? — Il y en a trois pour Lesurques et huit contre lui.

« Veut-on les peser ? — Lesurques a pour lui le dire d'hommes pervers, couverts de crimes qu'ils ont expiés sur l'échafaud ; il a contre lui le témoignage de gens de bien, sans intérêt personnel, d'une réputation entière, car on n'a jamais ni attaqué ni suspecté leur moralité.

« La justice a, dit-on, condamné à la peine capitale sept individus, et les auteurs du crime avouent qu'ils n'étaient qu'au nombre de cinq ou six ; on a, par conséquent, frappé une personne de trop, et cette personne-là est sans contredit Lesurques.

« C'est une chose fort remarquable que les condamnés varient sur un fait aussi important que le nombre de leurs complices : que les uns l'augmentent, que d'autres le diminuent, on peut juger par là de la foi qui est due à leurs dires. Ce qui est certain, c'est qu'indépendamment de Lesurques, il y a eu six hommes condamnés à mort, et l'on convient aujourd'hui qu'en ce qui les concerne, la condamnation est juste. »

Or, ajoute M. Zangiacomi : « Ce n'est pas six coupables mais bien sept qui ont pris part à l'assassinat. »

Ce rapport, déposé le 7 août 1822, concluait au rejet de la pétition de la femme et des enfants Lesurques, et le 30 du même mois, il recevait la sanction du comité de législation au Conseil d'Etat.

Il est juste d'ajouter que l'année suivante, une simple demande en restitution des biens confisqués fut accueillie avec une réelle sympathie, et qu'une décision ministérielle en date du 30 décembre 1823, accorda à la famille une *première* restitution de deux cent vingt-quatre mille huit cent quinze francs.

Les choses en étaient là, lorsque se produisit un incident qui vint tout à coup donner une autorité inattendue aux présomptions d'innocence qu'on cherchait depuis si longtemps à faire prévaloir.

Le lecteur se rappelle sans doute ce digne juge de paix de Besançon, M. Jarry, auquel Dubosc et Claudine avaient eu affaire, et qui avait contribué si habilement à leur arrestation

A cette époque, M. Jarry avait, paraît-il, adressé à M. le comte Siméon, une lettre qui jetait une vive umière sur les crimes dont Dubosc s'était rendu

coupable ; mais cette lettre, on ne sait pour quelle
cause, resta enfouie dans les cartons des greffes, et
ce ne fut qu'en 1832 qu'elle revit le jour. Peut-être
eût-elle attiré l'attention et pesé sur les décisions des
juges de Lesurques, si elle avait été publiée au moment où elle fut écrite; mais quoi qu'il en soit, et
bien que découverte tardivement, elle servit puis-
samment la cause poursuivie par les héritiers.

Voici cette lettre, qui est datée du 6 novembre
1796, quelques jours seulement après l'exécution de
Lesurques.

« Citoyen représentant,

« Je viens de lire votre rapport sur l'affaire du
malheureux Lesurques, condamné pour l'assassinat
du courrier de Lyon; mon cœur en est navré ; il
est innocent ; moi seul peut-être eusse pu éclaircir
le fait ; mais, hélas ! il n'est plus, et tout ce que je
vais vous apprendre sera sans fruit. »

(Suit la relation des faits que nous avons racontés
plus haut : le vol de deux millions effectué par Dubosc, son arrestation à Besançon avec Claudine, et
son évasion l'avant-veille de son jugement; puis
M. Jarry continue.)

« Ce Dubosc avait les cheveux châtains et une perruque blonde ; les cheveux de face étaient lisses; il
avait par derrière une cadenette retroussée. Je trou-
vai dans la valise une autre perruque noire; il en chan-
geait à volonté, pour opérer le déguisement qu'il
souhaitait! Ce Dubosc était déjà connu par des vols

de tous genres ; il possédait à fond l'art du crime, et, depuis son évasion, lorsque j'apprenais que quelques crimes énormes s'étaient commis soit à Lyon, soit à Paris, je n'ai jamais douté qu'il n'en fût l'auteur.

« Lorsque j'ai lu votre rapport dans le *Moniteur*, j'ai reconnu les traits de Dubosc. Il m'a suffi de la perruque blonde pour le reconnaître. Cet homme était capable de tous les crimes.

« Veuillez informer le Ministre de la justice de ces faits. Le signalement de Dubosc est au greffe du tribunal criminel du département de la Seine ; qu'il donne des ordres les plus sévères pour le faire prendre. S'il reste libre, vous verrez encore des crimes horribles de sa façon.

« Lorsque j'instruisis son procès à Besançon, je me fis remettre, à l'aide de la force armée, par le directeur de la poste aux lettres, plusieurs missives écrites à Besançon, poste restante, tant par lui que par ses associés à des adresses supposées.

« J'y découvris et la trame et ceux qui l'avaient ourdie ; ces lettres sont déposées au greffe du tribunal criminel de Lyon. Ainsi, citoyen, l'énonciation faite par Courriol, du nom de Dubosc, n'est pas le fruit de l'imposture, c'est la vérité toute pure.

« Vous trouverez peu d'ordre dans cette lettre ; mais je vous l'écris encore plein de l'émotion que m'ont causée la lecture de votre rapport et la reconnaissance que j'ai eu lieu de faire des traits de Dubosc.

« Le sort de Lesurques m'arrache des larmes.

Quelle victime des erreurs de l'humanité ? Mais, s'il se peut, travaillez à la réhabilitation de sa mémoire : ce sera la stérile consolation de sa famille.

« Votre concitoyen : JARRY. »

Cette lettre trop longtemps ignorée, provoqua une profonde impression, tant à cause de sa date même, qu'en raison du nom honorable dont elle était signée; et les hommes qui avaient pris si généreusement en mains les intérêts des héritiers Lesurques s'en firent une arme légitime pour la revendication des sommes qu'ils réclamaient.

Pour ne rien laisser dans l'ombre en cette histoire il faut dire aussi que cette lettre raviva les souvenirs oubliés de Dubosc et de Claudine, et que l'opinion publique s'inquiéta de savoir ce qu'était devenue la femme qui avait su l'intéresser un moment, à force d'amour et de dévouement.

LXVI

FIN DE CLAUDINE:

La vie de Dubosc avait eu son dénoûment terrible. Mais comment avait fini la malheureuse Claudine ? On savait qu'elle avait été enfermée à la prison de Dourdan; mais, depuis, que s'était-il passé? Claudine avait-elle fait quelque aveu tardif? N'avait-elle pas cherché à s'évader ou vivait-elle encore dans son cachot, courbée sous les lourds remords de son passé coupable?

On s'enquit, et l'on apprit enfin la vérité.

Il n'y avait pas encore longtemps, Claudine était enfermée à Dourdan.

Elle y vivait solitaire, sombre, presque farouche, repoussant toute société, refusant tout secours, fronçant le sourcil, crispant les poings chaque fois que le digne aumônier de la prison tentait de lui parler au nom du Dieu qui pardonne!

Claudine n'était plus, à cette époque, la jeune femme que le lecteur a connue, robuste, ardente, résolue...

Pâle, chétive, malingre maintenant, elle semblait porter en elle un chagrin cuisant qui la minait. Ses yeux s'étaient cernés, ses cheveux avaient blanchi, et sa poitrine amaigrie ne se soulevait plus qu'avec effort sous son souffle haletant et pénible.

Pour ceux qui ignoraient son passé criminel, c'était un spectacle navrant.

Il y avait chez cette femme une immense douleur et — chose terrible — depuis qu'elle était à Dourdan, elle n'avait pas versé une seule larme.

Elle ne pouvait plus pleurer.

Plusieurs fois, elle avait été obligée de s'aliter. On croyait, autour d'elle, qu'elle était perdue et qu'elle allait mourir. Mais sa nature énergique re-

prenait bientôt le dessus et, quelques jours après,
elle sautait à bas de son lit et recommençait sa vie
monotone et taciturne.

Cela dura longtemps... sans que nul pût prévoir
quand la mort aurait raison de cette organisation
exceptionnelle.

Une nuit cependant un cri de détresse, appel désespéré, troubla tout à coup le silence des vastes
salles de la prison.

Les gardiens s'émurent ; en quelques secondes,
on entoura le lit d'où le cri était parti, et l'aumônier, mandé en toute hâte par le médecin, s'age-
nouilla au chevet de Claudine.

C'était elle.

Depuis quelques jours elle souffrait horriblement,
sans en rien dire à personne. La nuit avait été fort
agitée ; une fièvre ardente brûlait ses veines ; le
sommeil l'avait vaincue un moment ; mais elle s'était
réveillée tout à coup, et suante, effarée, elle avait
jeté un cri de terreur.

C'est que dans le rêve que la fièvre venait de lui
envoyer, elle avait vu une chose effrayante.

Dubosc ! le spectre de Dubosc lui avait parlé dans
ce rêve poignant. Il tendait vers elle ses deux mains
sanglantes, et de ses doigts crispés il cherchait à
l'attirer dans un gouffre sans fond.

La misérable ne pouvait se remettre de l'épouvante qu'elle avait éprouvée. Ses dents claquaient,
un râle pénible serrait sa gorge, et ses bras osseux

et nus s'agitaient dans le vide, cherchant à repousser le spectre menaçant.

La crise passée, elle retomba sans force et sans voix sur son lit, et fondit en larmes et en sanglots.

— Guillaume ! Guillaume ! disait-elle dans son délire, c'est toi ; je t'ai vu... tu viens me chercher... je ne te ferai pas attendre...

Puis, elle promenait un regard vague autour d'elle, et semblait chercher à comprendre ce qui s'était passé.

Cet état dura jusqu'au jour, où elle se rendormit de nouveau.

Le médecin ne l'avait pas quittée.

Il jugeait la position très-grave, et ne voulait pas l'abandonner.

Seulement vers le soir... il fit un signe à l'abbé, qui s'approcha, et se penchant à son oreille :

— Maintenant, dit-il, c'est à votre tour.

— N'y a-t-il plus d'espoir ?... demanda le prêtre.

— Elle est perdue !...

— Elle va mourir ?...

— Avant trois heures, elle aura rendu l'âme.

Le médecin se retira.

Quand le prêtre s'approcha du lit et commença à réciter les prières des agonisants, la malade releva sa tête pâle, et se prit à le considérer avec une profonde attention...

Le prêtre suspendit un moment ses prières.

— Vous voulez me parler, mon enfant? lui dit-il avec douceur.

— Vous parler! répondit Claudine d'une voix faible, et pourquoi faire?

— Vous souffrez...

— Beaucoup.

— Voilà longtemps déjà...

— Trop longtemps, monsieur, et je sens bien que c'est la fin!

— Y pensez-vous?...

Claudine eut un amer et douloureux sourire.

— Oh! je n'ai pas peur! dit-elle en remuant tristement la tête. J'ai vu souvent la mort de bien près; mais alors il y avait quelqu'un à mes côtés, quelqu'un que j'aimais et qui m'aimait aussi. De sorte qu'à cette heure, si j'appréhende la mort, c'est que...

— Achevez.

— C'est que la mort c'est le néant.

— Qui vous l'a dit?

— N'est-ce donc pas vrai?

— Non, mon enfant; non, cela n'est pas vrai. Car au delà de la mort, il y a Dieu!

— Dieu!... fit Claudine avec un geste violent.

— N'y avez-vous jamais pensé?

— Est-ce qu'il me connaît.

— Il connaît tous ceux qui souffrent, et il les aime... malgré leurs fautes et leurs crimes.

Claudine fit un mouvement. Cette parole simple

et grande l'avait frappée ; elle regarda le prêtre avec ses deux grands yeux pleins de fièvre.

— Oh ! si je pouvais croire cela ! balbutia-t-elle avec défiance.

— Et pourquoi ne le croiriez-vous pas ? insista le prêtre. N'est-ce pas une consolation suprême ? Et ne seriez-vous pas heureuse, au moment de quitter la vie, de savoir que vous pourrez revoir dans un monde meilleur ceux que vous avez aimés sur cette terre ?

— Mais ce n'est pas possible !

— C'est certain, au contraire.

— Vous voulez me tromper.

— Dans quel but ?

— Est-ce que je sais, moi ! Jamais on ne m'a dit que je pourrais revoir Dubosc.

— C'est que jamais vous ne l'avez demandé à Dieu lui-même.

— Et que fallait-il faire pour cela ?

— Il fallait prier !

Claudine se tut.

Elle ne comprenait que confusément encore ; tout ce qu'on lui apprenait là était étrange et nouveau pour elle ; mais sa pensée pleine de ténèbres, se tournait obstinément vers cette lumineuse échappée que la religion ouvrait pour la première fois devant elle.

D'ailleurs, elle subissait en ce moment l'influence d'un sentiment dont la profondeur la pénétrait à son insu.

Claudine était à deux doigts de la mort... la vie l'abandonnait peu à peu ; des frissons glacés couraient sur ses épaules, la sueur perlait à ses tempes... les ailes de ses narines se dilataient démesurément pour aspirer l'air qui manquait à sa poitrine.

— Encore... parlez-moi encore ! dit-elle avec effort. Il me semble voir des formes bizarres autour de moi. C'est la mort, n'est-ce pas ?...

— Peut-être.

— Mon Dieu... si tout était fini !... Si, en effet, il n'y avait plus que le néant !...

— Vous repentez-vous ?

— Oui... mon père... oui... je me repens... C'est une horrible vie... que celle que j'ai menée... et si je pouvais la recommencer... si je pouvais...

Elle se tut. Son œil s'ouvrit atone et fixe, et son bras s'étendit vers un angle obscur de la salle.

— Là ! là !... râla-t-elle éperdue.

— Qu'y a-t-il ?... fit le prêtre.

— La mort... c'est elle... je la vois...

— Priez...

— Mon Dieu !... à moi !... oh ! pardon !... pardon !... je meurs... je...

Elle s'était dressée affolée sur le lit ; elle retomba lourdement sur son oreiller, se cramponna à ses draps avec fureur, et après deux ou trois convulsions suprêmes, ses membres se raidirent dans l'immobilité de la mort !...

Elle avait vécu !...

Et cependant, qu'était devenue son âme troublée, que l'amour terrestre n'avait pu purifier ? où est-elle allée, en quittant ce monde de douleurs, et Dieu l'a-t-il prise en pitié ?...

Il est au delà de la tombe une balance redoutable où sont pesées toutes nos actions...

Dans l'un des plateaux, Dieu a mis sa justice...

Et elle est implacable...

Mais dans l'autre, il oublie parfois sa miséricorde :

Et elle est infinie !...

LXVII

LA FILLE DE LESURQUES.

Nous avons dit qu'une première somme de 224,815 francs avait été allouée à la famille Lesurques, qui la reçut en faisant toutes réserves et seulement à titre d'à-compte.

Je lis à ce sujet, dans une brochure toute favorable à Lesurques, la singulière phrase que voici :

« ...... Mais tandis que les tribunaux rendaient leurs jugements (affaire Folleville), *la somme restituée à la famille s'engloutissait dans les frais*, et les années s'écoulaient sans que la famille pût s'occuper de la réhabilitation.

Le malheur de la veuve et des enfants Lesurques

est, sans contredit, de tous points respectable, et digne des sympathies de tous les honnêtes gens. Mais il faut avouer que les amis sont parfois bien malhabiles, et je me demande s'il est possible d'admettre que, *deux cent vingt-quatre mille francs*, aient pu être absorbés par les frais d'un procès.

Le chiffre de cette restitution ne représentait pas la valeur des biens confisqués, c'est incontestable; mais il constituait déjà une réparation matérielle considérable, et j'aime à penser qu'elle dut apporter une aisance relative dans cette famille si cruellement éprouvée.

Au surplus, et quoi qu'il en soit, cette première réparation rendit l'espoir à la veuve, et la découverte de la lettre Jarry aidant, elle se représenta bientôt devant les Chambres, avec de nouvelles et pressantes pétitions.

On était alors au mois de mai 1833.

M. Merlin (de l'Aveyron) fut nommé rapporteur de la commission des pétitions, et il appuya la réclamation de madame Lesurques, qui fut prise en sérieuse considération.

Toutefois, la question de la réhabilitation fut prudemment écartée, et la discussion ne porta que sur la restitution à effectuer du restant des biens indûment confisqués.

Un à-compte de quinze mille francs fut encore donné à la famille, et, enfin, en 1834, on accorda à la veuve Lesurques, comme complément des sommes dûes, une dernière indemnité de *deux cent cinquante-deux mille cent francs.*

Tout compte fait la restitution s'élevait donc à près de *cinq cent mille francs.*

L'injustice était ainsi réparée, au point de vue matériel, et si la justice gardait son opinion et ses doutes sur l'innocence de Lesurques, la veuve, du moins, pouvait, en mourant, emporter la tardive consolation de voir ses chers enfants à l'abri de la misère.

On eût dit qu'elle n'avait attendu que ce moment pour quitter ce monde.

A partir de cette époque, en effet, et sans abandonner jamais l'espoir d'entendre un jour réhabiliter la mémoire de son mari, on la vit s'incliner peu à peu vers la tombe et se préparer doucement et saintement à la mort.

Pendant ses longues années de veuvage, elle avait conservé ses habits de deuil. Elle les avait pris au lendemain de l'exécution, et quand la mort vint, au bout de quarante-six années, elle la trouva vêtue de noir, comme au premier jour de son veuvage.

Cette femme fut une martyre de l'amour conjugal.

Elle mourut le 13 septembre 1842, entourée de ses enfants et de ses amis, les invitant encore, comme dernière recommandation, à ne se reposer que le jour où l'innocence du chef de la famille aurait été solennellement reconnue.

20

« Après le fils, qui avait payé de sa vie l'espoir d'obtenir la réhabilitation de son père ; après la mère, qui était morte à la peine, le pieux devoir de famille revenait à Mélanie Lesurques, la fille aînée de Lesurques. Elle se dévoua de tout cœur à cette noble mission ; *mais le courage lui faillit un jour*.

Ces derniers mots rappellent une triste histoire :

Vers l'année 1846, des dispositions bienveillantes s'étaient manifestées de tous côtés, et l'on pouvait espérer sinon une réhabilitation légale, impossible d'après la législation existante, du moins une réhabilitation morale.

Il s'agissait, en outre, d'obtenir encore une dernière somme de 75,000 francs, représentant le montant, retenu encore, des dommages-intérêts dus à l'État solidairement par tous les condamnés.

Le ministre des finances avait témoigné hautement de ses bonnes intentions.

Mais au moment où tout allait être résolu dans le sens de la réhabilitation, un nouvel obstacle surgit...

LXVIII

LA NOUVELLE LOI.

Quand mademoiselle Lesurques, qui était alors madame Danjou, se présenta au ministère, M. Mailheurat, chef du bureau des grâces, lui répondit que sa demande était encore une fois repoussée, *par ce que l'on n'était pas certain de l'innocence de son père.*

Ces paroles frappèrent la pauvre femme au cœur ; la douleur la rendit folle, et quelques jours après, la malheureuse se précipita du pont d'Austerlitz dans la Seine (1).

A partir de cette époque, des efforts furent tentés à plusieurs reprises, et d'année en année, on vit reparaître devant les Chambres, des pétitions demandant la réhabilitation de Lesurques.

En 1862, M° Jules Favre, bâtonnier de l'Ordre des avocats près la Cour impériale de Paris, rédigea une savante consultation dans laquelle il discute la question légale, et montre la nécessité de la révision de l'article 443 du Code d'instruction criminelle.

Tous les experts éclairés du barreau l'appuyèrent de leur autorité. Mais la question n'avait pas encore fait son chemin, et ce ne fut qu'en 1867, que de nouvelles dispositions furent introduites dans la loi.

Sous l'ancienne monarchie française, disait M. Pinard, le droit de révision était à peu près illimité. Il eût été étrange qu'il en fût autrement.

La révision illimitée s'expliquait alors par les abus dont elle devenait le remède : elle était un mal relatif corrigeant un autre mal. Plus une organisation judiciaire est défectueuse, plus la législation octroie

1) Lesurques. Sa justification, par M. A. Jaendel, avocat.

libéralement le droit de révision ; plus vous la per-
fectionnez, plus le droit de révision se restreint.

La révolution de 1789 emporte le système judiciaire de l'ancien régime, et la révision illimitée disparaît en même temps.

A l'Empire appartiendra la gloire de constituer
fortement pour l'avenir une société rajeunie. Une
base solide et respectée est donnée désormais à
notre organisation judiciaire.

Satisfait de son œuvre, le législateur lui doit une
sanction. Cette sanction sera l'autorité de la *chose
jugée.*

*Il faut ce principe à l'accusé, qui ne pourra jamais
être poursuivi deux fois, dût-il répondre à un acquitte-
ment par l'aveu cynique de sa culpabilité ; il le faut au
juge, dont le prestige s'affirme dans la mesure où son
arrêt devient indiscutable ; il le faut à la société, qui a
besoin de certitude pour avoir la stabilité.*

Le code d'instruction criminelle admet trois ou-
vertures à révision. (Suivent les détails.)

Cette législation est-elle suffisante ? L'opinion a
répondu négativement, en faisant au législateur
des appels successifs qui ont éveillé chaque fois sa
sollicitude.

De ces réclamations réitérées se dégage cette pensée toujours poursuivie avec persévérance : *la honte
survit au décès* ; il faut donc autoriser la réhabilitation.

L'idée est juste en soi. Une législation s'honore

en proclamant que, lorsque l'homme n'est plus, il reste encore quelque chose de lui.

La justice sera convaincue d'erreur, mais la grandeur du bienfait qu'elle accordera n'effacera-t-elle pas le souvenir du premier arrêt. Si l'aveu courageux d'une faute n'avilit jamais le coupable, la reconnaissance d'une erreur involontaire relève l'homme privé et ne peut abaisser la justice d'un grand pays.

« Voilà le principe qui a inspiré la loi... etc. »

Il faudrait tout citer, et vraiment l'espace nous manque.

A cet exposé des motifs, Me Nogent-Saint-Laurens, rapporteur au nom de la commission chargée d'examiner le projet de loi ajoutait :

Tout ce qui est humain est faillible, et notre justice répressive n'a pas l'orgueil de l'infaillibilité.

Il est arrivé qu'elle s'est trompée, ou plutôt qu'on l'a égarée en semant sur sa route les inconvénients inévitables du faux témoignage, de la fraude et de la mauvaise foi.

La révision dans l'état actuel de la législation n'existait, sauf un cas, qu'au profit des vivants. Le projet étend ce bénéfice aux condamnés qui seraient morts victimes d'une erreur judiciaire.

Le rapport de l'éminent député cite ensuite un remarquable exemple à l'appui de son opinion.

LXIX

CONCLUSION.

M. Nogent Saint-Laurens continue son rapport en ces termes :

La mémoire du mort doit être assimilée à l'honneur du vivant. L'un et l'autre sont la force ou la faiblesse, l'éclat ou la honte d'une famille. L'homme se survit à lui-même par le souvenir, par la descendance, et lorsqu'il est mort, son nom ne doit pas rester dans la flétrissure s'il ne le mérite pas.

Il est arrivé, continue Me Nogent-Saint-Laurens, que, le 1er avril 1854, la cour d'assises du Finistère condamnait les nommés Louarn et Baffet, le premier aux travaux forcés à perpétuité, l'autre à vingt ans de la même peine, pour vol, la nuit à main armée, dans une maison habitée.

L'un est mort au bagne de Brest en 1855.

L'autre est mort à Cayenne en 1856.

Le 24 janvier 1860, *la même* cour d'assises condamnait, *pour le même fait,* quatre accusés aux travaux forcés à perpétuité, à vingt ans, à quinze ans de la même peine.

Louarn et Baffet étaient innocents !

Mais ils étaient morts. — On ne put réviser leur procès.

L'acte d'accusation dressé dans la deuxième affaire contenait le passage suivant :

« Les véritables coupables sont aujourd'hui sous la main de la justice. Ils attendent le châtiment qu'ils ont si justement mérité. La mort de Louarn et Baffet ne rend plus possible la réparation de l'erreur judiciaire dont ils ont été victimes ; mais les débats de cette affaire et le nouveau verdict du jury seront, pour leur mémoire, une éclatante et solennelle réhabilitation.

Avec le projet, ajoutait M. Nogent Saint-Laurens, la réparation de l'erreur eut été possible... »

Le projet fut adopté par le Corps législatif dans sa séance du 11 mai 1867, et la loi fut promulguée le 29 juin de la même année.

En voici les principales dispositions :

LOI SUR LA RÉVISION DES PROCÈS CRIMINELS ET CORRECTIONNELS.

Article premier. — Les articles 443, 444, 445, 446 et 447 du Code d'instruction criminelle sont abrogés et remplacés par les articles suivants :

Art. 443. — La révision pourra être demandée en matière criminelle ou correctionnelle, quelle que soit la juridiction qui ait statué, dans chacun des cas suivants :

Lorsque, après une condamnation pour crime ou délit, un nouvel arrêt ou jugement aura condamné, pour le même fait, un autre accusé ou prévenu, et que les deux condamnations ne pouvant se concilier, leur contradiction sera la preuve de l'innocence de l'un ou de l'autre condamné.

Art 444. — Le droit de demander la révision appartiendra :

1° Au ministre de la justice ;

2° Au condamné ;

3° Après la mort du condamné, à son conjoint, à ses enfants, à ses parents, à ses légataires universels ou à titre universel, à ceux qui en ont reçu de lui la mission expresse.

La cour de cassation, section criminelle, sera saisie par son procureur général, en vertu de l'ordre exprès que le ministre de la justice aura donné soit d'office, soit sur la réclamation des parties invoquant un des cas ci-dessus spécifiés.

Art. 446. — Lorsqu'il ne pourra être procédé de nouveau à des débats oraux entre toutes les parties, notamment en cas de décès, de contumace, ou de défaut d'un ou de plusieurs condamnés, en cas de prescription de l'action ou de celle de la peine, la cour de cassation, après avoir constaté expressément cette impossibilité, statuera au fond, sans cassation préalable, ni renvoi, en présence des parties civiles, s'il y en a au procès, et des curateurs nommés par elle à la mémoire de chacun des morts.

Dans ce cas, elle annulera seulement celle des condamnations qui avait été injustement portée et déchargera, s'il y a lieu, la mémoire des morts.

DISPOSITION TRANSITOIRE.

2. Dans tous les cas où la condamnation donnant ouverture à révision, dans les termes de l'article 443, paragraphes 2 et 3, serait antérieure à la présente loi, le délai fixé par l'article 444, pour l'inscription de la demande, courra à partir de la promulgation.

C'est en vertu de cette loi que les héritiers Lesurques demandent aujourd'hui la révision du procès à la suite duquel leur aïeul a été condamné.

FIN.

MEAUX. — IMP. A. COCHET.

TABLE DES CHAPITRES